영원의 밤

영원의밤 4

초판 1쇄 인쇄 2015년 6월 10일
초판 1쇄 발행 2015년 6월 17일

지은이 백묘
발행인 오영배
책임편집 김보나
제작 조하늬
표지일러스트 아르도(http://ardoillust.com)
표지디자인 공간42

펴낸곳 (주)삼양출판사 · 단글
주소 서울시 강북구 도봉로 173
대표 전화 02-980-2112 팩스 / 02-983-0660
블로그 blog.naver.com/dan_gul
출판등록 1999년 3월 11일 제9-00046호

ISBN 979-11-313-0355-9 (04810) / 979-11-313-0283-5 (세트)

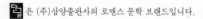 은 (주)삼양출판사의 로맨스 문학 브랜드입니다.

영원의 밤

백묘 장편소설

ROMANCE & FANTASY STORY

4

끝나는 밤

단글

| 차 례 |

영원의밤

13장
대장장이의 도시 II

나가는 길을 찾았다.

천장을 보며 걷던 타니하르는 작게나마 빛이 흘러들어오는 부분을 발견했다. 위치도 대충 어둠의 거리 쪽이었다.

"좋았어!"

타니하르는 깡충 뛰었다. 천장이 너무 높아서 손이 닿지 않았다.

"아니, 좋지 않아! 어디 계단 같은 거 없나?"

벽을 더듬었지만 아무것도 없었다. 그나마 다행인 건, 벽이 울퉁불퉁하다는 점이었다.

"하아. 여길 올라가는 게 이 몸으로 가능하려나? 손아귀 힘이 부족할 텐데."

해 보는 수밖에 없었다.

여자의 피부는 너무나 여려서 튀어나온 돌을 세게 붙잡은 것만으로도 상처가 났다. 하지만 쓰린 통증은 큰일이 아니기에, 타니하르는 떨어지지 않기를 기도하며 하나, 하나 짚어 올라갔다.

힘이 부족해서 바닥으로 떨어지기를 여러 번 반복한 끝에, 타니하르는 간신히 천장까지 올라갈 수 있었다. 손을 뻗었는데 팔길이가 부족했다.

"빌어먹을! 정말이지 쓸모없는 몸뚱이구먼!"

아무리 길게 빼도 빛이 들어오는 부분까지 닿질 않았다. 이럴 줄 알았으면 밧줄이라도 챙겨오는 건데 그랬다.

"에이씨! 빌어먹을 댄 녀석! 여길 빠져나가려면 대체 어떻게 해야 되는 거야!"

빌어먹을 댄 녀석은 복도 천장 속을 기어가는 중이었다. 어찌어찌 감옥을 빠져나온 것까지는 좋은데, 발가벗은 채로 나갈 수는 없어서 옷이라도 한 벌 훔칠까 싶어 숨어든 것이다. 살금살금 기어가다가 주위에 아무도 없다는 걸 깨닫고 복도로 빠져나왔다. 먼지가 묻어 온몸이 엉망이었다.

'대장은 잘 빠져나가셨겠지? 어둠의 거리까지는 금방이니까.'

조심성 없이 복도를 걷던 댄의 귀에 말소리가 들려왔다. 맞은편 복도 끝에서 들려오는 소리였다.

'이런! 어디로 가지?'

두리번거리던 시선 끝에 문 하나가 보였다. 댄은 이것저것 재 볼 것도 없이 그 문을 열었다. 다행히 아무도 없는 방이었다.

댄은 구석에 있는 침대 옆으로 가서 몸을 웅크리고, 복도의 말소리가 멀어지기를 기다렸다. 다행히 그들은 방을 지나쳐 갔다.

"아이고야. 큰일 날 뻔했네. 발가벗고 싸우는 것만큼 모양 안 나는 것도 없는데."

댄에게는 그게 중요한 문제였다.

"그나저나 여긴 대체 어디래?"

"이히히히히. 연구실이지. 내 연구실."

목소리는 침대 속에서 들려왔다. 댄은 화들짝 놀라 도망치려 했지만, 차가운 손이 댄의 손목을 붙잡았다. 타니하르만큼이나 강한 힘이라서, 댄은 그 손을 뿌리칠 수가 없었다.

이불 속에 있던 이가 모습을 드러냈다. 아는 얼굴이었다.

"헤론?"

"으히히히히. 연구실은 모르면서 나는 알고 있나?"

"대장에게 들었거든."

"대장? 아아. 타니하르 말이지? 그는 어떻게 됐지?"

"빠져나갔어. 내 옷을 입고."

"히히히히. 그래서 발가벗고 있었구만. 난 또 뭐라고."

"뭔 줄 알았는데?"

"내 먹잇감."

헤론의 대답에 댄이 반사적으로 허리춤을 만졌지만, 무기가 없었다. 그 모습에 헤론이 킬킬거리며 웃었다.

"농담이 안 통하는 사내였군. 타니하르의 부하라고 해서 좀 더 재미있는 놈인 줄 알았는데 말이야."

헤론의 말이 댄의 신경을 건드렸다.

"무슨 소리야! 이래 봬도 대장의 어릿광대라고! 대장이 날 얼마나 어여뻐하는 줄 알아?"

"흐응. 그러려나?"

"그나저나 너도 정혈귀냐? 성격은 좋은 놈 같아 보이는데."

"성격이 좋아? 크히히히히히. 그런 말은 또 처음 듣는걸? 너, 이상하다는 소리 자주 듣지?"

"동료들이 농담 삼아 그렇게 말할 때가 있기는 해."

"흐응. 그게 과연 농담이려나?"

"대체 무슨 말을 하고 싶은 거야?"

"나가라는 말."

헤론이 이불 밖으로 손을 내밀어 문을 가리켰다. 댄은 헤론의 손가락과 문을 한 번씩 돌아본 후 말했다.

"옷 좀……."

"이히히히히. 대해적의 부하는 정말로 귀찮은 놈이네."

헤론이 부스럭부스럭 침대에서 내려왔다. 마르고 큰 키의 헤론이 준 옷은 댄에게 너무 길고 꽉 끼었다. 하지만 옷을 입은 것만으로도 큰 수확이었다. 헤론이 다시 문을 가리켰지만, 댄은 넉살 좋게 웃으며 침대 끝에 걸터앉았다.

"연금술사가 들어왔다는 얘기는 들었어. 여자를 데리고 들어왔다는 얘기도 들었었고. 그런데 그 여자가 우리 대장일 줄은 꿈에도 몰랐지."

헤론이 한쪽 눈썹을 올리며 귀찮다는 표현을 했지만, 댄은 상상 이상으로 눈치가 없었다.

"처음엔 연금술사한테 황금을 만들라고 시키려는 건가 싶었는데, 대장한테 이유를 듣게 됐지. 너 진짜 위험한 놈이더라."

"그래서? 죽이시게?"

"근데 네 성격이 죽여주게 마음에 든단 말이지."

"이히히히히. 진짜 별종이라니까. 이름이 뭐지?"

"댄이라고 불러."

"좋아, 댄. 눈치가 없는 것 같으니 똑똑히 말해 주지. 당장 내 연구실에서 나가."

"아니, 아니. 그냥 나갈 수는 없지. 나라를 멸망시키려고 준비하는 놈이랑 마주쳤는데, 그냥 나가면 모양이 안 서거든."

"지금 네놈이 날 이길 수 있을 거라고 생각하는 거냐? 그건 너무 과감한 생각인데?"

"이길 순 없겠지. 무기가 없으니까. 하지만 정보는 좀 빼가야겠어."

댄의 야심 찬 말에 헤론이 웃음을 터뜨렸다. 호탕한 웃음이었다.

"으하하하하. 대해적의 부하는 바보인 줄로만 알았더니, 의외로 당찬 부분이 있네. 그래, 나한테서 어떻게 정보를 빼가려는 거지?"

"이렇게."

댄이 헤론에게 달려들었다. 무슨 짓을 하려나 싶었는데, 댄은 손가락으로 헤론의 몸 구석구석을 간지럽히기 시작했다. 헤론은 살짝 미간을 좁히고 댄이 하는 짓을 구경했다. 한참을 간질여도 반응이 없자, 댄이 의아한 듯 헤론을 올려다봤다.

"으히히히. 미안하지만 댄. 나는 간지럼을 안 타."

"그, 그럴 리가! 세상에 간지럼을 안 타는 인간이 어디 있냐? 설마 너 진짜 정혈귀냐?"

"그럴 리가. 그냥 간지럼을 타지 않는 것뿐이야. 하지만 용기가 가상하니 별 볼 일 없는 정보라도 하나 던져 주지."

댄이 속없는 사람처럼 얼른 다가앉았다.

"뭔데, 뭔데?"

"결전의 날은 아마도 한 달 후. 그날 라토우 왕국과의 전쟁이 시작될 거야."

댄의 눈이 차갑게 가라앉았다.

"한 달. 시간이 그것밖에 없는 건가?"

"이히히히. 그래, 한 달. 대해적이 뭘 하려고 하는 건지는 모르겠지만, 이놈들의 계획은 아주 오래전부터 진행되고 있었을 거야. 뭐가 됐든 빠르게 움직여야 할걸. 여기서 날 간지럽히고 있을 시간이 없다는 거지."

무거운 표정을 짓고 있는 댄을 놔두고, 헤론은 침대에 누웠다.

"아무튼 난 잘 거야. 나갈 땐 문을 꼭 닫도록 해."

이불을 얼굴 끝까지 끌어올린 헤론은 금방 잠이 들었다. 그의 숨소리가 고르게 변한 것을 확인한 댄은 조용히 움직이기 시작했다. 그의 발소리는 거의 들리지 않았고, 움직임은 군더더기 없이 빨랐다.

댄이 들어간 곳은 지하에 있는 연구실이었다. 지독한 냄새를 풍기는 아혈귀들이 묶여 있었지만, 댄은 놀라지 않았다. 연구실을 샅샅이 살펴본 댄은 서랍장 안에 있는 마력석들을 발견했다. 아직 가공하지 않은 순수한 마력석이었다.

'마력석을 이렇게 많이 가지고 있다니.'

마력석은 쉽게 만들기 힘든 만큼, 구하기도 어려웠다. 아무리 돈이 많다고 해도, 권력의 정점에 서 있지 않은 이상은 이렇게까지 한 번에 모으기 힘든 것이다. 오래전부터 준비되어 오고 있었다는 헤론의 말은 사실이었던 것 같다.

댄은 근처에 있던 자루를 가지고 와 마력석을 가득 담았다. 무게가 상당했지만, 감당할 수 있을 정도였다.

'그럼 이제 폼 나게 나가 볼까?'

댄이 나가는 소리가 들렸다. 문이 닫히자마자 헤론은 눈을 떴다. 그는 하나뿐인 눈으로 닫힌 문을 노려보다가 피식 웃고는 다시 침대에 누웠다. 그리고 이번에야말로 깊은 잠에 빠져들었다. 행복했던 시절의 꿈을 꿀 수 있길 바라면서.

잔느와 에녹, 테드는 나무 아래에서 아무렇게나 누워 잠시 눈을 붙였다. 아란은 걱정스럽게 도시 쪽을 바라보고 있었다.

"괜찮을까?"

걱정이 입술 밖으로 흘러나왔다.

"괜찮길 바라야지."

"유키와 델리는 어떻게든 되겠지만, 라울이 걱정이다."

"그래, 걱정이야."

"만약 라울이…… 당했으면 어쩔 거냐?"

아란은 '죽었으면'이라는 말은 차마 입에 담지 못했다. 레드는 깊은 한숨을 내쉬었다.

"그럴 리 없어. 라울은 강해."

"하지만 정혈귀가 한두 마리가 아니라고 했잖아. 그들 전부를 상대하기에는 역부족이지."

"그야 그렇지."

"만약에 놈들이…… 라울을 혈귀로 만들었으면 어쩔 셈이냐?"

"죽여야지."

레드가 단호하게 말했다.

"라울도 그걸 바랄 테니까."

"그래. 그렇겠지."

"만약 라울이 놈들에게 당해 죽었다면, 나는 라울을 묻어 주고 갈 길을 갈 거다."

레드가 일어나서 아란의 옆에 섰다. 그는 가슴 앞으로 팔짱을 끼고 가라앉은 목소리로 말했다.

"그리고 해야 할 일을 끝냈을 때……."

레드의 미간이 좁아지고 눈시울이 붉어졌다. 레드는 한 번 침을 삼킨 후 말을 이었다.

"슬퍼하겠지."

"그래."

아란은 작고 긴 한숨을 뱉어 냈다. 좋은 쪽으로 생각하려했지만, 라울이 살아 있을 거란 생각이 들지 않았다. 그 어떤 위기가 닥쳐도 담담했던 클레어가 초조함을 드러냈다. 그것은 상황이 몹시 안 좋다는 것을 뜻했다.

어두운 불안이 심장을 지배했다. 아란은 당장이라도 도시 안에 뛰어들어가, 라울을 찾고 싶었다. 저 안에 있는 혈귀들이 일시에 덮쳐 오는 사태가 벌어지더라도, 어떻게든 라울을 찾아내고 싶었다.

'라울.'

손가락 끝이 차게 식었다.

'죽지 마라.'

"좋았어! 이번의 좋았어는 부질없는 좋았어가 아니겠지?"

천장에 닿을 방법이 없어 바닥으로 내려온 타니하르는, 수로 안을 돌아다니는 쥐들을 붙잡아, 살과 뼈를 분리해냈다. 질척거리는 내장과 피가 손에 묻었지만, 타니하르는 개의치 않았다. 이런 건 아무것도 아니다.

그는 머리에 두르고 있던 천을 풀어, 그 안에 뼛조각들을 잔뜩 집어넣었다. 그러고 나서 천을 비틀어 꽁꽁 동여매, 단단하게 고정시켰다. 약간 불안하기는 해도 긴 막대기가 만들어졌다. 한 번 정도는 강한 힘을 낼 수 있을 것이다.

타니하르는 그것을 입에 물고 다시 벽을 기어오르기 시작했다. 엉망진창으로 까진 손바닥이 아려왔지만, 상처에 신경 쓸 틈이 없었다.

하나, 둘, 셋.

아까 올라갔던 기억을 되새기며 차근차근 튀어나온 돌들을 잡았다. 다행히 떨어지지 않고 올라갈 수 있었다.

타니하르는 천장에서 빛이 흘러들어오는 부분에 시선을 집중시켰다. 아래에서 볼 때는 몰랐는데, 가까이서 보면 네모반듯한 모양으로 빛이 새고 있었다. 네모난 뚜껑인 것 같다.

'한 번에 성공해야 돼. 두 번의 기회는 없다.'

타니하르는 한 손으로 돌을 꽉 붙잡고 다른 한 손으로 막대기를 잡았다. 한 번에 열릴 만한 부분을 찾아본 후, 막대기를 강하게 쭉 뻗었다.

탁—

열리지 않았다.

'제기랄!'

막대기가 부서지지 않아서, 타니하르는 한 번 더 시도했다.

탁—

이번엔 천 안에 있던 뼈들이 조각나 바닥으로 떨어지고, 타니하르의 손에는 아무 힘도 없는 천 조각만 남았다. 이번에도 문은 열리지 않았다. 실패다.

"제길!"

타니하르가 비명처럼 외쳤을 때였다.

덜컥.

천장이 열리며 빛이 쏟아져 들어왔다. 눈이 부셔서 인상을 찡그리는데, 사람 머리 모양의 그림자가 나타났다.

"댄?"

귀에 익은 목소리였다.

"얀디. 나다."

"누, 누구냐?"

"나라고, 이 자식아! 대장 목소리도 못 알아들어? 얼른 날 끌어올려!"

"우리 대장은 남자인데……."

"설명할 테니까 날 끌어올리라고. 설마 계집 하나 못 당할 것 같아서 불안에 떠는 거냐?"

마지막으로 덧붙인 말이 얀디의 심기를 거슬린 것 같았다. 얀디는 "잠깐만 기다려!"라더니 사다리를 내리기 시작했다. 타니하르는 끙, 작게 신음을 흘리고는 손에서 힘을 뺀 뒤 바닥에 내려섰다.

사다리는 바닥까지 닿아 있었다. 이제야 이곳을 올라가는 방법을 깨달았다. 돌 같은 것을 던져서 천장을 두드리면 사다리를 내려주는 모양이다.

'댄, 이 자식. 죽었어.'

이 쉬운 방법을 놔두고 손바닥이 너덜너덜해질 정도로 멍청한 짓을 하고 말았다. 이건 다 댄 때문이다.

타니하르는 이를 악물고 사다리를 올라갔다. 긴장이 풀렸기 때문인지 벗겨진 손바닥이 화상을 입은 것처럼 아려왔다. 밖으로 나가자마자 마주친 것은 입구를 둘러싸고 있는 부하들이었다. 그곳은 〈어둠의 거리〉에 있는 작은 술집의 창고였다.

"당신, 누구야?"

얀디가 한쪽 눈썹을 추켜올리며 물었다. 타니하르는 옷을 탁 탁 털며 말했다.

"니들 대장이다."

"그러니까 우리 대장은⋯⋯."

"어? 저 귀걸이, 우리 대장 건데? 저거 세상에 하나밖에 없는 거잖아. 세이렌의 주술에서 지켜 주는 귀걸이."

느닷없이 등장한 여성을 꼼꼼히 살펴보던 부하가 말했다.

"응? 그러네?"

"대장한테서 저걸 뺏을 수 있는 인간이 세상에 있을 리 없지."

"대장, 왜 그 꼴이 된 겁니까?"

"푸하하하하하! 여자라니. 누가 그런 짓을 한 거예요? 마력사 한테 당한 겁니까?"

"이야, 몸매 끝내줍니다!"

여자가 타니하르라는 것을 확신한 부하들이 낄낄대기 시작했다. 타니하르가 예상했던 반응이었다.

타니하르는 씩 웃으며 바닥에 털썩 주저앉았다.

"그래, 네놈들은 댄보다는 똑똑하구나."

부하 한 명이 뛰어 나가 술과 고기를 가지고 왔다. 타니하르는 거침없이 술을 들이켜고 고기를 뜯어먹으며 말했다.

"사정을 설명할 여유가 없다. 당장 각지에 퍼져 있는 놈들을 불러 모으고 무기와 마력석을 사들여라. 돈이 얼마가 들던 상관없어. 필요하다면 어둠의 거리를 팔아치워도 돼. 그리고 용병단들을 고용해라. 이름 없는 용병단도 괜찮아. 모을 수 있는 만큼 모아. 다만 내 이름을 대지 말고 은밀하게 해야 돼."

"네, 대장."

부하들은 이유를 묻지 않았다. 명령받은 일을 하기 위해 몇 명이 창고에서 나갔다.

"그리고 아모른의 성수를 공수해와. 최대한 많이. 이것 또한 알려져서는 안 되니까, 한 신전에서만 가지고 오면 안 된다. 여러 신전을 돌아다니면서 훔쳐 와라."

"네, 대장."

또 몇 명이 나갔다. 타니하르는 마지막 남은 얀디에게 말했다.

"얀디. 부하들과 용병들이 모였을 때, 성수를 뿌려봐야 된다. 인간 아닌 놈들이 섞여 있어."

"혈귀……말입니까?"

"그래. 성수에 약하다더군. 충분히 주의를 기울이고 성수를 뿌리도록 해. 고통스러워하는 놈은 가차 없이 목을 베고, 그 위에 다시 한 번 성수를 뿌려라."

"그럼 죽습니까?"

"들은 바로는 그렇다더군. 아니면 어쩔 수 없지만."

"만약…… 인간인데 착각하고 벤 거라면 어떡하죠?"

"그럼 어쩔 수 없겠지. 시체를 고이 묻어주면 되는 거야."

"위기……군요."

"그래, 위기다. 나라의 위기."

그 말에 얀디가 인상을 찌푸렸다.

"얀디. 이 아래 지하수로는 아주 깊은 곳까지 이어져 있는 것 같다. 뭔가 수상해."

"댄은 그런 말이 없던데요."

"그놈은 멍청하잖아! 그냥 아무 생각 없이 왔다 갔다 했겠지. 하여간 난 이 지하수로 안에 뭐가 있는 건지 확인해 봐야겠다."

"그 몸으로 혼자 괜찮겠습니까?"

"누군가 죽더라도 한 놈만 죽으면 되는 거야. 여러 명 끌고 갔다가 몰살당하는 것보단 나아."

"상대가 그 정도로 강한 겁니까?"

타니하르가 앓는 소리 하는 것을 단 한 번도 본 적 없는 얀디이기에, 죽음을 각오하는 듯한 그의 말이 불안하게 다가왔다. 타니하르는 굳이 얀디를 안심시켜 주지 않았다.

"얀디. 내가 시킨 일을 최대한 빨리 끝내야 한다."

"대장……."

"만약 내가 일주일 후까지 돌아오지 않으면, 어둠의 거리를 버리고 도시 밖 은신처에 몸을 숨겨라. 댄에게 모든 것을 설명해 놨으니, 그 녀석이 돌아오면 자세한 이야기를 듣고 네 머리로 생각하고 판단해서 행동하도록 해. 내가 없는데도 네 목숨을 걸 필요는 없으니까."

"알겠습니다, 대장."

"그럼……."

타니하르는 창고 안에 있는 빛나는 마력석 하나를 집어 들었다. 장시간 은은한 빛을 뿌리는 마력석이었다.

"나중에 보자."

유키와 델리를 무사히 도시 안까지 데려다 준 클레어는, 떠나기 전 다시 한 번 물었다.

"정말 둘이서 괜찮겠느냐?"

"괜찮아, 클레어. 라울을 데리고 돌아갈게."

유키가 두 주먹을 불끈 쥐며 말했다. 애잔하게 유키를 응시하던 클레어가 살짝 뒤로 물러났다.

"가거라. 너희가 가는 것을 보고 돌아가겠다."

"응, 클레어. 너무 오래 있지는 마. 레드가 걱정할 거야."

"그래, 알았다."

유키와 델리는 어두운 거리를 걷기 시작했다. 거리에 사람들이 없는 이유는, 근처 마을에서 생긴 기이한 실종 때문이었다. 아무도 없는 거리는 스산한 분위기를 자아냈다.

"라울 님, 살아계실까요?"

델리가 작은 목소리로 물었다. 유키는 흠칫했지만 곧 환하게 웃으며 말했다.

"응, 라울은 강하니까. 절대 안 죽어. 게다가 치유의 권능을 가지고 있는 걸. 몸에 상처가 나면 치료하면 그만이니까."

델리는 '하지만 치유의 권능은 전투에선 큰 도움이 안 되잖아요.'라는 말은 하지 못했다. 가늘게 떨리는 유키의 어깨를 보니, 유키도 그녀와 같은 생각을 하는 것이 분명했기 때문이다.

"델리. 수면 식물의 효과를 이 도시 전체에 덮을 수 있을까?"

"아마 가능은 할 거예요. 사람들이 괜히 밖에 나왔다가 다칠까봐 걱정되세요?"

"응. 조용히 움직이기는 하겠지만, 만에 하나인 사태가 벌어질 수도 있잖아. 그럴 때 사람들이 밖으로 나오면 일방적인 학살이 일어날지도 몰라."

"이 도시 전체를 잠재울 힘을 사용하고 나면, 한동안은 싸우기 힘든 상태가 될 거예요. 혼자 괜찮겠어요?"

"숨어드는 건 몰래 할 거니까, 델리가 다시 싸울 수 있게 될 때까지는 괜찮지 않을까?"

"알겠어요. 넓은 범위에 사용하는 힘이라 유키한테 영향을 미치지 않게 조절할 수는 없을 것 같아요. 잠깐 숨을 멈추고 있어요."

"응."

델리는 고양이 같은 눈을 빛내며 조용히 거리를 돌아봤다. 수면의 꽃을 피울 장소들을 찾는 것이다. 한동안 주위를 살핀 델리가 오른손을 들어 올리며 말했다.

"시작할게요."

창가에 앉아 지루한 시간을 보내던 파울로는 슬슬 왕자의 상태를 살피러 가 봐야겠다고 생각했다. 팔다리를 잃은 왕자가 절망하는 얼굴을 구경하는 건 상당히 재미있을 것이다.

파울로는 원해서 정혈귀가 된 것이 아니었다. 그는 그저 노래하는 것을 좋아하는 삼류 음유시인이었다. 비파를 켜고 노래를 부르는 시간이 그저 행복해서, 여자를 사귈 생각도, 가정을 꾸릴 생각도 하지 않았다. 하루 벌어 고픈 배를 채울 수 있으면, 그것으로 족했다.

거리에서 파울로가 노래하는 모습을 본 남작 부인이 그를 저택으로 불러들였다. 큰돈을 벌지도 모른다는 생각에 희희낙락하며 저택을 찾아간 파울로에게, 남작 부인은 자신의 피를 먹였다. 눈 깜짝할 새에 벌어진 일이었다.

비릿한 혈액이 식도를 넘어가자마자 찾아온 강한 통증. 고통스러워하다가 까무룩 기절을 했고, 깨어났을 때 파울로는 정혈귀가 되어 있었다.

정혈귀가 되고 나서 몇 개월은 인간의 마음이 남아 있었다. 여전히 노래하는 것이 좋았기에, 영원히 음악과 함께 살아가는 것도 나쁘지 않을 거라고 생각했다.

하지만 인간의 피를 마시면 마실수록 인간일 때의 소망이나 즐거움 같은 것들이 서서히 옅어졌다. 파울로 자신조차 깨닫지 못할 정도로 느릿하고 은밀하게, 파울로는 진짜 정혈귀가 되어갔다.

인간일 때는 악기를 연주하며 밤을 지새워도 지루하지 않았는데, 정혈귀가 된 후로는 그 무엇을 해도 밤이 길게만 느껴졌다. 몰입할 수 있는 것이 없는데, 잠들지 못한다는 것은 저주였다.

그래서 정혈귀들은 자극적인 것을 찾아다녔다. 정혈귀들을 잠시나마 즐겁게 해 주는 것은 고통과 두려움에 일그러진 인간의 얼굴이었다.

그건 아마도 질투 때문일 것이다. 작은 일에도 울고 웃을 수 있고, 원대한 소망을 품을 수 있는 인간들을 향한 질투. 파울로도 오래전에는 몰랐지만, 살아온 시간이 길어질수록 이 즐거움이 '질투'로부터 비롯되었을지도 모른다는 것을 짐작하게 되었다.

2층 창문에서 훌쩍 뛰어내린 파울로는 도시에 일어난 변화를 깨달았다. 인간들이 거의 동시에 잠들고 있다.

인간의 심장박동은 깨어 있을 때와 잠들었을 때가 미묘하게 달랐다. 최근 도시 사람들이 흉흉한 일 때문에 일찍 집에 들어가기는 하지만, 이렇게 동시에 잠이 드는 일은 없었다.

'뭔가 숨어들어왔군. 붉은 사자 놈들인가?'

계획대로 되어 간다. 놈들이 '에녹'을 구하기 위해 들어온 것이 분명하다.

'그런데 뭘 가지고 이렇게 인간들을 잠들게 만든 거지? 한두 명이 한 짓은 아닌 것 같은데.'

몇 명이든 상관없다. 붉은 사자 일행은 아직 건드리지 말라고 했지만, '반드시 살려둬라.'라는 명령은 내려오지 않았다. 여차하는 순간에는 죽여도 좋다는 말이다.

'네 명이라고 들었는데, 한 명 정도는 죽여도 되겠지? 지금은 여차하는 순간이니까. 자아, 쥐새끼들은 어디에 있을까나?'

레드는 불만스러운 표정으로 아란을 노려봤다. 아란의 손에는 델리가 주고 간 여러 가지 약초가 들려 있었다. 레드를 위해 델리가 만들어 낸 약초였다.

"이걸 그냥 씹어 먹으란 말이지?"

"그래. 혈액을 생산해 주고 빈혈을 가라앉힌다더군."

"델리가 너한테 이 약초를 건네줄 때 했던 말, 나도 들었거든? 분명 잘 달여서 먹여 주라고 했던 것 같은데."

"꿈이라도 꾼 건가?"

"아니, 아주 생생한 걸 보니 꿈은 아니야, 이 자식아! 해체되고 싶냐? 넌 지친 친구를 위해 약초 하나 못 달여 주냐?"

"길길이 날뛰는 걸 보니 스스로 달여 먹을 수 있을 것 같군."

레드가 약초를 받으려고 하지 않자, 아란은 친히 레드의 옷깃에 약초들을 꽂아주었다.

"물 정도는 떠다 줄 수 있다."

"망할 놈. 허구한 날 엄마처럼 굴더니, 정작 아플 때 모르는 척하는 건 무슨 경우냐?"

"아아. 내가 요리를 했던 걸 말하는 거냐? 그것과 이것을 비교하다니 기가 막혀서 말도 안 나온다."

"뭐가 다른데? 둘 다 지지고 볶는 건 마찬가지잖아."

"이건 내가 먹을 수 없잖아."

"……."

"내가 요리를 하는 이유는 나도 같이 먹기 위해서다."

"그러시겠지. 내가 너한테 너무 큰 걸 바랐다. 그래, 물이라도 떠다 줘."

아란은 가볍게 고개를 끄덕이고는 훌쩍 사라졌다. 뒤척거리던 테드가 잠에서 깨어나 레드의 옆으로 다가왔다.

"자네, 몸이 많이 안 좋은 겐가?"

"그런가 보다. 시간 좀 지나면 회복할 줄 알았는데 쉽지 않네."

"이럴 때 라울이라도 있으면 좋을 것을…… 내가 부족해서 미안하네."

"도대체 뭘 미안해하는 건지 모르겠다."

"늘 자네들한테 보호를 받아야 하잖나. 내가 없으면 더 수월하게 싸울 수 있을 텐데."

"뭔 소리야, 그게? 테드, 너 그런 걸 가지고 고민하고 있었냐?"

레드가 피식 웃으며 팔을 베고 누웠다.

"테드. 우리의 존재 가치는 싸우는 거야. 아마 이 힘도 그러라고 주어진 거겠지. 그리고 네 존재 가치는 돈과 흥정이야."

"돈과 흥정이라고?"

"그래. 우린 세상 물정에 어두워. 하지만 앞으로 먼 길을 가야 하지. 네가 필요해, 테드. 그렇기 때문에 지키는 거고."

"자네……."

"왜? 멋지냐? 이제 대장 같아 보여?"

"사랑을 하더니 부쩍 성숙해졌구만. 아주 좋은 변화네. 이제 유키한테 형 소리를 들어도 부족함이 없겠어."

"하여간 이것들은……."

절레절레 고개를 젓는 레드를 보며, 테드는 빙그레 미소를 지었다. 돈과 흥정. 과거에 각지를 오가며 상인으로 살아온 테드의 유일한 재주였다. 끊임없이 덮쳐 오는 위험한 싸움 속에서 보호만 받느라 마음이 무거웠는데, 레드 덕분에 마음이 조금은 가벼워졌다.

아란이 어디선가 물을 가지고 돌아왔을 때였다. 갑자기 레드가 벌떡 일어나 파미르 시를 노려봤다. 테드와 아란은 놀라서 레드를 쳐다봤지만, 레드는 그들이 옆에 있는 것을 깨닫지 못한 듯 경악한 표정을 짓고 있었다.

두 주먹을 꽉 쥐고 이를 악문 레드는 숨도 쉬지 못하고 계속

도시를 노려봤다. 그의 주위로 뜨거운 열기가 피어올라, 아란과 테드는 저도 모르게 뒷걸음질을 쳤다.

절망이 그의 눈동자를 퇴색시켰다. 검게 물든 눈으로 레드가 중얼거렸다.

"안 돼……."

"레드, 왜 그래?"

아란이 열기를 헤치고 다가와 레드의 어깨에 손을 얹었다. 레드의 몸에서 서서히 열기가 가셨다. 이번에는 그의 몸이 부들부들 떨리기 시작했다.

"레드?"

"라울이……."

레드가 쉰 목소리로 말했다.

"방금 라울이 죽었다."

날카롭고 작은 삼지창이 유키의 목을 노리고 들어왔다. 델리와 함께 걷고 있던 유키는 자신을 향한 공격을 눈치채지 못했다. 날이 세 개로 갈라진 무기가 유키의 가느다란 목을 꿰뚫기 직전.

채앵.

무언가가 그것을 쳐냈다.

삼지창은 바닥에 떨어지기 직전, 매달려 있던 쇠사슬에 끌려 어둠 속으로 사라졌다.

"어……?"

유키가 서늘한 뒷목을 잡으며 돌아봤다. 클레어가 등을 보이고 서 있었다. 그녀는 손톱을 길게 뽑아내고 어둠 속을 노려보는 중이었다.

"클레어?"

"가만히."

클레어가 낮은 목소리로 주의를 줬다. 그제야 심상치 않은 일이 벌어졌음을 깨달은 유키가 등에 메고 있던 대검을 뽑았다.

"네가 여기서 싸울 필요는 없다. 하려던 일을 하거라."

"어, 어떻게 그래?"

"상대는 한 놈뿐이다, 아이야. 무엇이 우선인지 생각하거라."

레드는 라울을 구하라고 했고, 혈귀와 마주치면 무조건 도망치라고 했다. 유키는 주먹을 불끈 쥐었다가 대검을 도로 원위치시켰다.

"그럼 갈게. 조심해야 돼, 클레어."

"오냐."

유키와 뎰리가 돌아서서 달리기 시작했다. 또 한 번, 쇠사슬에 달린 삼지창이 날아왔지만 클레어가 그것을 쳐냈다. 채앵, 어둠 속에 날카로운 소리가 울렸다.

'무기를 사용하다니. 정혈귀인 것은 확실한데.'

클레어는 상대의 힘을 가늠하기가 힘들었다. 지하에 퍼져 있는 정혈귀들의 기운이 뒤섞여 있었고, 마주한 상대는 기척을 잘 감추고 있었다. 유키와 뎰리가 걱정스러워 조용히 그들의 뒤를 밟지 않았더라면, 유키는 삼지창에 목이 날아갔을지도 모르겠다.

클레어는 조용히 정면을 응시했다. 놈이 유키와 델리를 따라가려는 기색은 없었다. 둘의 발걸음 소리가 점점 멀어져 갔다.

또다시 쇠사슬이 날아왔다. 쇠사슬은 마치 살아 있는 것처럼 출렁출렁 움직였다. 그 끝에 매달린 삼지창으로 클레어를 공격하는 대신 결박하기로 한 것 같았다. 처음 몇 번은 피했지만 쇠사슬은 쉴 새 없이 클레어를 향해 달려들었고, 그 속도는 굉장히 빨랐다. 몇 번을 그렇게 피하다 보니 다리가 꼬여 제 속도를 낼 수가 없었다.

휘리릭.

결국 쇠사슬이 클레어의 가느다란 목에 감겼다. 클레어는 송곳니를 드러내며 손톱으로 쇠사슬을 끊으려 했지만, 무엇으로 만든 건지 정혈귀의 손톱에도 잘리지 않았다. 쇠사슬이 클레어의 목을 단단히 조였다. 인간의 몸이었다면 목이 부러졌을 것이다.

어둠 속에 있던 인물이 느릿하게 다가왔다.

"어이구야. 웬 정혈귀가 인간의 편을 드나 싶었는데…… 의외의 인물을 마주쳤네? 신기하다."

남자는 새파란 머리카락 아래에 감춰진 까만 눈동자로 클레어의 얼굴을 빤히 쳐다봤다. 그의 입가에는 희미한 미소가 묻어 있었다. 조롱하는 듯한 미소였다.

"되게 궁금했는데. 그분의 여자. 정혈귀들의 피에 새겨진 여자. 그걸 실제로 보게 될 줄이야."

그가 클레어의 볼에 차디찬 손을 얹었다. 클레어는 검붉은 눈동자를 빛내며 그를 노려봤다.

"난 파울로라고 해. 현재는 파미르 시에서 시장으로 살고 있지. 존경받는 시장. 아, 당신 이름은 말하지 않아도 돼. 샬롯, 맞지?"

"이 손 치워라."

"어이쿠."

클레어가 손을 휘두르자, 파울로는 손톱을 피해 훌쩍 뒤로 물러났다. 그는 긴장한 기색도 없이 고개를 옆으로 기울이며 싱긋 웃었다.

"그분의 여자라고 해서 엄청 강할 줄 알았는데 별거 없었네? 기척은 잘 죽이는 것 같은데, 손톱은 약해 빠졌어. 이 쇠사슬 하나 못 자르다니. 내 손톱에는 잘리거든, 이거."

파울로가 자랑하듯 말했다. 클레어는 조용히 그가 말하는 것을 지켜봤다. 싸우려면 싸울 수야 있지만, 그를 이곳에 붙잡아 두는 것이 우선이었다. 유키와 델리에게 도망칠 시간을 벌어 줘야 했다.

"너희는 대체 무엇을 하려고 하는 게냐?"

"너희? 샬롯. 너도 우리 중의 한 명이잖아. 왜 자기는 인간인 것처럼 굴어? 첫 번째 정혈귀인 게 유독 특별하다고 생각하는 거야? 아니면 그분이 널 아끼기 때문에 본인이 독보적인 존재라고 생각하는 거야?"

클레어는 대답하지 않고 그를 쏘아봤다. 파울로는 비릿한 미소를 지으며 다시 다가왔다.

'그래, 가까이 오너라.'

클레어는 손톱을 집어넣었다. 파울로가 웃었다.

"그래, 그래. 잘 생각했어. 동족끼리 싸워서 뭐해? 잘 좀 지내보자고."

파울로는 안심한 듯 클레어의 볼과 목을 쓰다듬었다. 그의 손길이 파충류의 혀처럼 섬뜩하게 느껴졌지만, 클레어는 반항하지 않았다. 파울로를 안심시켜야만 했다. 한눈에 보기에도 그는 강했다. 공격의 기회는 단 한 번.

"혈귀의 왕은 어디에 있는 게냐?"

"어느 곳에나."

"장난칠 생각 없다."

"나도 너랑 장난칠 생각 없어. 그런데 말이야. 잘 좀 지내보자고는 했어도, 내가 아직 널 믿는 건 아니거든. 뭐, 붉은 사자 녀석들 중에 한 놈이라도 죽이고 온다면, 혈귀의 왕이 있는 곳을 알려줄 수도 있지."

"나는 그 아이들을 죽이지 않는다."

클레어의 말에 파울로가 깔깔대기 시작했다. 한참을 웃던 파울로가 갑자기 정색을 하며 말했다.

"확신하지 마, 샬롯. 보니까 인간의 피를 마시는 것 같은데…… 나도 처음에 정혈귀가 됐을 땐 인간의 피를 마시고 싶지 않았어. 그런데 한 번, 두 번 그렇게 마시다 보니까 말이야. 인간의 피처럼 달콤한 게 또 없더라고."

"……."

"그런 생각이 들더라고. 인간이 돼지나 소를 먹는 것처럼, 우리도 인간의 피를 마실 뿐이야. 돼지나 소의 입장에서는 인간이 잔인하고 끔찍하게 느껴지겠지. 결국 그런 거 아니겠어?"

지금이다.

클레어는 순식간에 손톱을 빼내 파울로의 목을 베었다. 자기주장을 펼치던 파울로는 잠시 전투태세를 풀고 있었다. 클레어의 손톱이 닿는 순간 피부를 단단하게 만들기는 했지만, 그녀의 힘을 이기지는 못했다. 손톱은 두부를 썰 듯 파울로의 목을 잘라냈다.

하지만 파울로도 쉽게 당하지만은 않았다. 머리가 잘려 나간 상태로, 파울로는 손톱을 뽑아내 정확하게 클레어의 복부를 향해 찌르고 들어갔다. 길고 날카로운 검이 배에 박히는 듯한 고통이 일어났지만, 클레어는 신음조차 흘리지 않고 다시 한 번 손톱을 휘둘렀다.

이번엔 파울로의 왼쪽 다리였다.

피부를 강화시킨 상태라 완전히 잘라내지는 못했다. 클레어의 예상대로 파울로는 강했다. 그는 목과 다리에 상처를 입은 상태였지만 속도가 줄어들진 않았다. 클레어의 복부에 손톱을 박은 채로, 그는 팔을 들어 올렸다.

"큭……!"

클레어 역시 피부를 단단하게 만든 덕분에 그의 손톱이 그녀의 배를 찢지는 못했다. 하지만 그 상태로 공중으로 들어 올려졌다. 끔찍한 고통이 클레어를 덮쳤다.

그때였다.

갑자기 파울로가 클레어를 집어던지더니 두 손으로 자기 목을 감쌌다. 클레어는 바닥에 쓰러진 채 배에 손을 얹고 파울로를 지켜봤다.

파울로의 잘린 부위에서 이름 모를 식물이 자라나고 있었다.

'초목의 권능인가? 그럼…….'

주위를 둘러보자, 몇 미터 떨어진 곳에 호리호리한 인영이 보였다. 델리였다.

도시를 뒤덮는 힘을 사용했던 델리는 상당히 지쳐 있었기에, 잘린 면에만 퍼지는 힘을 사용한 것만으로도 헐떡거리고 있었다. 금방이라도 쓰러질 듯 창백한 얼굴이었지만, 그녀는 오른손을 쭉 내밀고 정신을 집중했다.

잘린 부위에 돋아나던 식물들을 뜯어내던 파울로는, 안 되겠다 싶었는지 떨어진 머리를 집어 들어 목 위에 얹었다. 초목의 권능이 닿았기에, 머리는 쉽게 붙지 않았다.

"크어어억! 대체…… 무슨…… 제길!"

반쯤 붙은 목에서 계속 식물이 자라나자, 파울로는 어쩔 수 없다고 생각한 듯 그 자리를 떠났다.

"괘, 괜찮으세요, 클레어 님?"

델리가 달려왔다. 그녀는 비틀거리면서도 클레어의 안색을 걱정했다. 클레어는 힘겹게 일어났다. 상처 부위는 이미 아물었지만 고통이 가시질 않았다.

피가 필요하다. 피.

"힘드시죠? 제 피를 좀 드릴까요?"

델리는 당장이라도 손목을 그으려 했다. 클레어가 그녀의 어깨를 강하게 잡았다.

"아니다. 견딜 수 있다."

"하지만……."

"왜 돌아온 게냐? 물의 아이와 함께 가지 않고?"

"그냥 전…… 죄송해요. 죄송해요. 제가 부족해서 클레어 님이 하신 말씀을 지키지 못하고…… 그저 저는…… 두고 갈 수가 없었어요."

"나는 강하단다. 정혈귀 아이는 나를 죽이지 못했을 게다."

"하지만……."

델리가 클레어를 응시했다. 그녀의 잿빛 눈동자는 촉촉하게 젖어 있었다.

"하지만 도저히 클레어 님을 혼자 남겨 둘 수가 없었어요."

델리가 클레어의 팔을 꽉 붙들고 중얼거렸다.

"더 이상은 이 어둠 속에 클레어 님 혼자 서 있게 하고 싶지 않았어요."

"무슨 소리야, 그게?"

아란이 레드의 팔을 붙들고 그를 돌려세웠다.

"라울이 죽었다니. 그게 무슨 말이야?"

"라울이…… 죽었어……."

레드의 눈동자가 흔들리고 있었다. 그는 앞에 아란이 있다는 것조차 느끼지 못하는 것 같았다.

"라울이 죽었어…… 라울이……."

짜악! 아란이 레드의 뺨을 때렸다. 레드의 눈동자가 아란에게 고정되었다. 아란은 두 손으로 레드의 볼을 감싸고 다시 한 번 물었다.

"라울이 죽었다고?"

"어……."

"그걸…… 네가 어떻게 알지?"

"모르겠어. 나도 모르겠는데 느꼈어. 라울이 죽었다는 걸……."

"그걸 어떻게 느끼는데? 그냥 불길한 예감 같은 거 아냐? 넌 라울이 어디에 있는지도 모르잖아!"

"어, 모르지. 모르는데…… 정말 모르겠는데……."

레드가 가슴 위에 손을 올렸다.

"라울이 죽었어."

지하수로 입구를 지키던 병사들은 모두 잠들어 있었다. 델리의 말로는 몇 시간쯤 지속될 거라고 했다.

'델리도 나랑 같은 걸 느끼는구나. 아모른의 권능 때문인 걸까?'

클레어를 두고 도망칠 때, 유키는 슬쩍 뒤를 돌아봤었다. 어둠 속에 혼자 서 있는 그녀의 뒷모습을 보는 순간, 유키는 가슴에 통증을 느꼈다. 아릿하고 슬픈 통증. 혼자 둬서는 안 된다는 생각이 들었다. 이유는 모르겠는데, '더 이상' 혼자 둬서는 안 된다고 생각했다. 그때 델리가 말했다.

"가 봐야겠어요. 클레어 님을 더 이상 혼자 놔둘 순 없어요."

같은 생각을 하고 있다는 것이 신기했다. 레드가 지시한 것과는 다르지만, 유키는 델리에게 가보라고 했다. 라울을 구하는 것도 중요하지만, 클레어를 혼자 두지 않는 것도 무척이나 중요한 일처럼 느껴졌다.

'라울을 찾는 건 나 혼자서도 충분해.'

유키는 입구 근처를 둘러봤다. 정혈귀들은 지하수로 안에 있을 테니 아직은 유키의 존재를 눈치채지 못했을 것이다. 하지만 그들은 인간의 심장 박동 소리를 듣는다. 수로 안에 들어가서 그들과 가까워지면, 그들이 유키를 알아챌 것이다.

'심장 박동 소리를 들리지 않게 하면 좋을 텐데. 어떡하지?'

도톰한 입술을 비쭉 내밀고 고민을 하던 유키의 머리에 한 가지 생각이 떠올랐다. 유키가 오른손을 내밀자 그 위에 물이 만들어지기 시작했다. 물 덩어리는 마치 갑옷처럼 유키의 상체를 감쌌다.

'물로 감싸고 있으면 심장 소리가 크게 새어 나가진 않을 거야. 여차하는 순간에 놈들의 공격을 막을 수도 있고.'

만약 정혈귀들이 소리 없이 덮친다면 물의 권능에 닿아 고통스러워할 것이다.

'역시 나는 꼬맹이인데도 머리가 좋다니까.'

유키는 자화자찬하며 입구로 다가갔다. 철문의 건너편이 자물쇠로 잠겨 있었다. 유키는 망설이지 않고 검을 뽑아 그것을 베었다. 사악, 날카로운 검날에 철문이 조용히 갈라졌다.

'라울, 조금만 기다려. 반드시 내가 찾아낼게.'

"레드, 진정해!"

화마가 레드의 주위를 감쌌다. 레드는 자신의 힘을 통제하지 못하고 있었다. 후끈한 열기에 아란과 테드는 뒤로 물러섰다. 소란에 깨어난 잔느와 에녹이 놀란 표정으로 레드를 쳐다봤다.

붉은 불꽃이 레드의 주위에서 일렁거리고 있었다. 레드 본인은 그 열기를 느끼지 못하는 듯, 부릅뜬 눈으로 허공을 노려봤다.

"레드! 정신 차려!"

"라울이 죽었어."

레드가 넋이 나간 사람처럼 중얼거렸다.

"그래. 그래도 그걸 이겨 내고 나아가야 한다고 말한 건 너였다. 기억 못 하나?"

"아란, 라울이 죽었다니까?"

"그래. 그래도 클레어를 도와야 한다면서! 아직 확인된 것도 아닌데 이렇게 무너지면 어쩌자는 거냐?"

"확인이 되지 않아? 아니, 확실해. 라울은 더 이상 이 세상에 없어. 욱⋯⋯!"

레드가 무너지자 오히려 아란이 냉정해졌다. 아란은 어떻게든 레드를 진정시켜야 한다고 생각했다. 주체하지 못하는 레드의 불길은 어쩌면 이곳을 전부 태워 버릴지도 몰랐다. 저번 마을에서와 같은 요행이 일어나기를 기대할 순 없었다.

불길이 점점 거세어졌다.

"레드, 제발. 클레어를 생각해라."

"라울이⋯⋯."

레드의 얼굴이 고통스럽게 일그러졌다.

아란은 레드의 반응을 도통 이해할 수가 없었다. 도대체 레드는 왜 저렇게까지 라울의 죽음을 확신하는 걸까? 친구라서?

아니, 아란 역시 라울의 친구인 건 마찬가지였다. 따지자면 레드보다 아란이 라울과 더 가까웠다. 하지만 아란은 라울의 죽음 같은 건 느끼지 못했다. 어쩌면 적의 공격인 게 아닐까? 어디선가 정혈귀가 생각을 지배하는 힘이라도 보내는 거 아닐까? 그런 황당한 생각까지 들었다.

"라울이⋯⋯ 라울이⋯⋯!"

설령 라울이 진짜 죽었다고 해도, 레드의 반응은 이상했다. 레드는 그 어떤 일에도 이성을 잃지 않는다. 아란과 유키가 절규하면 절규했지, 레드라면 냉정하게 상황을 정리하고 해야만 하는 일을 할 것이다. 원래의 레드라면.

"아아, 내가…… 내가 약해서야!"

불길이 폭발하듯 커졌다.

"레드!"

미처 피하지 못한 아란이 불길에 휩싸이기 전, 레드가 정신을 차렸다. 불은 아란의 앞머리를 살짝 그슬고 꺼졌다. 레드는 주인 없는 꼭두각시 인형마냥 우뚝 멈춰 있었다.

"레드."

아란이 조심스럽게 그의 옆으로 다가갔다. 레드가 고개를 돌려 아란을 쳐다봤다.

"이제 진정한 건가?"

"어."

레드의 눈동자는 차갑게 식어 있었다.

"다행이군."

아란이 작게 안도의 한숨을 내쉬었다. 레드는 언제 흥분했냐는 듯 머리를 쓸어 넘겼다.

"미안하다. 내가 뭔가…… 이상해졌었어."

자신의 격한 반응을, 레드 본인도 이해할 수 없는 듯했다.

"뭔가 여기가…… 이상했어."

레드가 자기 머리를 톡톡 두드렸다.

"그래. 그렇겠지. 라울이 죽은 걸 알다니."

"아니, 라울은 죽었다. 라울이 느껴지지 않아."

레드가 쉰 목소리로 말했다. 아란의 미간에 깊은 주름이 생겼다.

"그게 무슨 말이야? 느껴진다니. 너, 그럼 우리도 느낄 수 있는 거냐?"

"아니, 뭐라고 해야 하나. 뭐라 설명할 길이 없다. 너희를 느낄 수 있는 게 아니야. 뭔가 달라. 이건…… 아무튼 뭔가 달라."

"……."

"하여간 이제 우리한텐 라울이 없다. 유키랑 델리가 시체라도 찾아내야 할 텐데."

이게 아란이 아는 레드였다. 진짜 고통은 속으로 삭이고, 이성적으로 행동하는 레드.

레드가 진정하고 나니 아란의 가슴이 술렁거리기 시작했다. 레드는 라울의 죽음을 확신하고 있다. 레드가 저 정도까지 확신한다면, 그 말이 진실일 것이다.

'라울이 죽었다고?'

한발 늦게 슬픔이 찾아왔다. 심장이 뜯기는 것 같았다.

'라울을 두 번 다시 볼 수 없다고?'

아란은 신음을 안으로 삼켰다.

'그 빈정대는 말투와 미소가 이제는 더 이상 세상에 없다고?'

아란은 이를 악물었지만, 흐느낌을 막을 수 없었다. 고개를 숙이고 작게 흐느끼는 아란의 어깨에, 레드가 손을 얹었다.

"괜찮아. 아무한테도 말하지 않을 테니, 그냥 울어. 아발란체."

파울로는 말을 타고 수도를 향해 달리는 중이었다. 살 속에서 돋아난 식물들은 전부 뜯어냈고, 잘렸던 목과 다리도 제대로 붙었다. 하지만 여전히 욱신거리는 통증이 남아 있었다. 통증은 식물이 돋아났던 부위뿐 아니라 온몸으로 퍼져 나갔다. 마치 혈관을 타고 돌아다니는 듯이.

"빌어먹을!"

이런 힘을 가지고 있을 줄은 몰랐다. 이건 마치 성수에 맞은 듯한 고통을 불러일으킨다.

"붉은 사자 놈들이 다 이런 힘을 갖고 있는 건가? 제기랄. 아파 죽겠네!"

파미르 시에서 가장 좋은 말을 끌고 왔지만, 파울로에게는 느리게만 느껴졌다. 당장 마하딘을 만나서 이 힘에 대해 제대로 알려 줘야만 한다.

"샬롯도 샬롯이지만, 그 계집애가 더 문제야. 나니까 이 정도지, 내 아래에 있는 놈들은 꼼짝없이 당할 거야."

파울로는 말에서 뛰어내렸다. 근처에서 인간의 심장 소리가 들렸다.

수도로 가는 길목에는 음식을 만들어 파는 가게 겸 민가들이 몇 채 있었다. 그 지역에 들어선 모양이다.

"피를 좀 마셔야겠군."

끔찍한 고통이 쉬이 사라질 것 같지 않았다. 파울로는 절뚝거리며 민가 쪽으로 향했다.

잠들어 있는 두 명의 피를 마시고 나자, 고통이 사라졌다. 파울로는 고개를 옆으로 뚝뚝 꺾은 후, 수도를 향해 달리기 시작했다.

마하딘은 혼자가 아니었다.

"테로스 님."

파울로가 가볍게 고개를 숙였다. 테로스는 싱긋 웃으며 침대 옆을 툭툭 두드렸다.

"뭘 그렇게 예의를 차리고 그래? 넌 내가 만들지도 않았는데. 앉아, 앉아."

파울로는 테로스가 시키는 대로 그의 옆에 앉았다. 마하딘은 테로스가 만든 정혈귀이기 때문에, 그의 등장에 안절부절못하고 있었다. 왕이 됐다고 잘난 체하던 마하딘이 굽실거리는 모습을 보니, 조금 고소했다.

"왜 그렇게 허둥지둥이야? 뭔 일 생겼어?"

"아…… 샬롯을 만났습니다."

파울로는 아까 있었던 일을 설명했다.

"흐응. 역시 이쪽으로 오고 있나 보네. 그렇게까지 말해 뒀는데."

"대체 그 힘은 뭡니까? 그건 마치…… 성수를 맞았을 때 같은 느낌이었습니다."

"뭐, 비슷하겠지. 아모른이 준 힘이니까."

"아모른의 힘이라고요?"

"응. 우릴 상대하라고 준 힘인 것 같은데…… 대단할 건 없어. 예전에 샬롯의 가족이 가진 힘이랑 같은 거거든. 그런데 어떻게 됐지? 우린 살아남고, 그들은 죽었잖아."

테로스가 별거 아니라는 듯 말했지만, 파울로의 얼굴에선 근심이 사라지지 않았다. 그는 불안한 듯 말했다.

"파미르 시 근처에 있는 마을 아시죠? 빈탄이 가지고 놀았던 마을."

"아아, 그거. 나도 거기에 있었어. 레드 놈, 많이 강해졌더라."

"레드란 자가 거기 있는 정혈귀를 다 죽인 겁니까?"

"뭐, 약한 놈들이었잖아."

"거보세요, 테로스 님. 정말 위험하다니까요. 전쟁을 시작했는데, 놈들이 공격이라도 해오면 어찌합니까? 정혈귀를 죽일 정도니, 아혈귀들은 더 쉽게 죽일 수 있을 겁니다."

"그렇게 걱정할 거 없다고 해도 그러네. 놈들의 힘은 불안정해. 레드, 그놈도 얼떨결에 그 힘을 사용한 걸 거야. 정 불안하면 한 놈쯤은 죽여도 되지만, 아버지가 많이 싫어하실걸."

혈귀의 왕을 내세우자 파울로는 아랫입술을 잘근 깨물고 더는 반박하지 않았다. 혈귀들을 위한 세상을 만들자고 했으면서, 왜 가장 귀찮아질 존재들을 그냥 놔두는 건지, 파울로는 알 수 없었다.

'왕께는 샬롯의 의미가 그렇게까지 큰 건가? 사랑한다는 이유만으로 원대한 계획이 망쳐질 수도 있는 걸 감안한단 말이야?'

"어쩌면 큰 문제가 아닐지도 몰라."

조용히 듣고 있던 마하딘이 입을 열었다.

"연금술사가 발견했어. 햇빛과 성수로부터 아혈귀를 지킬 수 있는 방법을."

"그게 정말이야?"

파울로가 달려들 듯 물었다. 마하딘이 빙긋 웃었다.

"그래. 마력석을 가공한 건데, 그걸 박아 넣으면 아혈귀들이 성수에 반응하지도 않고, 명령도 제대로 듣더군."

"그걸 진짜로 만들어 내다니. 대체 그 연금술사 놈은 어떻게 생겨먹은 놈이지?"

"원한다면 보여 줄 수도 있고. 부를까요, 테로스 님?"

"난 별로. 이번 전쟁에 끼고 싶지 않거든. 그냥 너희가 어떻게 하고 있는지 궁금해서 온 거니까."

테로스가 홀쩍 일어나 간다는 말도 없이 방을 나갔다. 테로스가 나가고 나니, 마하딘이 여유를 되찾았다. 그는 바닥에 털썩 앉아서 말했다.

"가셔서 다행이다. 내 계획을 테로스 님이 계신 곳에서 말하기는 좀 그랬거든."

"무슨 계획인데?"

파울로가 마하딘의 앞에 바짝 다가왔다. 마하딘은 귀를 기울여 테로스가 멀어졌는지 확인한 후, 입을 열었다.

"인간의 심장을 먹는 거야."

"이봐. 미쳤어? 그 짓을 하면 우리도 아혈귀 놈들처럼 변해."

"아니야. 들어 봐. 그 마력석을 박아 넣으면 이성이 유지가 돼. 심장을 먹어도 이성을 유지할 수 있을 거라는 거지."

"하지만……."

"어차피 정혈귀들에게도 마력석을 박을 생각이었어. 다른 건 몰라도 성수랑 놈들이 가진 힘은 거슬리니까. 생각해 봐. 인간의 심장이 얼마나 큰 힘을 주는지. 전에 본 적 있잖아, 그 괴물."

"아아."

파울로는 오래전에 마주쳤던 괴물을 떠올렸다. 인간의 심장을 지속적으로 먹어서 정혈귀도, 아혈귀도 아니게 된 괴물. 정혈귀 여러 명이 함께 상대하고서야 그것을 죽일 수 있었다.

"우린 이성을 유지한 채 그렇게 되는 거야. 게다가 성수를 맞아도 아무 문제없을 거고."

강해진다. 그것은 달콤한 유혹이었다. 인간의 심장을 한 번쯤은 맛보고 싶다는 것은, 정혈귀라면 누구나 가지고 있는 은밀한 욕망이었다. 다만 그러지 말라는 왕의 명령 때문에 욕망을 억누르고 있을 뿐이다.

"확실하진 않잖아. 만약 그 마력석을 박았는데도 이성을 잃게 된다면?"

파울로가 반쯤 넘어왔다는 걸 깨달은 마하딘이 씩 웃었다.

"걱정 마. 전쟁까지 한 달 남짓 남았어. 그동안 알프레드에게 심장을 먹게 할 생각이야. 그놈이 멀쩡하다면 우리도 괜찮겠지. 우린 그 녀석보다 강하니까."

"이 지하수로는 정말 미로 같구먼. 대체 언제 이런 걸 만든 거지? 정혈귀 놈들이 만들어 놓은 것 같기는 한데 말이야."

타니하르는 투덜거리면서도 거침없이 앞으로 나아갔다. 이렇게 깊을 줄 알았으면 먹을 거라도 챙겨올 걸 그랬다. 아까 먹은 걸로는 충분하지가 않아서 벌써 뱃속이 요동쳤다.

아무리 여자의 몸으로 바뀌었어도 타니하르는 평범한 여자들보다 육체의 힘이 강했다. 그의 허벅지는 지치지 않고 빠르게 움직였지만, 지하수로는 끝날 기미를 보이지 않았다.

"상당히 걸어온 것 같은데. 안 그러냐?"

타니하르가 마침 발밑을 지나가던 쥐에게 말했다. 쥐는 찌직 비명을 지르며 도망쳤다.

"이 방향은 파미르 시가 있는 방향인데, 쭉 가면 파미르까지 통하려나? 하지만 파미르에서 가쿠타까지 이어지는 수로가 있다는 말은…… 아아, 그렇군."

얼마 전 왕실에서 파울로 디팡을 목격했던 일이 떠올랐다. 갑자기 사로잡히는 바람에 그 일을 까맣게 잊고 있었는데, 파울로를 대입시키니 지하수로의 의미를 대충 짐작할 수 있었다.

"그렇구먼, 파울로와 마하딘이 작당을 한 거로군. 그래서 이

지하수로를 판 거고 말이야. 아혈귀들을 모아두는데 이보다 좋은 장소는 없지. 햇빛도 안 들어오고. 이 길을 통해 아혈귀들을 공수해 왔던 모양이군."

답이 나왔다.

수도는 아직까진 보는 눈이 많은 곳이었다. 왕과 왕실 기사단장이 정혈귀이기는 하지만 함부로 행동할 수는 없었다. 다른 귀족들이 있고, 그들의 기사단이 있다. 게다가 어둠의 거리 주인도 있고.

만약 수도 가쿠타에서 인간들이 끊임없이 사라지면 누군가 의심해서 조사에 들어갈 수도 있었을 것이다. 하지만 파미르 시라면 다르다. 파울로가 시장이니, 말만 잘해두면 얼마든지 사람들의 실종은 덮어둘 수 있는 것이다.

"파미르 근처에는 마을도 많고, 드나드는 상인도 많으니까 실종자들이 좀 생겨도 큰 문제가 되지는 않았을 거야. 노예상이 지나가는 길이기도 하고. 놈들이 이걸 오래전부터 계획한 거라면, 그 수가 굉장하겠군."

아혈귀 병사로 이루어진 집단을 떠올리자 심장이 콱 조였다. 놈들의 손에 죽을 수 있다면 차라리 다행이다. 만약 놈들이 죽이는 대신 송곳니를 박아 넣는다면, 맞서 싸우던 이들마저 아혈귀가 되어 버릴 것이다.

"죽여도, 죽여도 끝이 안 나는 싸움이 될지도……."

타니하르가 파미르 시 쪽을 향해 걸어오는 동안, 유키는 지하수로를 헤매는 중이었다. 처음에는 한 길이던 지하수로는 깊이 들어갈수록 복잡해졌다.

'비린내가 너무 심해. 아혈귀들한테서 나는 냄새인가?'

유키는 한 손으로 코를 틀어막고 주위를 둘러봤다. 혈귀의 기운을 느낄 수는 없지만, 이 안에 불길한 것들이 잔뜩 있다는 것은 느낄 수 있었다. 당장이라도 어둠 속에서 무언가가 튀어나올 것 같아, 자꾸만 걸음이 더뎌졌다.

'여기로 가는 게 맞긴 맞나? 라울의 위치를 대략적으로라도 알 수 있으면 좋을 텐데…… 설마…… 여기 말고 딴 데 있는 건 아니겠지?'

길은 점점 복잡해지고 라울이 있을 만한 곳도 발견하지 못하니, 그가 지하수로에 갇혀 있을 거란 전제 자체가 잘못되었다는 생각이 들었다. 어쩌면 다른 곳으로 잡혀갔을지도 모른다. 아니, 처음부터 지하수로라고 확신해서는 안 됐다.

'클레어랑 같이 왔어야 했어. 클레어가 있어야 라울의 위치를 알아낼 수 있는데, 너무 쉽게 생각했어. 내가 너무 오만했어. 내 탓이야.'

혈귀와 마주쳤을 때 권능을 사용하게 될 걸 생각해서 클레어를 두고 왔다. 하지만 지금처럼 아무 문제없이 돌아다닐 수 있는 거라면, 그녀와 함께 와도 무방했을 것이다.

어둠이 절망을 더욱 크게 부풀렸다. 유키는 아랫입술을 질끈 깨물고, 금방이라도 울음을 터뜨릴 것 같은 눈으로 주위를 둘러봤다. 빛 한 점 없는 지하수로는, 어둠에 익숙해진 시야로도 자세히 살펴보기 힘든 상태였다.

'라울. 도대체 어디에 있는 거야? 라울⋯⋯.'

유키는 울고 싶었다.

'어떡하지? 다시 나가서 클레어를 데리고 들어올까? 여기에 라울이 있는지 없는지 확실하지도 않은데, 계속 헤매는 건 시간 낭비인 것 같아.'

몇 개의 갈림길을 선택해야 했던 유키는, 자신이 길을 잘못 들어왔다고 확신했다. 설령 이곳에 라울이 있더라도, 그가 갇힌 곳과 완전히 다른 쪽으로 왔는지도 모른다.

아마 밖은 서서히 동이 트고 있을 것이다. 몇 시간이나 빠르게 걸었는데 라울을 발견하지 못했다.

'그래, 여기가 아니었던 거야.'

이곳에 라울이 없을 거라고 확신한 유키는, 지하수로 안을 물로 가득 채워야겠다고 생각했다. 몇 시간이나 헤맸는데 아무 수확 없이 돌아갈 수는 없었다. 이 안을 물로 채우면 어딘가에 있을 혈귀들도 큰 타격을 받을 것이다. 몇몇 살아남은 놈들이 우왕좌왕하며 수로를 빠져나가면, 클레어가 눈치를 채고 달려올 것이다.

'그래. 내 온 힘을 다해서, 이 안을 물의 권능으로 채워주겠어.'

주먹을 꽉 쥐고 집중하는 유키의 뒤로, 검은 그림자가 빠르게 다가오고 있었다.

　파미르 시에서부터 가쿠타 시까지 이어지는 긴 터널, 그리고 아혈귀를 모아 놓을 넓은 공간을 만드는 데 10년이 넘는 시간이 걸렸다. 파미르 시의 시민들은 도시 아래에 어마어마하게 넓은 공간이 존재한다는 것을 모르고 있었다.

　그곳의 바닥은 결박 마력석이 곳곳에 설치되어 있었다. 결박 마력석은 그 힘이 미치는 범위에 들어온 사물을 움직이지 못하게 고정해 두는 효과가 있었다.

　짐승처럼 날뛰는 아혈귀들을 한곳에 모아두기 위한 방편이었는데, 마력이 혈귀에게 큰 힘을 발휘하지는 못하기 때문에 수시로 마력석을 갈아 주어야 했다. 파울로의 정혈귀들은 매일 몇 백 개나 되는 결박 마력석을 점검하느라 정신이 없었다.

　"진짜 시끄럽네."

　젤린이 힘을 다한 마력석을 다른 마력석으로 바꾸며 중얼거렸다. 마력석은 아혈귀들을 움직일 수는 없게 해 주지만, 입을 다물게는 하지 못했다. 몇몇 강한 놈들은 다리가 고정된 상태로 팔을 휘둘러, 주위의 아혈귀를 베어 버리기도 했다.

　"대체 이 짓을 언제까지 해야 되는 거야?"

　"조만간 끝나겠지. 왕실 쪽을 손에 넣었잖아. 이제 우리 계획도 막바지 아닌가?"

　옆에서 함께 점검을 하던 다힌이 말했다.

"그 조만간 이라는 말을 2년 전부터 들어왔어. 이번엔 정말 제대로 좀 진행됐으면 좋겠네."

"이번엔 진짜로 진행될 것 같은데? 파울로 님도 유독 즐거워 보이시고. 아, 그러고 보니 왕자가 죽은 것 같은데. 아까부터 심장 소리가 안 들리더라."

"역시 죽었나? 하긴, 왕의 아들이라고 해도 똑같은 인간이니, 그렇게 피를 흘리고 살아남을 수는 없겠지."

"아깝다. 왕실의 피를 한번 마셔보고 싶었는데."

"다를 게 있겠어? 그 피가 그 피지, 뭐. 죽은 인간 피라도 괜찮으면 가서 마셔보던가."

"죽은 건 안 내키는데. 입술이라도 축여볼까?"

다힌이 미소를 지으며 마력석이 담긴 자루를 젤린의 앞에 던졌다.

"야, 이건 마저 하고 가!"

"금방 갔다 올게."

다힌은 아혈귀의 위로 훌쩍 뛰어 올라가 그들의 머리통을 밟으며 입구로 향했다. 입구는 계단 위에 있었지만, 그녀는 쉽게 그 위까지 도약했다.

"아, 진짜. 짜증 나게."

젤린은 다힌이 던지고 간 자루를 집어 들었다. 아혈귀들은 평소보다 크게 소리를 지르고 있었다. 슬슬 허기가 지는 모양이다.

"하루만 더 참아, 하루만. 다른 방에 가둬둔 인간들의 수도 이제 얼마 안 남았다고. 뭘 이렇게 수시로 처먹는 거야, 돼지 같은 놈들."

불만스럽게 마력석을 점검하고 있는데, 다힌이 돌아왔다. 어느새 젤린의 옆에 선 다힌은 의아하다는 표정으로 물었다.

"젤린, 입구에서 다섯 번째 방에 가둬둔 거 맞지?"

"응. 피는 먹어봤어?"

"팔다리를 자른 거, 확실해?"

다힌의 질문에 심상치 않음을 느낀 젤린이 허리를 펴고 일어났다.

"당연하지. 확실히 잘라서 여기저기로 던져놨었어. 왜? 그놈이 자기 팔이라도 먹어치운 거야?"

"아니, 그게 아니라…… 젤린, 방엔 아무것도 없었어. 팔다리도, 왕자의 시체도."

유키의 손가락 끝에 물보라가 맺히기 시작했다. 라울을 찾지 못했다는 절망과 어쩌면 라울이 죽었을지도 모른다는 불안감이, 유키에게서 이성을 앗아 갔다.

유키는 생각했다. 이 물로 모두를 쓸어버리면 지하수로 밖으로 정혈귀들이 흘러나갈 거고, 클레어가 그들을 붙잡아 라울이 갇힌 장소를 말하게 만들 수도 있을 거라고. 잘만 하면 큰 싸움 없이 파미르의 모든 혈귀들을 없애버릴 수도 있을 거라고. 그런 헛된 생각을 했다. 자신의 힘으로 지하수로를 가득 채우기엔, 이

곳이 너무 넓다는 생각까지는 하지 못했다.

누군가 뒤에서 다가와 유키의 입을 막고 허리를 감은 것은, 바로 그때였다. 오로지 힘을 불러내는 것에만 집중하고 있던 유키는 갑작스러운 일에 대응하지 못했다. 손끝에 맺혔던 물이 철떡, 바닥에 떨어졌다.

비명을 지르는 대신 몸을 비틀어 빠져나오려고 했다. 하지만 상대의 힘은 강했고, 유키는 손발만 버둥거릴 뿐, 그의 힘을 이길 수가 없었다.

"쉿."

그가 유키의 귓가에 속삭였다.

"조용히 해요, 유키."

목소리의 주인을 눈치챈 유키가 눈을 휘둥그레 떴다. 유키는 얼른 고개를 끄덕였고, 그는 팔에서 힘을 뺐다. 그에게서 벗어난 유키가 휙 돌아서서 그를 끌어안았다. 유키는 그의 품에 얼굴을 묻고 중얼거렸다.

"라울……."

라울이 빙그레 웃으며 유키의 머리를 쓰다듬었다.

"그래요, 나예요. 대체 무슨 짓을 하려고 한 거예요?"

"나, 나 라울을 구하러 왔어. 그런데 여기, 너무 깊잖아. 너무 넓고 깊어서 도저히 형을 찾을 수가 없어서…… 그래서 전부 물로 쓸어버리려고……."

"그럼 나도 물에 빠져 죽을 거란 생각은 안 했어요?"

"하지만 여기 없는 줄 알았는걸. 한참을 걸어왔는데도 찾을 수가 없었으니까."

"이곳은 미로 같아요. 아마 길을 잘못 들었나 보네요. 다행이에요."

"다행이라니?"

유키가 눈만 들어 라울을 올려다봤다.

"내가 있는 쪽으로 왔으면 정혈귀들이랑 마주쳤을 거예요. 방 근처에 놈들이 있었거든요. 일단 가죠. 내가 사라진 걸 알면, 놈들이 날 찾을 겁니다."

"다친 덴 없어?"

"네, 놀랍게도 없네요. 서두르죠."

라울이 유키의 손을 잡고 안쪽으로 걷기 시작했다. 빛 한 점 없이 어두운데도 라울은 조금도 망설임이 없었다. 마치 그 어둠 속에서도 앞이 환히 보인다는 듯.

'뭔가…… 이상해.'

라울에게 이끌려 걸어가면서, 유키는 그의 뒷모습을 살펴봤다.

'라울이 뭔가 이상해. 뭔가가…… 달라.'

순간, 라울이 정혈귀가 되었을지도 모른다는 의심이 들었다.

'하지만 손이 따뜻한걸. 라울이 정혈귀가 되다니, 그럴 리 없어.'

"유키."

앞장서서 걸어가던 라울이 낮게 유키를 불렀다. 유키는 속마음이 들킨 줄 알고 움찔 어깨를 움츠렸다. 라울은 돌아보지 않은 채 말했다.

"왜 혼자서 이런 델 들어온 겁니까?"

"아아. 그게 여기로 오다가 정혈귀를 마주쳤거든."

유키는 아까 밖에서 있었던 일을 설명했다.

"그래요. 클레어를 혼자 둘 수가 없었던 거군요. 델리도, 당신
도……."

속도를 늦추지 않고 이야기를 다 들은 라울이, 의미심장하게
중얼거렸다. 역시 뭔가 이상하다.

'아니야. 라울이 정혈귀가 됐을 리 없어. 하지만…… 하지만 정
말 이상해. 라울 같지가 않아.'

뭐가 이상한지 딱 잘라 설명할 수는 없지만, 묘한 분위기를 풍
기고 있었다. 오랫동안 라울과 붙어 있었던 유키이기에 알아챌
수 있는 변화였다.

라울이 정혈귀가 되었다는 건 상상하고 싶지도 않은 끔찍한
일이었지만, 확인을 해 봐야만 했다. 유키는 조용히 손에 물의 권
능을 불러내, 라울의 등을 향해 쏘았다.

"차갑습니다, 유키."

등에 물을 맞은 라울이 돌아보지도 않고 말했다. 고통스러워
하는 기색은 없었고, 걷는 속도가 느려지지도 않았다.

"유키. 내가 정혈귀가 된 것 같습니까?"

라울의 질문에 유키는 우뚝 걸음을 멈췄다. 잘 따라오던 유키
가 걷지 않자, 라울이 의아하다는 표정으로 돌아봤다.

"응, 정혈귀인 것 같아, 라울. 지금 형은 진짜 이상해. 이렇게 어두운 데도 엄청 잘 보이는 것처럼 걸어가고, 뭔가 분위기가…… 달라졌어."

"아아, 그렇습니까? 흠, 그렇군요, 역시……."

"역시……라니? 무슨 말이야? 형, 정말 정혈귀가 된 건 아니지?"

"나도 처음엔 그런 줄 알았는데……."

라울은 잡고 있던 유키의 손을 자신의 가슴 위에 올렸다. 그 안에서 뛰는 심장의 박동이 분명하게 유키의 손바닥에 전달되었다.

"나 아직 살아 있습니다, 유키."

"그러네. 의심해서 미안해, 라울."

"아닙니다. 나도 내 자신을 의심했었으니까요. 일단 갑시다."

"으응……."

유키는 묻고 싶은 말이 더 있었다.

그럼 왜 그렇게 분위기가 달라진 거야?

어째서 이 방향으로 가는 거야?

그 미로 속에서 날 어떻게 찾아낸 거야?

하지만 묻는다고 제대로 된 대답이 돌아올 것 같지 않았기에, 말없이 그의 뒤를 따라갔다.

"클레어 님은 돌아가시는 게 좋겠어요."

동쪽에서 뜨는 햇살이 서서히 도시를 밝혀오기 시작했다. 델리의 청록색 머리카락은 햇빛을 받으면 거의 파란색으로 반짝거렸다. 델리는 눈이 부신 듯, 한 손으로 이마 위에 그늘을 만들었다.

"혼자 괜찮겠느냐?"

"원래 유키 님과 제가 해야 할 일이었으니까요. 클레어 님이 한참 안 돌아와서 레드 님이 걱정하실 거예요."

"허나 지금 상황이 많이 안 좋구나. 벌써 한참이 지났는데도 물의 아이가 돌아오지 않는 걸 보면, 저 안에서 무슨 일이 벌어진 게 틀림없다. 아무래도 지하수로 안으로……."

"클레어 님."

델리가 클레어의 손목을 붙잡았다. 그녀는 잿빛으로 빛나는 신중한 눈동자로 클레어를 응시했다.

"사명, 이라는 말을 아시죠?"

갑작스러운 질문에 클레어의 미간에 옅은 주름이 생겼다. 클레어가 아무 대답하지 않았지만, 델리는 상관없다는 듯 말을 이었다.

"혈귀와 싸우는 건, 아모른의 권능을 가진 자들의 사명이에요. 클레어 님의 개인적인 복수를 위해, 우리가 희생을 하는 게 아니에요. 우리는 그저 이 땅에서 혈귀를 멸하라는 사명을 가지고 움직이고 있을 뿐이에요."

질책하는 말투가 아니었다. 동생을 타이르는 듯 애정이 담긴 말투. 그녀의 이야기를 듣자, 잊고 있던 기억이 떠올랐다.

"사명이란다, 샬롯. 누군가를 지키기 위해, 명성과 존경을

얻기 위해…… 그런 이유들 때문에 움직이는 것이 아니라,
그저 이 힘을 가지고 태어나는 순간 느끼는 거란다. 아모른
의 권능으로 혈귀들과 싸워야 한다는 걸."

아버지의 목소리였다. 그 당시 서쪽의 야만족이 도시를 공격
하고 있었다. 도시의 시장이 함께 싸워줄 것을 부탁했지만, 오르
데안 공작은 단호하게 거절했다. 아모른의 권능으로 인간을 죽
일 수 없다는 것이 그 이유였다.

"야만족들이 어린아이들도 죽인대요, 아버지. 우리 가문이
나서면 쉽게 토벌할 수 있을 텐데. 왜 싸우지 않는 거예요?"

불만스럽게 뱉어낸 질문. 오르데안 공작은 미소를 지으며 샬
롯을 품에 안고 부드럽게 말해 주었다. 인간과 싸우라고 받은 힘
이 아니라고, 이 힘과 기술은 오롯이 혈귀를 상대로만 해야 하는
거라고.
그때는 너무 어려서 아버지의 말을 이해할 수가 없었다. 하지
만 몇 년이 지나, 권능이 발휘되는 나이가 됐을 때에 샬롯도 그
의미를 알게 되었다.
권능을 갖지 않은 자는 모르는 사명. 아모른의 권능이 흐르는
피에 새겨진 명령.
혈귀와 싸워라.

아마도 그 사명이 있기에, 레드 일행은 다들 전설이라고만 생각하는 혈귀의 존재를 가장 먼저 눈치챈 것이리라.

"그러니까요, 클레어 님."

델리의 목소리가 클레어를 현실로 이끌었다. 델리는 옅은 미소를 짓고 있었다.

"우리에게 죄책감을 갖지 마세요. 우리의 목숨까지, 클레어 님의 어깨에 짊어질 필요는 없어요."

"이제부터 해야 할 일은……."

레드가 잠긴 목소리로 말하자, 모두 퀭한 얼굴을 들어 그를 쳐다봤다. 라울의 죽음을 받아들이기까지 상당한 시간이 걸렸다. 동이 트고 있는데도 유키와 델리, 클레어는 돌아오지 않았다. 계속 이대로 슬픔에 잠겨 있을 수는 없었다.

"아란. 테드랑 에녹을 데리고 수도로 가. 탄을 찾아서 수도와 왕실의 분위기를 알아내고, 어떻게든 탄이 협력하도록 협박해."

"에녹 님께서 지금 수도에 들어가시는 것은 위험해."

잔느가 나섰다. 레드는 인상을 찌푸리고 그녀를 노려봤다.

"모르겠냐? 가장 가까운 파미르 시가 정혈귀 손에 들어갔어. 에녹은 어딜 가도 위험한 상황이야. 그럼 적어도 도움이 되는 쪽으로 가는 게 낫지 않겠냐?"

"그래, 잔느. 레드 말이 맞아. 게다가 난 수도를 잘 아니까, 내가 같이 가는 게 도움이 될 거야."

에녹이 각오한 듯 눈을 빛냈다. 잔느는 무언가 더 말하고 싶은 듯 입술을 달싹거렸지만, 결국 고개를 살짝 숙였다.

"테드, 수도에 가자마자 통신용 마력석을 구해 줘. 펠타 시에만 있을 때는 별로 필요 없을 것 같았는데, 서로 연락이 안 된다는 게 이렇게 답답한 일인 줄 몰랐다."

"알겠네. 또 필요한 것은 없나?"

"마력용품 상점에서 쓸모 있을 만한 것들을 싹 사놔. 공격에 필요한 것만이 아니라, 여행 중에 필요한 것들도."

"레드, 넌?"

아란이 물었다.

"곧 관문이 열리겠지. 난 도시 안으로 들어갈 거다. 유키랑 델리를 찾아야 돼."

"그걸 혼자서 하겠다고? 난 너까지 잃을 수 없다, 레드."

아란이 레드의 어깨를 강하게 움켜쥐었다. 레드는 쓰게 웃으며 아란의 손등을 툭툭 두드렸다.

"날 잃을 일은 없을 거다, 아란. 저 안에 클레어가 있을 거고, 내가 들어간 걸 알면 클레어가 나에게 올 테니까."

"라울이 죽었다면서? 이제 네가 상처를 입어도 치유해 줄 사람이 없어."

"아발란체. 우린 여기서 몰살당할 수 없어. 알잖아."

"……."

"나뉘는 편이 나아. 한 명은 살아남아야지."

"그 살아남는 게 나라고?"

"누구일지 모르지. 마하딘이 널 발견한다면 네가 먼저 죽을지도."

레드의 말 대로였다. 수도로 가도, 파미르 시에 남아도, 위험한 것은 마찬가지였다. 아무 대비책도 없는 상황에서, 뭉쳐 있어봐야 몰살을 당할 뿐이다.

"알았다. 살아서 만날 수 있겠지?"

"그래야지. 일단 유키와 델리를 찾으면 바로 어둠의 거리로 갈게. 너도 살아남아라."

아란이 일행을 데리고 떠났다. 아마도 그들은 도시끼리 이어진 큰 도로를 이용할 것이다. 도로 근처에 말 대여소가 있으니, 말을 빌려 타고 가면 내일 즈음엔 수도에 도착하리라.

'에녹이나 아란이 수배자로 올라가 있지 않아야 할 텐데.'

힘든 여정이 될 거라고 생각은 했지만, 충분히 각오하고 있지는 않았던 것 같다. 애초에 펠타 시를 떠날 때, 어떻게든 통신용 마력석 같은 것들을 준비했어야만 했다.

"아이야."

등 뒤에서 반가운 음성이 들렸다. 레드는 휙 돌아섰다. 늘 그렇듯, 클레어는 두 손을 가지런히 모으고 서서 레드를 응시하고 있었다. 고요한 그녀의 눈동자를 보자, 잘 누르고 있던 슬픔이 봇물처럼 터져 나왔다.

"아이야. 왜…… 우는 게냐?"

자각하지도 못한 채 눈물을 흘렸나 보다. 그녀의 차가운 손이, 뜨겁게 흐르는 눈물을 닦아냈다. 클레어는 놀람과 걱정이 담긴 얼굴로 레드를 올려다보고 있었다.

"클레어…… 아아…… 클레어."

레드는 한 손으로 그의 눈 위를 덮었다. 손 밑으로 눈물이 끊임없이 흘러내렸다.

"라울이…… 라울이 죽었어, 클레어."

흐느낌이 담긴 목소리로 말했다.

"클레어, 라울이…… 죽었어…… 어떻게 해야 할지 모르겠다, 정말…… 슬퍼할 때가 아니라는 거 알겠는데, 정신 차려야 한다는 걸 알겠는데…… 아…… 가슴이 뻥 뚫린 것 같아서…… 정말…… 하아……."

레드는 힘겹게 울음을 삼키고 손을 내렸다. 클레어는 무표정하게 레드를 올려다보고 있었다. 그녀의 얼굴에 아무것도 드러나지 않지만, 레드는 알고 있었다. 그 어떤 고통도, 슬픔도, 클레어는 전부 안으로 감춘다는 것을. 죽을 것 같이 괴로워도 겉으로 드러내지 않는다는 것을.

"미안. 내가 좀 감정이 격했다."

레드는 손등으로 눈물을 쓱 닦아냈다. 클레어는 가족과 연인을 잃었다는 이야기를 할 때도 울지 않았다. 그런 클레어의 앞에서 친구를 한 명 잃었다고 징징 짜는 자신의 모습이 한심했다.

"유키랑 델리를 데리러 가자, 클레어. 둘을 데리고 수도로 가야 돼."

돌아서는 레드의 손목을, 클레어를 잡아당겼다. 비틀거리는 레드를 클레어가 끌어안았다. 클레어는 레드를 꼭 끌어안고, 그의 가슴에 얼굴을 묻었다.

"레드."

그녀의 낮은 목소리가 만들어 내는 그의 이름은 몹시도 달콤했다. 레드는 망설이다가 그녀의 정수리에 얼굴을 묻었다. 부드러운 머리카락이 레드의 볼을 간질였다.

"레드, 사랑스러운 불꽃의 아이야."

클레어가 레드의 등을 다정하게 쓰다듬었다. 그녀의 손은 차갑지만 손길은 무척이나 따뜻했다. 간신히 멈춘 눈물이 다시 흐르기 시작했다. 레드는 그 눈물이 클레어의 머리카락을 적실 것이 걱정되었다. 그때, 클레어가 말했다.

"그래, 그리 울어라, 아이야. 슬퍼할 때와 슬퍼하지 말아야 할 때가 달리 어디 있겠느냐. 눈물은, 인간에게 주어진 축복인 것을."

"라울, 우리 어디까지 가야 되는 거야? 빨리 나가지 않으면 레드가 걱정할 거야."

유키의 말에 라울이 우뚝 걸음을 멈췄다.

"그래요. 레드가 걱정하겠네요. 그 더러운 성질머리에 준비도 없이 지하수로에 쳐들어올지도 모르겠어요."

평소와 같은 라울의 말투에 유키는 안도했다. 걸어오는 내내 라울에게서 이질감이 느껴져 견딜 수 없었기 때문이다.

"여기가 좋겠네요."

라울이 고개를 들어 천장을 확인했다.

"여기가 어딘데?"

"인간들이 적은 곳이요. 여기라면 클레어가 우리를 찾을 수 있을 거예요."

"인간들이 적은 곳이라고? 그걸 어떻게 알아?"

"이 위에서 심장 소리가 안 들리거든요."

"그게 무슨 말이야? 심장 소리라니? 라울, 그런 걸 들을 수 있는 거야?"

인간의 심장 소리를 듣는 건 정혈귀에게나 가능한 일이다. 대답하지 않고 천장을 노려보는 라울 때문에 유키는 불안해졌다.

'하지만 분명 심장이 뛰고 있었잖아. 라울을 의심하면 안 돼.'

속으로 외쳤지만 의심이 사라지지 않았다.

'만약 정혈귀가 되어도 몇 시간 정도는 심장이 뛰고, 체온이 남아 있는 거라면…… 그래서 아까 심장이 뛴 걸지도 몰라. 다시 한 번 심장 박동을 확인시켜달라고 해도 괜찮을까?'

"유키."

라울이 고개를 위로 향한 채 입을 열었다. 유키는 흠칫하며 뒤로한 걸음 물러났다. 라울은 유키의 움직임을 느낀 듯 천천히 시선을 움직였다. 그의 녹색 눈동자가 유키의 속을 꿰뚫을 듯 빛났다.

라울은 유키에게 시선을 고정시킨 채, 피식 웃으며 물었다.

"내가 어떻게 인간의 심장 박동 소리를 들을 수 있는 건지 궁금하죠?"

꿀꺽.

유키는 마른침을 삼켰다. 긴장한 유키의 모습을 보며 라울은 작게 한숨을 내쉬었다. 그의 얼굴에서 미소가 사라졌다.

"유키, 그렇게 긴장하지 마세요. 난 정혈귀가 아니니까."

"하, 하지만 인간의 심장소리를 들었다며? 그것도 저렇게 한참 위에 있는 걸."

유키가 손을 쭉 뻗어 천장을 가리켰다.

"아아, 그렇죠. 그게 말이에요, 유키."

라울은 곤란하다는 듯 미간을 좁히며 머리를 쓸어 넘겼다.

"얘기가 길어질 것 같네요. 일단 클레어한테 신호를 보내고 나서 말해 줄게요."

라울이 다시 천장을 올려다보더니, 한 손을 위로 올렸다. 그의 손 주위에 녹색 빛이 일렁거리기 시작했다. 치유의 권능이었다.

'아, 권능을 사용하네?'

권능을 사용할 수 있다는 건, 혈귀가 아니라는 뜻이다. 클레어도 인간일 때는 권능이 있었다고 했다. 정혈귀가 되면서 권능이 사라졌다던 그녀의 말을 떠올리며, 유키는 안도의 한숨을 내쉬었다. 뭔가 좀 이상하긴 해도, 라울은 인간이다.

치유의 권능은 옆으로 퍼지지 않고, 가늘고 길게 뻗어 나갔다.

마치 천장을 뚫을 것 같다고 생각하는데, 진짜로 천장을 뚫어서 유키는 깜짝 놀랐다. 치유의 권능이 물질적인 힘을 가진 줄은 몰랐다.

파사사삭.

날카로운 검에 뚫린 것처럼 천장이 뚫어지며, 돌조각과 먼지들이 아래로 떨어졌다. 유키는 그것을 피할 생각도 하지 못한 채, 입을 벌리고 라울을 지켜봤다.

라울은 치유의 권능이 두꺼운 천장을 뚫고 지상에 나갈 때까지 힘을 쏘아 보냈다.

"이 정도면 클레어가 이 힘을 느끼고 우릴 찾아낼 겁니다."

힘을 거둔 라울이 유키에게 돌아오며 말했다. 유키는 눈을 휘둥그레 뜨고 라울을 쳐다봤다. 뭔가 묻고 싶은 말이 많은데, 어떤 질문부터 해야 할지 모르겠다는 표정이었다.

라울은 싱긋 웃으며 유키에게 말했다.

"유키, 난 아까 한 번 죽었었습니다."

레드를 안고 있던 클레어의 손에 힘이 들어갔다. 그녀는 갑자기 레드에게서 떨어지더니 도시 쪽을 노려봤다. 슬슬 관문이 열릴 시간이었지만, 델리의 수면 식물의 효과가 가시지 않았는지, 관문 근처는 조용했다.

"아이야."

조용히 도시를 바라보던 클레어가 레드를 불렀다.

"치유의 아이가 죽었다는 것을, 어찌 알았던 게냐"

"아아. 느껴졌어. 뭐라 표현하기 힘든 느낌이었는데…… 그냥, 죽었다는 걸 확신할 수 있었어."

"그래?"

"원래 이런 거 아니었냐? 나는 권능을 가지면 다 그런 줄 알았는데."

"아니. 그렇지 않단다. 내 가족 중 누구도 그런 걸 느낄 수 있는 사람은 없었단다."

"그럼 내가 착각한 거였나?"

레드는 인상을 찡그리고 자신의 손바닥을 내려다봤다. 레드는 그것이 착각이 아니었다는 것을 확신하고 있었다. 다만 그걸 어떻게 설명해야 할지 알 수 없었을 뿐이다.

"나는 네 말을 믿는다, 아이야. 다만…… 방금 치유의 권능을 느꼈단다."

"뭐……라고?"

"도시 반대편에서 분명……."

느릿하게 말하는 클레어의 양어깨를 레드가 강하게 붙들었다. 레드는 푸른 눈동자로 클레어를 지그시 응시하며 물었다.

"정말이야? 치유의 권능이 느껴졌다고?"

"그래, 아주 분명하게 느껴졌단다."

"그럼…… 라울이 살아 있을지도 모른다는 거야?"

"글쎄다. 치유의 권능을 가진 사람이 한 명 더 있지 않으면……."

"날 데려가 줘, 클레어."

"먼저 초목의 아이에게 가도 괜찮겠느냐? 그 아이를 도시에 혼자 남겨 둔 것이 마음에 걸리는구나."

"그래, 델리를 데리고 가자."

말을 마치기가 무섭게 클레어가 레드의 허리를 감아 자신에게 밀착시켰다. 그 상태로, 클레어는 바람처럼 움직였다. 서늘한 새벽 공기가 레드의 볼을 아프게 스치고 지나갔다. 하지만 레드의 머릿속은 라울이 살아 있을지도 모른다는 생각으로 가득 차 있었다.

라울이어야만 한다. 치유의 권능을 가진 사람이 두 명이든, 세 명이든 상관없다. 이 곁에 함께 있어야 하는 사람은 라울이어야만 한다.

델리는 도시 안에서 수면 식물들의 힘을 조절하고 있었다. 클레어는 아무 설명 없이 다른 쪽 팔에 델리를 들었다.

"꺅!"

델리가 낮게 비명을 질렀다.

파미르 시는 꽤 넓은데다가 길이 미로처럼 복잡했기 때문에, 클레어는 지붕 위로 훌쩍 뛰어올랐다. 그녀는 두 명이나 들고도 속도를 줄이지 않고, 지붕과 지붕 사이를 건너 뛰어갔다.

도시를 벗어나기 전, 클레어가 멈췄다. 그녀의 긴 머리카락이 바람에 나부꼈다.

"저기로구나."

수도로 향하는 도로가 있는 북쪽 관문 근처. 여행객을 위한 각종 상점과 판매대가 불규칙하게 늘어서 있었다. 사람은 보이지 않았는데, 아마도 다들 자기 집에서 잠들어 있을 것이다.

클레어가 지붕에서 뛰어내린 후, 델리와 레드를 내려놓았다. 바람 때문에 엉망으로 헝클어진 머리를 정돈하지도 않고, 델리는 클레어의 앞에 납작 엎드렸다.

"죄송해요, 죄송해요. 클레어 님을 마치 말처럼 타고 오다니. 이 버릇없고 게으른 것을 베어 없애도 원망치 않겠어요. 아니, 부디 저를 베어주세요!"

"델리, 넌 정말……."

레드가 혀를 차는 동안, 클레어는 바닥을 꼼꼼히 살폈다. 넓고 판판한 돌을 되는 대로 이어붙인 울퉁불퉁한 길. 지저분하고 균열이 심한 곳에서, 클레어는 인공적으로 갈라진 부분을 찾아냈다.

"이 아래로 내려가야겠다."

레드가 '어떻게?'라고 묻기도 전에, 델리가 발딱 일어났다. 델리는 주먹을 다부지게 쥐더니, 말릴 틈도 없이 바닥에 내리꽂았다.

쿵!

여자의 작은 주먹이 부딪쳐 냈다고는 할 수 없는, 육중한 소리와 함께 바닥이 미세하게 진동했다. 델리는 소스라치게 놀란 표정으로 레드를 돌아봤는데, 레드야말로 놀라고 싶은 심정이었다.

'이 여자가 뭔 짓을 하는 거야, 또!'

델리가 중얼거렸다.

"주먹이 너무…… 아파요……."

"당연하지!"

"아아, 너무 아파요."

델리의 눈가가 빨개졌다. 레드는 할 말을 잃고 멍하니 델리를 쳐다봤다. 얘는 진짜 뭐 하는 애일까? 얘를 이해할 날이 오기나 할까?

"죄송해요, 레드 님. 아무래도 주먹으로 바닥을 부술 수는 없을 것 같아요."

"누가 부수래!? 왜 시키지도 않은 짓을 하고 야단이야? 해체되고 싶냐?"

"죄송해요, 쓸모가 없어서."

"아니, 누가 쓸모없다고 했냐고! 제발 그 빌어먹을 죄송 타령 좀 그만해!"

울먹거리는 델리를 향해 레드가 길길이 날뛰는 동안, 클레어는 손톱을 길게 뽑아내고 있었다.

유키는 숨도 제대로 쉬지 못하고 라울의 이야기를 들었다. 그는 팔다리가 잘린 채 죽었었다. 마지막으로 기억나는 것은 팔이 있는 곳까지 기어갔다는 것뿐이라고 했다. 눈을 떴을 때, 팔다리는 원래대로 붙어 있었다. 처음에는 꿈을 꾼 건가 싶었는데, 팔다리가 잘릴 때 흘린 피의 흔적은 여전히 남아 있었다고 했다.

"그래서 난 내가 정혈귀가 된 줄 알았습니다. 몸의 감각도 예민해지고, 죽기 전엔 듣지 못했던 아혈귀의 신음 소리도 똑똑히 들려왔거든요."

하지만 심장이 뛰고 있었다. 아모른의 권능 역시 사용할 수 있었다.

"무엇보다 피를 마시고 싶다는 생각이 안 들더라고요. 지금 뭔가 먹는다면, 갓 구운 빵에 질 좋은 버터를 잔뜩 발라, 버찌 잼에 찍어 먹고 싶네요."

그제야 유키는 저 역시 한동안 아무것도 먹지 못했다는 걸 깨달았다.

"피비린내가 나는 그곳에서, 나는 생각을 정리했습니다. 팔과 다리가 어떻게 치료된 건지는 잘 모르겠지만, 아마도 나는 죽었다가 깨어나는 그 순간에, 이 힘을 제대로 사용할 수 있게 된 것 같습니다."

"아모른의 권능을?"

라울이 가볍게 고개를 끄덕였다.

"클레어가 그랬죠. 체술이라는 것이 있다고. 그걸 익히면 오감이 예민해지고, 혈귀의 위치도 가늠할 수 있게 된다고 했어요."

"응, 맞아. 라울, 설마 그걸 익힌 거야?"

"아마도요. 전에는 치유의 권능으로 물체를 자른다는 생각은 해 보지도 못했어요. 치료하는 게 고작이었으니까요. 하지만 지금은……."

라울과 유키는 동시에 천장을 올려다봤다. 라울이 만들어 낸 작은 균열에서 희미한 빛이 새어 들어오고 있었다.

"굉장해, 라울. 그럼 앞으로 혈귀를 먼저 찾아낼 수 있겠네."

순수하게 기뻐하는 유키의 모습에, 라울은 쓴웃음을 삼켰다. 유키에게 말한 것은 대부분 진실이지만, 거짓도 섞여 있었다. 사실 라울은 어떻게 체술을 익히게 되었는지 알고 있었다. 다만 그 부분을 솔직하게 말해도 좋을지 판단을 내리기 힘들었다. 조금 더 생각할 시간이 필요했다. 적어도 아란과 이야기를 나누어 봐야 했다.

그때, 천장에서 굉음이 울리며 돌 부스러기가 떨어져 내렸다. 희미하게나마 레드가 버럭버럭 소리를 지르는 것도 들렸다.

"레드가 왔나 봐. 그런데 방금 그건 무슨 소리였지?"

"클레어가 바닥을 내리친 거 아닐까요?"

"아아. 그래서 클레어 다칠까 봐 레드가 화내나 보네. 그러고 보면 클레어도 되게 인내심이 많은 것 같아. 레드가 허구한 날 성질내도 다 받아 주잖아."

"오랜 시간을 살아왔으니 성질 나쁜 사자가 이빨을 드러낸다고 일일이 반응하지는 않는 거겠죠."

사아악.

뭔가 부드럽게 밀려들어오는 소리가 들렸다. 유키와 라울은 눈을 가늘게 뜨고 그것이 무엇인지 확인하려 했지만, 어둠 속이라 잘 보이지 않았다.

"클레어가 손톱을 집어넣은 걸까요?"

"아, 그런가 봐."

그 소리는 몇 번이나 반복되었고, 그럴 때마다 돌 부스러기가 떨어져서 라울과 유키는 옆으로 조금 물러났다.

"그런데 레드는 뭘 저렇게 끊임없이 화를 내고 있는 걸까?"

"저러다가 클레어가 질려서 떠나야 정신을 차리겠죠."

"아니, 난 레드가 정신을 못 차릴 거라는 데 10탈렌을 걸래. 레드가 정신을 차리고 성질머리를 고치는 일은 절대 없을 거야."

"나도 거기 걸겠습니다."

"그럼 내기가 안 되잖아!"

라울과 유키가 자기를 두고 내기한다는 걸 꿈에도 모르는 레드는, 앞에 엎드려서 발발 떠는 델리에게 소리를 치고 있었다. 그 소리에 사람들이 깰지도 모른다는 생각은 아예 안 하는 것 같았다.

"너, 쓸모없지, 않다고! 그러니까 제발 아무 앞에서나 엎드려 비는 짓 좀 하지 마! 넌 계집애가 자존심도 없냐?"

"죄송해요, 죄송해요. 자존심 따위 돼지한테 줘버렸어요. 이 멍청하고 어리석은 계집애가 자존심 같은 걸 키워봐야 뭘 하겠어요."

"제발 좀! 아무래도 좋으니까 발딱 일어나지 못해?"

"아이야. 네가 소리를 지르니 더 못 일어나지 않느냐."

바닥에 계속해서 손톱을 찔러 넣던 클레어가 듣다못해 레드를 나무랐다. 레드는 콧등을 실룩거리며 델리에게 속삭였다.

"너 때문에 클레어한테 혼났잖아."

"죄송해요, 제가……."

"아, 제발! 제발, 델리. 그래, 너 멍청하고 어리석고 게으른 계집애라는 거 아주 잘 알겠거든? 그런데 그거 나랑 아무 상관없어. 네가 멍청하든, 게으르든, 나한테 사과할 일 아니니까, 제발 내 앞에서만이라도 그 짓 하지 마."

"하지만 이 모자란 제가 뻔뻔하게 굴면 레드 님 기분이 상하실까 봐……."

"안 상한다고! 엎드려서 용서를 비는 게 훨씬 내 속을 긁고 있으니까, 내가 보는 앞에서는 절대로 그러지 말라고!"

"아, 알겠어요."

"약속해!"

"네, 약속할게요. 하지만 언제든 기분이 상하시면 말씀해 주세요. 절 즈려밟고 가실 수 있도록, 양탄자처럼 납작 엎드릴게요."

"……어, 그래."

간신히 약속을 받아 낸 레드는, 그제야 클레어가 하는 행동을 눈치챘다. 클레어는 손톱으로 땅을 다지고 있었다.

"몹시 깊어서 한 번에 잘라내긴 힘들 것 같구나. 이렇게 균열을 잔뜩 만들어놓으면 강한 충격을 견디지 못하고 부서지겠지."

"그 정도면 될 것 같아요. 제가 다시 한 번 해볼게요."

델리가 나섰다. 아까 맨주먹으로 바닥을 내리쳐서 피부가 벗겨졌는데도, 델리는 망설임이 없었다. 막무가내인 레드조차도 절로 혀를 내두를 만큼 겁이 없는 여자였다.

쿵! 쿵! 쿵!

델리는 누가 말릴세라, 여러 번 빠르게 주먹질을 했다. 그녀의 주먹이 빠르고 강하게 꽂힐 때마다 땅이 들썩거리는 것 같았다. 아니, '같은' 게 아니라 정말로 땅이 들썩거린다.

'저런 주먹을 갖고 있으니 곰 돼지를 한 손으로 때려잡는 거군.'

홀쩍 사라졌다가 금세 짐승을 잡아오는 델리의 사냥 실력은 바로 저 주먹에 달려 있나 보다.

콰아앙!

굉음과 함께 바닥이 부서졌다. 클레어가 손톱으로 잘 다져둔 부분만 부서졌는데, 사람 한 명이 드나들 수 있을 정도의 크기였다.

레드는 반사적으로 주위를 둘러봤다. 이 소리를 듣고 누군가 달려올 것 같아서 걱정이 됐기 때문이다. 하지만 도시는 여전히 고요했다. 버려진 도시처럼 느껴지는 고요함은, 기괴한 서늘함을 불러일으켰다. 레드는 무의식적으로 팔뚝을 문지르며 델리의 어깨를 툭툭 쳤다.

"잘했다, 델리. 넌 쓸모 있어. 엄청."

레드의 칭찬에 델리는 고개를 들고 그를 빤히 쳐다봤다. 집요한 시선이었기에, 레드는 살짝 미간을 좁혔다.

"얼굴 뚫어지겠다."

"아니, 아니에요. 칭찬해 줘서 고마워요."

델리는 원래 하고 싶은 말이 따로 있었다.

'클레어 님이 왜 당신을 좋아하는지 알 것 같아요.'

그 말을 간신히 삼켰다. 클레어가 드러내지 않으려는 마음을, 델리가 밝힐 수는 없었다.

레드를 향한 클레어의 마음을 눈치챈 것은 순전히 여자로서의 감이었다. 처음에 그 사실을 깨달았을 땐, '말도 안 돼! 어째서 클레어 님이 레드 님 같은 남자를!'이라고 생각했다. 오래 산다고 남자 보는 눈이 좋아지는 것은 아니라는 생각까지 했다. 하지만 지금, 델리는 그 이유를 알게 되었다.

레드는 다혈질이고, 툭하면 언성을 높이고, 늘 인상을 찌푸리지만, 다정했다. 툭툭 내뱉는 말이나 건성으로 던지는 행동이, 때때로 상대에게 가장 필요한 것일 때가 있었다. 그저 잘했다고만 하고 넘어가도 될 일인데, 그는 굳이 '쓸모 있다.'고 말해 주었다. 레드는 의외로 섬세했다.

'원래 사람은 의외성이 있을 때 더 매력을 느낀다니까. 레드 님의 매력은 분명 의외로 섬세하다는 점일 거야.'

델리가 상황에 어울리지 않는 생각을 하고 있을 때, 클레어는 구멍 옆에 반쯤 엎드린 자세로 앉아서 안을 들여다보고 있었다. 안에서 희미하게 사람의 목소리가 들려왔다.

"레드? 아, 클레어야?"

유키의 목소리였다.

"유키, 너도 거기 있었냐? 라울은? 라울은 만났어?"

레드가 성급히 물었다.

"응. 지금 같이 있어."

"안 죽었냐? 시체랑 같이 있는 건 아니겠지?"

"멀쩡한 사람 죽이지 마세요, 레드."

라울의 목소리에 레드는 안도의 한숨을 내쉬며 털썩 주저앉았다. 이러니저러니 해도 가장 긴장하고 있었던 레드였다. 게다가 그는 아직 체력이 회복되지 않은 상태였다. 라울이 무사하다는 것을 확인하자마자 온몸에서 힘이 쭉 빠졌다.

"하……! 그래, 살아 있군. 살아 있어. 하하하하하. 라울이 살아 있어. 역시 내 치유사야."

레드가 실성한 사람마냥 실실 웃으며 중얼거렸다.

"여기 올라가려면 뭔가 내려줘야 할 것 같아. 그냥 올라갈 순 없어."

유키가 말했다.

"제가 덩굴 식물을 만들어서 내려 보낼게요. 어깨랑 허리를 감아서 올릴 테니까, 가만히 서 계시면 돼요."

상념에서 벗어난 델리가 아래를 내려다보며 외쳤다. 안은 캄캄해서 유키와 라울의 모습을 확인하기 힘들었다. 그걸 눈치챈 레드가 힘없이 팔을 구멍 안으로 뻗었다. 그의 손가락 끝에 만들어진 불꽃이 구멍 안을 환히 비췄다.

델리는 그들이 있는 곳으로 잘 조준해서 덩굴줄기를 내려다보냈다. 줄기는 튼튼하고 부드러웠다. 먼저 유키가 지상으로 올라왔고, 그다음으로 라울이 올라왔다. 그의 옷은 팔다리 부분이 찢어진데다가 피로 흠뻑 젖어 있었다. 흘린 지 오래된 피라 끈적거리고 불쾌한 냄새를 풍겼지만, 레드는 아랑곳하지 않고 라울을 끌어안았다.

"라울."

레드의 격한 반응에, 라울은 조금 놀란 듯했다. 레드가 라울의 죽음을 느꼈다는 것을, 그는 모르고 있었기 때문이었다.

"잘 돌아왔다."

쉰 듯한 목소리에는 진심 어린 감격이 담겨 있었다. 그제야 레드가 장난치려고 이러는 게 아니라는 걸 깨달은 라울은, 부드럽게 미소 지었다.

"네, 정말 잘 돌아온 것 같네요."

라울이 무사히 귀환했다.

라울이 귀환해서 레드에게 안겨 있을 때, 타니하르는 걸음을 멈추고 바닥에 주저앉았다. 척추를 꿰뚫는 듯한 통증 때문이었다. 갑작스러운 격통에 비명이 나올 것 같았지만, 간신히 견뎠다. 어디에 누가 있을지 모르는 상황인데, 시끄럽게 굴 수는 없었다.

'왜 이러는 거지?'

뼈마디가 전부 쑤시고 심장이 빠르게 뛰었다. 이러다가 심장이 폭발할 것 같다. 두 손으로 가슴 위를 세게 눌렀지만 심장의 움직임은 더 빨라질 뿐이었다.

'제기랄. 공기 중에 독이라도 퍼져 있었나 보군. 이렇게 죽을

수는 없는데!'

혈귀가 파 놓은 지하수로를 헤매다가, 싸우지도 못한 채 죽다니. 이보다 더 초라한 죽음이 있을까?

심장박동이 빨라질수록 호흡도 가빠졌다. 공기에 퍼져 있을지도 모르는 독을 더 흡수할 수는 없다는 생각에 숨을 참아보려 했지만, 좀처럼 쉽지 않았다. 팔뚝에 핏줄이 툭툭 불거져 나왔다. 이러다가 혈관이 먼저 터질 것 같다.

'적어도 싸우다가 죽고 싶었는데.'

눈앞이 뿌옇게 흐려졌다. 타니하르는 가슴을 꽉 움켜쥐고, 한 팔로 기어서 벽에 등을 기댔다. 적어도 앉아서 죽은 채로 발견되고 싶었기 때문이다.

대해적이었던 타니하르가 독에 당해 허우적거리다가 엎어져서 죽은 꼴을 보일 수는 없었다.

'아니, 애초에 이런 몸뚱이로 죽으면 나라는 걸 알지도 못하겠군. 이왕이면 댄 녀석한테 발견되면 좋으련만.'

타니하르는 쓰게 웃으며 눈을 감았다. '이 빌어먹을 지하수로, 확 무너져 버려라!'라고 생각하면서.

파미르 시로 돌아온 파울로는 천청벽력 같은 소리를 들었다. 눈을 부릅뜬 파울로 앞에서 젤린은 고개를 푹 숙이고 아랫입술을 깨물었다.

"그래서…… 왕자의 시체가 사라졌는데 그걸 찾아보지도 않고 내가 돌아오기만을 기다렸다고? 지금 내가 제대로 들은 게 맞아?"

"그에 대해 명령을 받은 게 없어서……."

퍼억!

파울로의 주먹이 젤린의 머리를 사정없이 내리쳤다. 그래도 분이 안 풀리는 듯, 파울로는 손톱을 길게 뽑아냈다. 젤린이 겁에 질린 듯 눈을 크게 떴지만, 파울로는 망설이지 않고 그녀의 복부에 손톱을 박았다.

"컥!"

젤린이 고통스러운 신음을 흘렸다.

"네가 아혈귀야, 젤린? 왜 네 머리로 생각을 못 해? 일일이 명령을 해야만 움직일 수 있는 거야?"

"거, 거사를 앞두고 섣불리 움직이면 안 될 것 같아서……."

"그래서? 그래 봐야 곱게 자란 왕자 한 놈이야. 그놈 시체를 찾는 게 뭐가 어려운데?"

"죄송합니다, 파울로 님."

젤린의 복부는 파울로의 손톱이 꽂힌 채 아물어가고 있었다. 피부 안의 살은 이물질을 밀어내기 위해 요동쳤고, 그 때문에 더욱 고통스러웠다. 내장이 이리저리 휘저어지는 듯한 통증에, 젤린은 또다시 신음을 흘렸다.

"왕자가 죽은 게 확실해?"

"네, 심장이 멎는 걸 확인했습니다."

"그리고?"

"아혈귀들을 관리하느라 잠시 주의를 돌린 틈에⋯⋯."

"네가 잘라 버린 팔과 다리도, 몸뚱이도 사라졌단 말이지? 핏자국만 남기고."

"네, 파울로 님. 제발 이 손톱 좀⋯⋯."

"흐음. 어떻게 된 일일까? 샬롯이 꺼내 갔나?"

"흑⋯⋯ 파울로 님, 제발⋯⋯."

사악!

젤린의 간청에 파울로가 신경질적으로 손톱을 뽑아냈다. 젤린은 두 손으로 복부를 움켜쥐고 휘청거렸다.

"하지만 죽은 놈 시체는 뭐 하러 챙겨간 거지? 살아 있는 인간의 피는 마시지 않지만, 죽은 놈 시체는 뜯어먹고 사는 건가? 후후후. 그래, 그런가 보네. 샬롯도 별수 없는 정혈귀니까."

"샬롯이라면⋯⋯?"

"너도 보면 알 거야. 보는 순간, 죽이면 안 돼, 라는 생각이 들거든. 우리 왕의 명령이지."

"아아. 그녀가 이곳에 와 있습니까?"

"응. 아까 지하수로에서 마주쳤어."

싸웠지만 죽을 뻔했다, 는 말은 하지 않았다.

혈귀의 왕이 혈귀들에게 한 가지 명령을 내리면서 정혈귀들이 서로 협력하는 분위기가 되기는 했다. 하지만 절대적인 것은 아니었다. 혈귀의 왕은 혈귀에게 신과 같은 존재였다.

신이 인간에게 내린 수많은 명령과 제약들. 인간이 그것을 지킬 수도, 지키지 않을 수도 있지만, 이왕이면 지키면서 살아가려고 한다. 정혈귀에게 왕의 명령이 그러했다. 피에 새겨진 단 하나의 명령, '샬롯을 죽이지 마라.' 그것만 빼면 나머지 명령은 정혈귀의 선택에 달려 있다.

파울로가 누군가에게 질 뻔했다는 것을 알게 된다면, 그 아래 있는 정혈귀들의 마음에 모반의 싹이 자랄지도 몰랐다. 전에 마하딘도 알프레드가 자꾸 반발하려는 기미를 보여서 짜증이 난다는 말을 한 적이 있었다.

"파울로 님. 지금이라도 왕자의 시체를 찾아볼까요?"

젤린이 물었다. 파울로는 잠시 고민하다가 말했다.

"죽은 건 확실하지?"

"네. 인간이 그렇게 오랫동안 심장이 멈춘 후에 다시 살아날 수는 없으니까요."

"다른 녀석이 배신할 생각으로 왕자를 정혈귀로 만들었을 가능성은?"

"없습니다."

"어떻게 그렇게 확신해?"

"약해진 녀석들이 없으니까요."

"그래, 피를 줬다면 며칠은 움직이지 못하니까 티가 나겠지. 그럼 됐어. 어차피 마하딘이 부탁한 건 왕자만 죽여 달라는 거였으니까. 큰일을 앞두고 있는데 그런 사소한 것에 신경 쓸 수는 없지."

기분이 풀린 듯한 파울로의 모습에 젤린은 안도했다.

"이제 곧 완성된대. 앞으로 한 달만 있으면 우리에겐 말 잘 듣는 군사가 생기는 거야. 아마 다음 주부터 아혈귀들을 바꾸기 시작할 거다."

"드디어 대륙이 우리 손에 들어오는 건가요?"

"그래. 아마 10년, 길어도 20년 정도 걸리겠지만……."

파울로가 웃으며 의자에 앉아 다리를 꼬았다.

"영원히 사는 우리한테 그 시간은 그리 길지 않잖아."

"딱 이틀이라도 좋아."

레드가 짐짓 진지한 어조로 말했다. 델리가 자라게 해 준 약초를 뽑아 팔팔 끓이던 유키가, 눈을 동그랗게 뜨고 레드를 돌아봤다.

"웬일이야, 레드? 이틀만이라도 착하게 살고 싶어진 거야?"

"밉살맞은 고양이. 난 이미 착해!"

"델리, 약초 중에 정신 이상을 치료해 주는 건 없어?"

유키는 레드의 말을 깨끗이 무시하고 델리에게 물었다. 델리가 몹시 미안하다는 표정으로 말했다.

"죄송해요. 있기는 있지만 저 정도로 극심하면……."

"이것들이!"

으르렁거리는 레드를, 라울이 진정시켰다.

"레드, 제발 그 입 좀 닥치고 있어요. 딱 이틀만이라도 좋으니 조용히 좀 쉽시다."

둘은 거의 비슷한 상태로 바닥에 누워 있었다.

파미르 시에서 라울을 되찾은 후, 그들은 바로 아란 일행을 뒤따라가려고 했다. 수면 효과에서 벗어난 사람들이 하나, 둘씩 깨어나기 시작했고, 정혈귀의 추격도 걱정이 됐다. 그들은 빠르게 도시를 빠져나왔다.

먼저 쓰러진 건 레드였다. 라울의 죽음을 느꼈던 레드는 상당히 강한 긴장 상태에 놓여 있었다. 회복되지 않은 상황에서 정신력만으로 버텼지만, 결국 허용 범위를 넘어선 것이다. 거의 동시에, 비슷한 이유로 라울도 쓰러졌다.

레드 한 명이라면 어떻게든 짊어지고 갈 텐데, 둘이나 쓰러지니 바로 길을 떠날 수가 없었다. 기절한 두 남자를 두고 고민을 하던 그들은, 둘이 회복할 때까지 어딘가에 머무르기로 결정했다.

파미르 시에서 수도로 향하는 길목은 위험했다. 정혈귀가 그들의 진로를 예상하고 따라올 가능성이 있었기 때문이다. 그래서 그들은 왔던 길을 다시 되돌아갔다.

유키가 아란과 도시 주위를 살펴볼 때, 그 근처에서 빈집을 발견했다는 걸 기억해냈다.

"등잔 밑이 어둡다잖아. 차라리 파미르 시와 가까운 곳에
있는 편이 눈에 안 띌지도 몰라."

집이라고 부르기도 민망한 폐가였지만, 이것저것 가릴 여유는 없었다. 침대조차 없어서 딱딱한 바닥에 두 사람을 눕히고 보살핀 지 3일이 지났다. 유키의 예상이 맞았던 건지, 아니면 정혈귀가 그들을 추격할 생각이 없는 건지, 아무도 접근해오지 않았다.

"아무튼 딱 이틀만이라도 좋아."

레드가 다시 한 번 말했다. 이번에는 타박하지 않고 자신을 쳐다보는 일행에게, 레드가 진지하게 말했다.

"침대에서 자고 싶다."

"레드, 당신이란 사람은 진짜……!"

"라울, 너도 좀 솔직해져 봐. 좋은 향기가 나는, 포근하고 아늑한 침대. 거기에 고기를 듬뿍 넣은 스튜와 버터를 바른 갓 구운 빵까지 있으면…… 너도 원하지 않아?"

"내가 아란도 아니고…… 스튜나 빵 따위는 아무래도 좋습니다. 얼른 회복해서 두 발로 걸어 다닐 수 있기를 바랄 뿐이에요."

"인내심 강한 척은. 난 전부터 네놈의 그 가식적인 면이 마음에 안 들었어!"

"그거 고맙군요. 당신 따위의 마음에 들었다는 건, 정상적인 인간이 아니라는 뜻이니까요. 앞으로도 쭉 날 위한 마음의 공간을 만들지 말아 주길 바랍니다."

"너, 말이 심하다? 난 아파."

"당신만 아픕니까? 나도 아파요."

한 달이 넘는 노숙과 끊임없는 싸움, 그리고 불편한 잠자리까지 더해져서 레드와 라울은 평소보다 예민한 상태였다. 잠자리 문제에서 시작된 둘의 싸움을 종결시킨 것은, 클레어의 한 마디 였다.

"미안하구나, 정상적인 인간이 아니라서."

구석에 조용히 서 있던 클레어가 말했다. 라울이 무슨 말이냐 는 듯 그녀를 돌아봤다.

"나는 그 아이의 마음에 들지 않았느냐. 정상적인 인간이 아니 라는 뜻이지."

그제야 자기가 한 말의 의미를 깨달은 라울이 당황한 듯 몸을 일으켰다.

"아, 클레어. 그게 아니라…… 아니, 당신을 두고 한 말은 아니 었습니다. 당신은 정상적인 인간, 아니, 물론 인간이 아니기는 하 지만…… 그러니까…… 정상적인 정혈귀라고 해야 할까요? 하여 간 당신이 문제가 아니라 저 인간말종의 머리통이 문제라는 뜻 이었는데……."

"클레어."

자기가 무슨 말을 하는지도 모르고 중얼중얼 변명을 하는 라 울을 무시하고, 레드가 감격 어린 목소리로 말했다.

"네가 내 마음에 들었다는 걸 알아주는구나. 좋았어."

두 주먹을 불끈 쥐고 기뻐하는 레드를, 유키는 한심하다는 듯 쳐다봤다.

"좋긴 뭐가 좋아? 됐으니까 얼른 이 약이나 마셔."

온갖 약초를 넣어서 끓인 약은 척 봐도 맛없을 것 같았다. 진녹색의 질척질척한 약을 받아 들고, 라울과 레드는 깊은 한숨을 내쉬었다.

혈액의 양을 풍부하게 해 주고, 심폐 기능을 개선해 주며, 원기를 회복시켜준다는 이 약을 마신 게 그저께부터 지금까지 일곱 번째. 마실 때마다 혀가 저릿할 정도로 쓴맛에는 도무지 익숙해지지 않았다. 숨을 멈추고 약을 마신 후, 레드와 라울은 똑같은 표정으로 작은 신음을 흘렸다. 유키가 다가와 그릇을 살펴봤다.

"아직 남아 있잖아. 깨끗하게 다 마셔야지."

그 순간만큼은 라울도 유키를 때려주고 싶다는 눈빛이었고, 레드는 실제로 다리를 움직여 유키의 정강이를 발로 찼다.

"어린애는 저쪽 구석에서 놀아."

"하아. 레드도 한물갔어. 맞은 곳이 하나도 안 아파."

다른 때였다면 바락 대들었을 유키지만, 이번만큼은 안쓰럽다는 듯 눈썹을 늘어뜨렸다. 레드는 화를 낼 기운도 없어서 도로 축 늘어졌다.

"힘들다. 언제까지 이 상태일까?"

"앞으로 2, 3일은 더 요양을 해야 할 것 같네요. 이왕 쉴 때에 확실하게 쉬어서 완전히 회복을 하는 편이, 앞으로의 일을 생각했을 때도 좋을 거예요."

"그 확실하게 쉰다는 게 말이지, 이런 폐가에서는 무리라니까."

"배부른 소리 하지 말아요, 레드. 적진으로 들어간 아란도 있는데."

"걔야말로 배가 부른 상태일걸? 아마 신이 나서 이것저것 집어 먹고 있을 거다!"

"아란은 라울이 살아 있다는 걸 모르는데, 괜찮을까?"

유키가 걱정스러운 듯 물었지만 레드는 별걱정을 다한다는 듯 피식 웃었다.

"물론 괜찮지 않겠지. 하지만 그놈은 자기가 해야 할 일을 아는 놈이야."

그 말에 라울이 고개를 끄덕이며 중얼거렸다.

"그렇죠, 아란은. 아마도 자기 할 일을 열심히 하기 위해 수도의 진귀한 음식을 열심히 먹고 있을 겁니다."

레드의 말대로 아란은 이것저것 집어먹고 있었다. 하지만 신이 난 상태는 아니었다.

아란과 테드, 에녹, 잔느. 네 사람이 앉은 원형 탁자에는 맛있고 질 좋은 음식이 수북하게 쌓여 있었다. 고기에 밀가루를 얇게 입혀서 구운 요리, 큼지막한 야채와 고기를 끼운 꼬치 요리, 해산물이 가득 들어간 걸쭉한 스프, 호박의 속을 파 그 안에 다진 고기와 야채를 넣고 치즈를 덮어 찐 요리.

수도, 그것도 어둠의 거리이기에 볼 수 있는 이름 모를 진귀한 음식들이 그 외에도 다양하게 준비되어 있었다. 시원하고 진한 맥주와 함께 음식을 먹으면서도, 아란의 굳은 표정은 풀리지 않았다. 이런 상황에서 먹는 손을 멈추지 않는 아란이 신기한 듯, 에녹은 음식에 손도 대지 않고 아란을 지켜보는 중이었다.

"아무래도 이상하군."

이라고, 어느 정도 배를 채운 아란이 말했다.

"여기까지 너무 쉽게 왔다."

아란의 말대로, 수도 안에 들어오는 것이 너무 쉬웠다. 왕인 마하딘이 에녹을 쫓고 있을 거라 예상했다. 펠타 시의 일 때문에 아란 역시 얼굴이 알려졌을 것이다. 그런데 수도의 관문에서 그들을 막아서는 이가 아무도 없었다. 물론 그들이 두건을 푹 눌러 쓰긴 했지만, 네 명의 수상쩍은 인물들이 들어오는데도 막아서는 사람이 없다는 건 이상했다.

"둘 중 하나겠지. 우리를 개미만도 못한 존재라고 생각해서 무시하고 있든가, 놈이 하려는 일이 마무리 단계에 들어가서 이제 우리가 손 쓸 수 없게 됐든가."

'둘 다'라는 것을, 아란은 알지 못했다.

아무 방해도 없이 어둠의 거리에 들어온 그들은, 가장 먼저 식당에 들어왔다. 어둠의 거리는 이름과 달리 낮에도 운영하고 있었다. 낮의 '어둠의 거리'는 평범한 상점가였다.

"타니하르는 어디서 찾아야 돼?"

어둠의 거리를 낮에 찾은 것은 처음이었기에, 에녹이 신기하다는 듯 두리번거리며 물었다. 밤의 퇴폐적인 분위기가 낮에는 하나도 남아 있지 않은 게 신기했다.

"글쎄. 어둠의 거리에 있을 거라고 생각했는데……."

"타니하르가 이곳의 주인이니까, 우리가 온 걸 이미 알고 있지 않을까?"

"그럴 가능성이 크지. 하지만 아직까지 아무 반응이 없다는 건……."

아란은 미간에 깊은 주름을 잡고 테이블을 노려보다가 말했다.

"대체 이 요리에 사용된 고기는 뭐지? 처음 먹어보는 맛이었는데."

"아란, 제발 잠깐이라도 음식 생각을 안 할 수는 없겠는가? 고기 따위야 아무려면 어떻단 말인가? 응?"

테드가 답답한 마음에 주먹으로 가슴을 탁탁 치며 말했다.

"백조 고기."

아란의 의문에 대한 답은 뒤에서 들려왔다. 아란의 뒤쪽 테이블에는 한 남자가 구부정하게 앉아 있었다. 그는 뒤도 돌아보지 않고 말했다.

"펠타 촌놈들은 구경도 못 해본 고기겠지. 앞으로도 평생 구경 못 할 테니, 먹을 수 있을 때 실컷 먹어둬."

비아냥거리는 말투였지만 아란은 담담하게 대답했다.

"좋은 정보 고맙군."

오히려 불쾌한 듯 일어선 사람은 잔느였다. 잔느가 날이 선 눈으로 사내의 등을 쏘아보자, 에녹이 그녀의 팔을 살짝 잡았다.

"문제 일으키면 안 돼, 잔느. 내 정체를 들키면 안 되잖아."

잔느의 귀에 입을 대다시피 하고 아주 작은 목소리로 말했다. 하지만 사내는 그 작은 소리를 알아듣고는 놀리듯 말했다.

"아아, 에녹 왕자님이라는 거 말인가?"

채앵—

샤악—

그 순간, 아란과 잔느의 검이 동시에 사내의 목덜미를 겨눴다. 날카로운 검이 피부를 꿰뚫을 듯 빛나는데도 사내는 꿈쩍도 하지 않았다. 앉아 있는 사내는 허수아비고, 다른 인물이 조종하는 게 아닌지 의심이 될 정도였다.

"넌 누구냐?"

아란이 검 자루를 꽉 쥐며 물었다. 위험하다. 눈앞의 사내가 아니라, 이 가게 안이 위험하다. 조금 전까지만 해도 평범한 가게였던 그곳이 전쟁터와 같은 살기로 가득 찼다. 잔느도 그걸 느낀 듯, 이마에 땀방울이 맺혔다.

"나는 대해적 타니하르 님의 오른팔."

사내가 느릿하게 일어나 아란과 잔느 쪽으로 몸을 돌렸다.

"댄이라고 한다."

"폼 좀 잡지 마, 댄. 네가 대장의 오른팔이라니…… 대장이 들으면 기함할 거다. 그렇게 맞고도 정신을 못 차렸냐?"

앞치마를 두른 요리사가 댄을 타박했다. 요리사는 양손에 커다란 식칼을 하나씩 들고 있었다.

"난 얀디다. 펠타의 은빛 매. 꼭 한번 보고 싶었는데, 이럴 때에 만나는군."

요리사가 자신을 소개하며 고개를 옆으로 까딱 기울였다. 그러자 가게 안에 있던 사람들이 제각각 자신을 소개하기 시작했다. 아란 일행도 얼결에 이름을 중얼거렸다.

"그럼 그 검 좀 집어넣지? 대장을 만나러 온 거 아냐?"

댄이 턱으로 아란과 잔느의 검을 가리키며 말했다. 장난스러움이 묻어 나오는 행동이었다. 먼저 아란이, 그다음에 잔느가 검을 집어넣었다. 그러자 가게 안을 뒤덮었던 살기도 순식간에 사라졌다.

사람들은 언제 그랬냐는 듯, 하던 일을 이어했다. 얀디도 주방으로 들어가고 댄만이 아란 일행의 테이블에 합류했다. 그는 넉살 좋게 의자를 끌어와 앉아서는, 주방 쪽에 소리쳐 맥주를 주문했다.

"아, 너는…… 감옥지기 아니야?"

에녹이 댄의 얼굴을 알아봤다. 댄은 쑥스러운 듯 머리를 긁적였다.

"아이고, 왕자님이 제 얼굴을 알아봐 주신다니…… 이런 황송할 때가……."

"황송해할 때냐? 첩자가 자기 얼굴을 들켜서 어쩌자는 거야?"

마침 맥주를 가지고 온 얀디가 거칠게 잔을 내려놓으며 말했다.

"첩자, 라고?"

"이제 와서 감출 것도 없잖아. 왕실이 저 지경이 됐는데."

첩자인 주제에 얼굴을 들켰으면서 댄은 뻔뻔하게 굴었다.

"왕실은 어때? 어떻게 돌아가고 있어?"

에녹이 다급하게 물었다. 댄은 고개를 옆으로 기울이고 잠시 망설이다가 말했다.

"일단…… 손바닥 좀 내밀어 주시죠."

"소, 손바닥? 손바닥은 왜?"

에녹은 의아해하면서도 손을 내밀었다. 댄이 어느새 꺼내 든 단도로 그의 손바닥을 살짝 그은 것은, 순식간에 일어난 일이었다. 뒤늦게 상황을 파악한 잔느가 검을 꺼냈지만, 댄은 작은 단도로 그녀의 검을 가볍게 막았다.

챙―

단도를 치켜든 채, 댄은 에녹의 손바닥에 생긴 작은 상처를 주시했다. 깊은 상처는 아니었지만 가느다란 붉은 상처에 몇 방울의 피가 맺혔다.

"뭐 하는 짓이냐!"

잔느가 다시 공격을 하려고 했다.

"정혈귀인지 아닌지 구분하려는 거야."

댄은 단도를 부드럽게 원형으로 움직여, 잔느의 장검을 찍어 내렸다. 그녀의 검은 테이블에 꽂혔고, 댄의 단도가 그 위를 짓누르고 있었다.

"네 손도 내밀어. 우리는 한 명씩 다 했거든."

그 말을 증명하려는 듯, 댄과 얀디가 자신들의 손바닥을 보여 줬다. 그들의 손바닥에는 생긴 지 오래되지 않은 상처가 있었다.

"정혈귀는 상처가 빨리 아물기 때문인가?"

말없이 상황을 지켜보던 아란이 물었다.

"그래. 아혈귀야 햇빛이나 성수로 판단할 수 있지만, 정혈귀는 쉽지 않으니까. 강한 정혈귀는 상당히 진한 성수가 아니면 효과가 없다고 하더라."

"그런 걸 아는 걸 보니……."

아란은 망설이지 않고 검을 뽑아 자기 손바닥을 그었다.

"타니하르에게 들은 모양이군."

아란까지 상처를 내니 다른 일행도 별수 없었다. 잔느도 고자세를 버리고, 테이블에 꽂힌 검에 자기 손바닥을 그었다. 테드도 마찬가지였다. 그들의 상처가 아물지 않는 걸 확인한 후에야, 댄은 경계심을 버렸다.

"왕실은 정혈귀가 장악했습니다, 에녹 님. 에녹 님이 갑자기 사라진 건 알았지만, 아란과 함께 있을 줄은 몰랐네요. 혹시 마하딘의 정체를 알게 된 겁니까?"

"응. 아마도 난 정혈귀를 알아볼 수 있는 것 같아."

"그렇군요. 정혈귀에 대해 알고 있다면 이야기가 빨라지겠네요. 정혈귀가 왕이 되었고, 기사단장인 알프레드 역시 정혈귀입니다. 마하딘은 헤론이란 연금술사를 끌어들였고, 그놈을 이용해 죽지 않는 군대를 만들려고 합니다."

"죽지 않는 군대라니?"

아란이 물었다. 안 그래도 정혈귀가 헤론을 데리고 간 이유가 궁금하던 터였다. 댄은 타니하르에게 들었던 정보를 꼼꼼하게 알려 주었다. 아혈귀로 이루어진 군대, 햇빛 아래에서도 죽지 않는 아혈귀, 그들의 마지막 목표인 아모펠츠 교국, 그리고……

"가장 큰 문제가 있어."

상황에 맞지 않게 생기발랄하던 댄이 갑자기 어두운 표정이 되자, 다들 마른침을 삼키며 그를 응시했다. 댄은 곤란한 듯 미간을 좁혔다가 큰 한숨을 내쉬며 말했다.

"대장이 여자가 됐다."

14장
지하수로의 비밀 도시

"타니하르가 여자가 됐다고? 그게 무슨 말인가? 여장이라도 한 겐가?"

테드의 질문에 댄이 피식 웃더니, 두 손으로 자기 가슴 위에 커다란 가슴을 그려 보였다.

"여장 따위가 아냐. 가슴이 이만해졌어. 아주 죽여준다고."

"연금술사가 한 짓인가?"

아란이 예리하게 물었다.

"그런 모양이야. 이상한 약에 당했대."

"그놈이라면 그런 짓을 할 만도 하지. 라볼르에서도 동물을 가지고 끔찍한 짓을 했으니까."

"그나저나 타니하르가 여자가 됐으면 큰 문제 아닌가. 타니하르의 힘이 필요할 때인데……."

테드가 걱정을 하자 댄이 웃으며 엄지를 들었다.

"걱정 마. 우리 대장 주먹은 여전히 강해. 나로서도 여자 주먹
에 맞는 편이 기분도 더 산뜻하고 말이야."

한심한 소리를 해 대는 댄을 보며, 아란 일행은 생각했다.

'이놈은 절대로 타니하르의 오른팔이 아니야!'

"그럼 타니하르는 어디에 있지? 그를 만나서 얘기하고 싶은데."

아란이 물었다.

"대장은 지금 지하수로에 들어갔대."

"지하수로?"

지하수로라고 하니 파미르 시의 지하수로가 떠올랐다. 동시에
라울이 생각나 심장이 쿵 내려앉는 것만 같았다. 간신히 잊고 있
었는데, 다시금 그의 죽음이 아란을 짓눌렀다. 테드도 마찬가지
인지 아랫입술을 꽉 깨물고 고개를 숙였다.

"응? 분위기가 갑자기 왜 이래? 우리 대장이 지하수로에 들어
간 게 그렇게까지 슬퍼할 일이야?"

아란 일행의 사정을 모르는 댄이 갑자기 무거워진 분위기가 이
상한 듯 고개를 갸웃거렸다. 아란은 서둘러 감정을 갈무리했다.

"타니하르가 지하수로에는 왜 들어간 거지?"

"아무래도 수상하다고, 좀 살펴본다면서 들어갔다더라. 며칠
됐다는데 아직도 안 돌아오는 걸 보면, 상당히 깊은가 봐."

"그럼 나도 가 봐야겠군."

일어나려는 아란의 양쪽 어깨를, 어느새 다가온 얀디가 꽉 눌러 도로 앉혔다.

"대장은 자기 할 일을 하러 들어간 거다. 너도 네가 해야 할 일이 있을 텐데?"

"내가 할 일은 타니하르를 만나서 도움을 청하는 거거든."

"지금은 내가 대장의 대리다. 아니, 댄, 넌 닥치고 있어. 너 따위는 대장의 오른팔이 아니니까."

반박하려는 댄의 입을 다물게 하고, 얀디가 계속해서 말했다.

"대장은 지금이 나라의 위기라고 했어. 우리는 혈귀란 것에 대해 자세히 알지는 못하고. 네가 왕자랑 같이 있다는 건, 지금 돌아가는 사정을 우리보다는 잘 파악하고 있다는 거겠지."

그렇지는 않았다. 아란은 답답할 정도로 정혈귀의 계획을 알지 못했다. 그저 이 모든 일이 '혈귀의 왕'으로부터 비롯된 것이고, 그를 없애야 이 모든 것이 끝나리라는 것을 알 뿐이었다.

"대장은 돌아올 거야. 너까지 저 안에 들어가서 헤매다가 서로 길이 어긋나면, 만나게 될 시기가 멀어질 뿐이야. 우리는 전쟁을 준비 중이니까, 너희도 준비할 것이 있으면 지금 하는 게 좋을 거다. 아마…… 조만간 사고 싶은 게 있어도 사지 못할 시기가 올 것 같으니까."

*　　　*　　　*

타니하르는 눈을 떴다. 찌르는 듯한 빛이 눈동자를 자극했다. 빛에 익숙해지기 위해 눈을 깜빡거리다가, 몸이 자유롭지 않다는 걸 깨달았다. 팔과 다리가 밧줄로 꽁꽁 묶여 있었다.

'빌어먹을. 최근에 정말 자주 묶이는구먼! 그나저나 살아 있는 건가? 독에 중독된 줄 알았는데. 아, 중독된 상태로 잡혀 온 건가? 그럼 누가 날 잡은 거지? 설마 정혈귀 놈들이?'

그렇다면 큰일이다. 놈들의 밥이 될 수는 없었다.

"깨어났어요!"

그때, 한 톤 높은 목소리가 들려왔다. 어린 소녀의 목소리였다. 타니하르는 눈을 가늘게 뜨고 주위를 둘러봤다. 이제 막 빛에 익숙해진 시야에 들어온 것은, 깨끗하고 단출한 느낌의 방이었다. 수제품으로 보이는 가구가 있었고, 타니하르가 누워 있는 침대 또한 수제품인 것 같았다.

끼익, 타악.

문이 열렸다가 닫히는 소리가 들렸다. 방금 소리를 친 소녀가 밖으로 나간 듯했다.

문밖에서 수런수런 소리가 들렸다. 대부분 여자의 목소리였고, 간혹 남자의 목소리도 섞여 있었다.

"대체 여긴……."

중얼거리던 타니하르는 자신의 목소리가 굵직한 남성의 목소리, 즉 원래의 음성이라는 것을 깨닫고는 말을 멈췄다. 휘둥그레 커진 눈으로 고개를 숙였다. 출렁거리던 가슴이 사라졌다.

"하? 하하하하하하하!"

타니하르는 웃음을 터뜨렸다.

평생 여자로 살아야 될까 봐 걱정했는데, 포기를 하자 원래대로 돌아왔다. 기절하기 전의 고통은 아마도 약 기운이 사라지면서 찾아온 고통이었던 모양이다.

"으하하하하! 그런 거였군. 하긴, 여성에서 남성으로 몸이 바뀌는 건데, 아프지 않으면 이상한 거지. 으하하하하!"

웃음을 멈출 수가 없었다. 몸을 되찾았다. 그렇다면 이 정도의 밧줄은 아무것도 아니다.

정신을 집중할 필요도 없었다. 원래의 몸으로 돌아오면서 마력을 가둘 수 있는 능력 또한 되돌아왔다. 기절해 있는 동안 약간의 마력이 채워진 상태였다.

저 밖에 있는 놈들이 정혈귀라면 힘들겠지만, 그렇지 않다면 밧줄을 풀고 놈들을 상대하는 건 문제도 아니다.

"얼음 검."

검의 형상을 떠올리며 작게 주문을 외우자마자 손에 차가운 것이 잡혔다. 얼음으로 만든 날카로운 검이 생긴 것이다. 그것으로 밧줄을 잘라내고 침대에서 내려온 타니하르는 다시 한 번 제대로 자신의 육체를 살펴봤다. 단단하고 굵은 팔과 다리, 납작한 가슴. 완벽하다.

이 몸으로 돌아오면 가장 먼저 하고 싶었던 게, 바로 헤론의 뒤통수를 한 대 때려주는 것이었다. 그걸 하지 못해서 아쉽지만,

아무래도 상관없다. 조만간 놈과는 만나게 될 것 같으니까.

타니하르는 무기가 될 만한 것을 찾아 방안을 둘러봤다. 하지만 평범한 가정집인 듯 무기로 쓸 만한 것은 아무것도 없었다. 어쩔 수 없이 의자를 잡아 바닥에 내리쳤다.

쾅!

시끄러운 소리와 함께 의자가 부서졌다. 끝이 뾰족하게 부러진 의자 다리 하나를 손에 들었을 때, 문이 열렸다.

잔뜩 경계하고 문을 노려보던 타니하르는, 안으로 들어오는 의외의 인물에 당황했다.

안에 들어온 사람은 15살쯤 되어 보이는 어린 소녀였다. 진갈색 피부에, 검은색 짧은 고수머리, 새까맣고 큰 눈을 가진 귀여운 소녀. 소녀는 방안을 둘러보고는 타니하르에게 시선을 고정시켰다.

"도와줬더니 기껏 한 짓이 집안을 엉망으로 만드는 건가요?"

"꼬맹아. 너 말고 이곳의 책임자 오시라고 해라."

타니하르가 부드럽게 말했지만 소녀는 차갑게 웃으며 그를 향해 다가왔다.

"내가 책임자예요."

도발적인 말투에 타니하르는 미간을 좁혔다.

"어린애랑 장난칠 틈 없다, 꼬맹아."

"내 이름은 니완스. 이 낙원의 여왕이죠. 당신은 대체 누구죠?"

그제야 타니하르는 그녀가 장난을 치는 게 아니라는 것을 깨달았다. 그녀의 까만 눈동자는, 어린애라고 하기에는 몹시 깊고 신중했다.

"타니하르. 어둠의 거리의 주인이지."

"타니하르라면…… 대해적이었던?"

니완스의 얼굴에 처음으로 놀란 빛이 떠올랐다.

"그래. 그런데 대체 어떻게 된 일이지? 내가 왜 여기에 와 있는 거야?"

타니하르는 니완스에게 적대심이 없다는 것을 확인하고는 의자 다리를 아래로 내렸다. 니완스는 잠시 망설이다가 문밖을 향해 고갯짓을 했다. 창문과 문에 달라붙어 안으로 들여다보던 사람들이 순식간에 흩어졌다.

"지하수로에 쓰러져 있는 것을 낙원 사람들이 발견했어요."

"그때, 내가 이런 몸이었나?"

"그럼 다른 몸이겠어요?"

"아니, 뭐…… 하하하하. 그래서? 그 낙원이라는 건 뭔데?"

"고맙다는 말은 어디로 간 거죠?"

"아아, 미안, 미안. 내가 상황이 급해서 말이야. 구해 줘서 정말 고마워. 그런데 내가 정말로 시간이 별로 없거든."

"대해적 타니하르가 그렇게까지 다급해하는 일이 뭔지 궁금한데요?"

니완스가 한쪽 입꼬리를 올리며 도발적으로 물었다. 타니하르도 씩 웃었다.

"말해 주지 못할 것도 없지만, 네가 누군지 제대로 파악도 안 된 상태에서 다 말해 줄 수는 없지."

"그 말을 똑같이 돌려드리죠."

"이봐, 난 타니하르야."

"당신이 타니하르라는 걸 어떻게 믿죠? 난 그의 명성만 들었을 뿐, 얼굴을 본 적은 한 번도 없는데."

틀린 말은 아니었기에, 타니하르는 반박할 수가 없었다. 하지만 이렇게 속을 떠보며 대치할 상황이 아니었다. 힘이 돌아왔으니 서둘러 지하수로의 탐사를 마치고, 부하들과 합류해야 했다.

"알겠어. 말해 주지 않겠다면 어쩔 수 없지. 난 이만 떠나겠어. 잘들 살아."

미련 없이 떠나려는 그의 앞을, 니완스가 가로막았다.

"그렇게 갈 수는 없어요."

니완스가 손을 올리며 낮게 주문을 외웠다.

"파이어."

그녀의 주위에 순식간에 주먹만 한 불덩어리들이 여러 개 생겨났다. 빠른 속도였기에, 타니하르는 속으로 감탄사를 내뱉었다. 주문만으로 이렇게 빠르게 불을 형성하는 걸 보니, 못해도 3성급 마력사는 될 것 같다.

"마력사일 줄은 몰랐는데?"

"마력사는 아니에요. 하지만 사용할 수는 있죠."

"비켜줘. 그 정도 실력으로는 날 이기지 못해. 꼬맹이는 죽이고 싶지 않거든."

"30년을 넘게 살아왔어요. 당신도 결국 외모만으로 사람을 판단하는 어리석은 자인가요?"

"뭐, 몇 년을 살았든 여자랑은 싸우기 싫어."

니완스가 손을 타니하르 쪽으로 휘젓자 주위에 있던 불이 그를 향해 쏘아졌다. 타니하르는 피하는 대신 가볍게 팔을 휘저었다.

"물."

쏴아아.

갑자기 쏟아져 내린 물이 불을 꺼 버렸다. 니완스는 인상을 찌푸리며 뒤로 훌쩍 물러서더니, 클로를 꺼내 손에 끼웠다. 날카롭고 긴 날이 세 개 박힌 클로였다.

"말했잖아. 아가씨가 몇 살이든 싸우고 싶지 않다고."

"이곳에 한 번 들어온 자는, 두 번 다시 햇빛을 볼 수 없어요. 이곳은 우리의 나라, 우리의 낙원. 지상의 사람들에게 이곳의 존재를 알릴 수는 없어요. 미안하지만, 내 목숨을 바쳐서라도 당신을 막아야겠어요."

니완스도 타니하르의 실력을 실감한 듯, 절박한 목소리로 말했다. 타니하르는 절박한 여인과 싸우는 취미가 없었기에, 작게 한숨을 내쉬며 두 손을 살짝 올렸다.

"알겠다. 그럼 설명해 주지. 내가 왜 나가야 하는지."

*　　　*　　　*

며칠 동안 푹 쉰 레드와 라울은 여행길에 오를 수 있을 만큼 회복했다. 내일이면 수도를 향해 움직이기로 결정했다.

클레어는 모두가 잠든 것을 확인하고는 조용히 건물 밖으로 빠져나왔다. 파울로를 상대했을 때부터 시작된 허기가 사라지지 않았다. 일행들 몰래 몇 번이나 짐승을 잡아 피를 마셨지만, 부족했다. 고통스러운 내색을 하면 레드가 피를 주려고 할 것이 분명했기에, 클레어는 일행들 앞에서 담담한 척해야만 했다. 혈관이 비명을 질러도, 심장이 인간의 피를 마시라고 유혹해도, 클레어는 아무렇지도 않은 척하다가 밤이 되면 빠져나오곤 했다.

은빛 둥근 달 아래에서 힘없는 짐승을 잡아 배를 채우는 자신의 모습이 끔찍하고 역겨웠다. 짐승이라고 고통이 없는 것은 아닌데, 인간의 피를 마시는 것보다는 낫다고 자위하며 그것들의 목에 송곳니를 박아 넣는다. 그녀를 사랑하는 레드의 마음이 아플 정도로 느껴져도, 그녀를 걱정하는 일행의 마음이 뜨거울 정도로 다가와도.

'나는 괴물이다.'

그 사실은 변하지 않았다.

짐승 몇 마리의 피를 마시고 돌아오는 길에서 레드가 그녀를 기다리고 있었다. 은빛 달 아래의 그는 창백했고, 조금 지쳐 보였다.

"피, 마시고 오는 길이야?"

그가 클레어를 향해 다가왔다. 클레어는 걸음을 멈추고 두 손을 가지런히 모았다.

"그래."

"나한테 말하지."

"네가 조금 더 회복하면 그리하마."

클레어의 앞에서 멈춘 레드가 조심스레 그녀의 머리카락 끝을 잡았다. 머리카락에 감각이 있지 않을 텐데, 클레어는 닿은 부위가 뜨겁다는 느낌을 받았다.

"비녀, 안 하고 다니네. 잃어버렸어?"

"아니, 잘 가지고 있단다."

클레어는 드레스 자락 사이에 있는 주머니에서 비녀를 꺼냈다. 딱 한 번만 사용했던 터라, 비녀는 여전히 새것처럼 반짝거렸다.

"왜 안 하고 다녀?"

"잃어버릴까 봐."

"잃어버리면 또 사 줄게."

"아니, 이것은 잃어버리고 싶지 않구나."

잃어버리고 싶지 않았다. 레드가 처음으로 보여 준 마음. 그에게서 처음으로 받은 선물.

혹시라도 루시드를 죽이지 못해서, 또다시 영원한 밤을 살아가게 될지도 모른다. 그때에, 레드를 추억할 물건 하나 정도는 가지고 있고 싶었다.

이미 이 마음속에 들어온 사내를 지워 버릴 수 없으니, 카르제나가 그랬듯 영원히 그리워하게 될 테니, 그가 그리울 때마다 비녀를 보며 추억하고 싶었다. 그러면 피를 마시지 못해 정신을 잃고 미치더라도, 그의 얼굴만큼은 기억할 수 있을 테니까. 손가락에 낀 카르제나와의 약혼반지처럼, 어둠을 밝혀주는 빛이 될 테니까.

"흐응. 그럼 다음에 다른 걸 하나 더 사 줄게. 그건 하고 다닐 거지?"

"그래. 그렇게 하마."

대화가 끝났는데도, 레드는 클레어의 머리카락에서 손을 떼지 않았다. 클레어도 구태여 그를 밀어내지 않았다. 아주 가까이에 선 채로 둘은 시선을 주고받았다.

레드의 파란 눈동자를 바라보는 것이, 클레어는 좋았다. 그의 맑은 눈동자를 보고 있노라면, 날씨가 좋은 날 하늘에 묻혀 있는 듯한 느낌이 들었다. 그의 눈동자는 하늘 같기도 하고 바다 같기도 해서, 바라보는 동안 모든 일에서 해방된 기분이 들었다.

선선한 바람이 불어와 둘을 스치고 지나갔다.

"클레어."

레드가 낮은 목소리로 그녀의 이름을 불렀다. 주위를 진동시키는 듯한 그의 음성 역시, 클레어는 좋았다.

"나랑……."

충동적으로 입을 열었던 레드는, 차마 뒷말을 하지 못하고 입을 다물었다. 멍청한 소리를 할 뻔했다. 그를 올려다보는 그녀의 눈동자가 반짝반짝 빛나서, 그 반짝임이 애정인 것만 같아서, 하마터면 바보 같은 소리를 지껄일 뻔했다.

'나랑 결혼해 줘.'

아혈귀가 있고, 정혈귀가 있고, 혈귀의 왕이 있다. 그들의 계획도, 정확한 힘도 모르는 급박한 상황에서 결혼 타령이라니.

아니, 이런 상황이 아니어도 마찬가지다. 클레어는 천 년이 넘는 시간 동안 잊지 못하는 연인이 있다. 클레어의 마음은 전부 그의 것이다. 이미 세상에는 없는 그 남자가 클레어의 마음을 전부 가져가 버렸다.

받을 수 없는 마음이라는 것을 알면서, 분위기에 취하고 말았다. 한심하다. 결혼이라니. 이렇게 머리카락을 살짝 잡고 있는 것조차 조심스러운 사이에, 결혼이라니.

'난 정말 형편없는 남자였군.'

이라고 생각할 때였다.

"아니, 레드 공, 클레어 공! 이런 곳에서 다 만나는구먼!"

우렁찬 목소리가 주위를 감싸고 있던 침묵을 깨뜨렸다. 레드는 소스라치게 놀라 클레어의 어깨를 감싸 자기 쪽으로 끌어당겼다. 어둠 속에서 커다란 덩치의 사내가 터벅터벅 걸어오고 있었다.

타니하르였다.

"탄!"

갑작스러운 타니하르의 방문에, 폐가에서 불편한 자세로 자고 있던 일행들이 모두 깨어났다. 유키는 환하게 웃으며 타니하르의 품에 달려들었다. 타니하르는 껄껄 웃으며 유키의 머리를 쓰다듬었다.

"어이쿠, 유키 공. 못 본 새에 키가 더 컸구만!"

"진짜? 나 진짜로 좀 컸어?"

"그래, 그래. 네 나이의 소년들은 성장이 빠르지. 조만간 레드 공보다 커지겠는데?"

"그럴 리가."

팔짱을 끼고 벽에 기대서 서 있던 레드가 불퉁거렸다.

"아란을 만났습니까, 탄?"

라울이 물었다.

"아란? 음? 아란 공은 못 만났는데. 대신 진귀한 장면을 목격했지."

"진귀한 장면이요?"

"레드 공이랑 클레어 공이 뜨거운……."

"시끄러, 탄!"

레드가 황급히 달려와 타니하르의 입을 막았다. 타니하르는 킬킬 웃으며 고개를 끄덕거렸다.

"하하하하! 알겠어, 알겠어. 둘의 일이란 말이지? 아무튼 아란 공은 못 만났는데."

"그래요? 그럼…… 여길 어떻게 알고 오신 겁니까?"

"알고 오다니? 난 여기에 자네들이 있어서 소스라치게 놀라는 중인데. 아래를 좀 헤매고 다녔거든."

"아래라니?"

레드가 물었다.

"이 아래에 혈귀놈들이 판 복잡한 지하수로가 있거든."

"당신도 거길 들어갔던 겁니까?"

라울의 질문에 타니하르가 눈을 크게 떴다.

"자네들도 그곳의 존재를 아는 건가?"

라울과 레드는 잠깐 눈을 맞췄다가 타니하르와 헤어진 후 벌어진 일들을 간단하게 설명했다. 타니하르는 심각한 표정으로 그들의 이야기를 들었다.

"나는 그동안 헤론이랑 같이 있었어."

타니하르의 말에 구석에 조용히 서 있던 클레어가 한 걸음 다가왔지만, 아무도 그 사실을 눈치채지 못했다.

"헤론이랑 같이 있었다고? 왜?"

"놈이 수도로 향할 것 같아서 기다리다가 공격을 했는데, 정혈귀한테 당했거든. 헤론, 그놈이 날 구해 줬지."

"구해 줬다고?"

"뭐, 자기가 만든 약을 나한테 실험해본 거긴 하지만, 결과적으로 내 목숨을 구했으니 생명의 은인이 되는 건가?"

"그래서? 마하딘이 그놈을 데리고 간 이유가 뭐야?"

"영원불멸의 군대를 만들기 위해."

타니하르가 하는 말을 제대로 이해할 수가 없어서, 일행은 인상을 찡그렸다. 타니하르는 그럴 줄 알았다는 듯 마하딘의 요청과 헤론이 만들어 낸 것에 대해 차근차근 설명했다.

"그러니까 아혈귀에게 '이성'이라는 걸 갖게 해 주고, 햇빛이나 성수에도 당하지 않는 몸으로 만들어 준다는 거지? 그게 가능한가?"

레드가 엄지로 턱을 문지르며 중얼거렸다.

"라볼르에서 봤잖아. 그것들."

유키가 아직도 그 참상이 떠오르는 듯 몸을 부르르 떨며 말했다. 여러 종류의 동물들을 이어붙인 기괴한 생물들. 만든 이의 감정이라고는 느껴지지 않는 끔찍한 창조물.

"하긴. 그런 걸 만드는 놈이면, 아혈귀를 최강의 군대로 만드는 게 가능할지도 모르겠어요."

"그렇게…… 끔찍했나요?"

델리가 궁금한 듯 끼어들었다.

"응, 델리. 정말 장난 아니었어. 머리가 몇 개씩 달린 놈도 있고, 늑대 머리가 곰 몸통에 붙어 있기도 하고……."

"식물도 제 마음대로 다루는 것 같더라. 그놈이 만든 약을 뿌리면 식물 줄기가 강해지고 빠르게 자라는 것 같더라고."

레드가 덧붙였다. 델리는 놀랍다는 듯 눈을 크게 떴다.

"굉장히 머리가 좋은 사람인가 봐요."

"아니, 아니. 그런 칭찬이 과분한 놈이야. 단지 머리가 좋은 게 아니라 뭔가 일그러진 것 같은…… 한 마디로 딱 잘라 설명하자면 미친놈이랄까?"

"미치광이라는 단어가 그처럼 잘 어울리는 사람도 드물죠."

라울이 동의했다.

"그런 놈이 정혈귀와 손을 잡았으니, 앞으로 우리가 예상한 것보다 끔찍한 일이 벌어질지도 몰라. 정혈귀야 우리를 그저 먹잇감으로 생각하지만, 그놈은 인간을 가지고 생체실험을 하려고 들걸."

"맞아, 정말 그럴까 봐 무서워. 우리 몸에다가 늑대나 소의 머리를 붙일 수도 있어."

유키가 하얗게 질린 얼굴로 중얼거렸다. 그때, 조용히 듣고만 있던 클레어의 허스키한 음성이 부드럽게 끼어들었다.

"바다의 아이야. 그 남자가 네게 그 모든 계획을 순순히 말해 준 것이냐?"

클레어의 질문에 타니하르가 찔린 듯 어깨를 움찔했다. 타니하르는 고개를 돌려, 자기 뒤에 서 있는 클레어를 올려다봤다. 그녀의 검붉은 눈동자는 그 어떤 감정도 내비치지 않고 담담히 타니하르를 응시하고 있었다.

타니하르는 왠지 그녀의 질문에 아주 많은 의미가 내포되어 있는 것 같다는 느낌을 받았다. 타니하르 자신도 끊임없이 궁금해 했던 것, 그것을 클레어는 묻고 있었다.

"헤론이 정혈귀의 편인 것이 확실한가…… 그 질문을 하고 싶은 건가, 클레어 공?"

타니하르의 말에 클레어는 이렇다 할 대답을 주지 않았다.

"그래, 나도 그게 궁금하더군. 클레어 공, 자넨 정말 예리해. 내 짧은 이야기를 듣고 거기까지 생각을 하다니. 역시 오래 살았기 때문인가?"

"나는 상당한 시간 이성을 잃어서, 사고의 흐름이 멈춰 있었지. 정신연령이나 생각이 깊이가 너희와 다르지는 않을 것 같구나."

농담 같은 말을, 클레어는 웃음기 없이 읊조렸다. 일행은 타니하르와 클레어가 주고받는 대화의 의미를 알 수가 없었다.

헤론은 마하딘에게 힘을 빌려주고 있다. 그것도 가장 끔찍하고 가장 확실한 방법으로. 햇빛과 성수에 영향을 받지 않는 아혈귀는 그야말로 단점이 없는 군대가 될 것이다. 정혈귀에게 그런 군대를 만들어 주는 헤론이 정혈귀의 편이 아니면 누구의 편이란 말인가.

"헤론은 말이지⋯⋯."

타니하르가 클레어에게서 눈을 떼고 원래의 자세로 돌아왔다.

"섣불리 판단할 수 없는 자야. 악인도, 선인도 아닌 것 같아. 미치광이. 그래, 나도 처음에는 자기 연구에 미쳐 있는 놈이라고만 생각했거든. 연구를 위해서라면 정혈귀의 편도, 인간의 편도 될 수 있는 놈. 감정의 편린이라고는 찾아볼 수 없는 놈. 그런데⋯⋯."

"그런데? 어쩌면 괜찮은 놈일지도 모른다고?"

레드의 목소리가 차갑게 가라앉았다.

"같이 지내다 보니 머리가 어떻게 된 거 아냐? 세상에 사정 하나 없는 놈이 어디 있냐? 이래서 좋은 놈, 저래서 괜찮은 놈, 그래서 나쁘지 않은 놈. 그렇게 하나하나 따지다 보면, 살인마조차도 괜찮은 놈이 되는 거고, 정혈귀조차도 착한 놈이 되는 거야. 너도 라볼르에서 봤잖아, 탄. 그 끔찍한 것들. 아무리 사정이 있어도 생명을 그따위로 다루면……."

"레드. 난 헤론, 그놈이 좋은 놈이라고 말한 적 없어. 그저 뭔가 다른 목적이 있는 것 같다고 생각할 뿐이지. 라볼르에서도 말이야, 그놈이 그렇게 징그러운 것들을 만들어 내기는 했지만, 인간들은 건드리지 않았잖아."

"하지만 그것들도 생명이야!"

"인간은 원래 살아남기 위해, 자기 목적을 이루기 위해서라면 무슨 짓이라도 할 수 있는 법이거든. 클레어 공도 짐승의 피를 마시지 않는가."

"이 자식!"

레드가 타니하르에게 달려들었다. 멱살을 움켜쥐고 일으켜 세웠지만 타니하르는 반항하지 않았다.

"클레어를 끌어들이지 마! 클레어는 어쩔 수 없이……."

"아이야."

가만히 레드를 응시하는 타니하르 대신, 클레어가 끼어들었다. 그녀는 레드의 손목을 살며시 잡고 그의 눈을 응시했다.

"이 아이가 말한 뜻을 모르겠느냐?"

차분한 음성이 레드의 분노를 가라앉혔다. 레드가 무슨 말이냐는 듯 쳐다보자, 클레어가 말했다.

"바다의 아이는, 나도 인간이라 말하고 있는 거란다."

"아……!"

클레어의 말 대로였다. 타니하르는 분명 '인간은 원래'라는 것을 전제로 클레어를 끌어들였다.

레드의 손에서 힘이 빠졌다. 레드는 솔직하게 분노하는 것만큼 사과도 빨랐다.

"미안해, 탄."

타니하르가 웃었다.

"으하하하하. 이해해, 레드 공. 원래 사랑에 빠진 남자는 사랑하는 여자를 위해 무슨 짓이든 할 수 있잖아!"

"그게 추하고 멍청한 짓이라도 말이죠."

라울이 거들었다. 레드는 콧등을 실룩거렸지만 변명할 말이 없기에 조용히 자리로 돌아갔다. 유키가 한심하다는 듯 레드를 쳐다보다가 살래살래 고개를 저었다.

"아무튼 헤론이 정혈귀를 위해 군대를 만들어 주는 건 사실이고, 조만간 전쟁이 벌어질 거야. 첫 번째 목표는 라토우 왕국이고, 최종적인 목표는 아모펠츠 교국이다."

"성기사 때문이군요. 그들이 사용하는 성력은 아모른 님의 힘이니까."

라울의 중얼거림을 이상하게 생각한 사람은 클레어뿐이었다. 얼마 전까지만 해도 라울은 아모른의 존재를 믿지 않았다. 레드 일행 중에 가장 철저한 무신론자였는데, 지금 라울은 아모른 '님'

이라고 말했다. 신의 존재를 쭉 믿어온 사람처럼.

'그러고 보니, 그때 그 힘도……'

지하수로에 갇혀 있었던 라울은 지상까지 치유의 권능을 내보냈다. 그것은 라울이 치유의 권능을 물리적으로까지 사용할 수 있게 되었다는 뜻이다.

'무슨 일이 있었던 거지?'

그 일에 대해 묻고 싶었지만, 지금은 때가 아니었다. 타니하르는 계속 마하딘의 계획에 대해 설명 중이었다.

"마하딘은 가쿠타에서 파미르까지 이어지는 긴 수로를 팠어. 아마 몇 년쯤 걸렸겠지. 놈들은 파미르 시 지하에 아혈귀들을 모아두고 있어. 아마 그놈들을 가지고 군대를 만들 생각이겠지."

"하긴. 아혈귀를 한꺼번에 대량 생산할 수는 없으니까. 꽤 오래전부터 진행된 계획이겠군."

"그래. 10여 년 전에 왕자 암살 사건이 있었던 거 기억나나?"

"아, 기억해. 난리였지. 마하딘 얼굴이 완전히 뭉개졌었잖아. 왕국 전체에 비상이 걸렸는데 암살자는 찾아내지 못했고."

"맞아. 아마 그때 바꿔치기가 됐을 거야. 진짜 왕세자는 죽었겠지."

"뭐야? 그럼 지금 마하딘이 진짜 마하딘이 아니라는 거야?"

"당연하잖아. 고작 10년 정도 된 정혈귀가 다른 정혈귀를 부릴 수 있을 리가 없지. 그때 말이야, 왕국의 의술사들이 전부 나서서 왕자의 뭉개진 얼굴을 수술했어. 왕자는 회복했지만, 완전히 원래 모습으로 돌아갈 수는 없었지. 게다가 그때의 의술사들 중 대부분이 실종됐고."

"그런 식으로 흘러온 거군요. 바꿔치기일 줄이야."

"왕자의 얼굴을 원래대로 되돌릴 수 없었다, 고 왕에게 고한 의술사는 정혈귀였겠지. 나머지 놈들은 놈의 식량이 됐을 거야."

"그러고 보니, 그때만 해도 마하딘이 왕세자는 아니었어."

"맞아. 그때의 왕세자는 늘 그렇듯 장남인 다뉴얼이었지. 하지만 그 사건 이후로 마하딘은 뛰어난 모습을 보여줬고, 다뉴얼의 단점이 왕에게 알려지도록 만들었어. 왕은 갈등했고, 결국 주위의 반대를 무릅쓰고 왕세자를 바꿨지. 이제 와선 다뉴얼의 단점들조차 마하딘이 조작한 게 아닌가 싶지만."

"다뉴얼은 죽었나?"

"마하딘이 왕위에 오르자마자 도망치기는 했는데, 아마 죽었을 거야."

"왕실의 다뉴얼 파는?"

"원래 정혈귀인데 다뉴얼 파인 척했던 놈들이 대부분이야. 인간인 놈들은 권력을 잡은 게 마하딘이니, 언제 그랬냐는 듯 마하딘에게 충성을 바치고 있지."

레드가 작게 신음을 흘렸다.

"마하딘을 막을 사람이 없군."

"그래. 게다가 모든 게 너무 빠르잖아. 마하딘이 왕위에 오르고 몇 년쯤 지나면 다른 생각들을 할 테지만, 지금으로써는 충성을 바치는 모습을 보일 수밖에 없으니까."

"그걸 알기에 더 서두르는 모양이군."

"그래. 정혈귀가 만들 수 있는 정혈귀의 수도 한계가 있으니, 계획이 완성 단계에 이를 때까지는 인간들을 너무 들쑤시려고 하진 않겠지."

레드는 잠시 말을 끊고 생각에 잠겼다.

마하딘은 군대를 만들어 전쟁을 하려고 한다. 전쟁이 시작되면 개인의 힘으로는 막을 수 없게 된다. 마하딘을 저지하려면 전쟁 전에 해야만 했다.

레드는 고개를 뒤로 젖혀 클레어를 바라봤다.

"클레어. 마하딘이 혈귀의 왕일 가능성은?"

"없구나. 그자는 혈귀의 왕이 아닌 것 같다."

"하지만 그놈을 그냥 놔둘 순 없어. 일단 왕실 일을 해결하려고 하는데, 괜찮겠어? 좀 늦어져도."

"괜찮다. 마하딘의 계획은 곧 혈귀의 왕의 계획일 테니."

"좋아. 그럼 전쟁이 시작되기 전에 왕실에 들어가 마하딘을 죽이고, 에녹을 왕으로 세워야겠군."

"그렇게 말하니까 되게 간단해 보이네."

유키가 중얼거렸다.

"간단하잖아. 어쨌든 이 전쟁의 주축은 마하딘이야. 놈이 전쟁을 위해 장기적으로 계획해 왔다는 건, 정혈귀에게도 나라와 나라의 전쟁을 일으키는 건 쉽지 않은 일이라는 뜻이잖아. 게다가 아모펠츠 교국을 두려워하고 있고. 마하딘만 죽이면 당분간 전쟁은 벌어지지 않을 거야."

"그럼 서둘러야겠군요."

"그래. 일단 수도에 가서 아란이랑 합류하고, 바로 왕실에 쳐들어가자. 연금술사 놈을 처리하면 그 빌어먹을 것도 못 만들겠지. 그다음에 마하딘을 죽이면 되는 거고. 아주 바싹 구워주겠어."

레드가 이글이글 타는 눈으로 수도 쪽을 노려봤다. 클레어 역시 수도 쪽을 응시하고 있었는데, 무슨 생각을 하는지 알 수 없는 표정이었다. 타니하르는 그런 그녀를 물끄러미 지켜보다가 문득 생각난 듯 입을 열었다.

"그거 알아? 지하수로에 낙원이 있다는 거."

'낙원'은 오래전 블랙엘프 한 명과 헤른족 다섯 명이 만들어 낸 '헤른족의 낙원'이었다.

수십 년 전, 인간들의 세상으로 놀러 나왔던 블랙엘프가 있었다. 그는 우연히 노예상에게 끌려가는 헤른족을 발견했고, 그들에게 블랙엘프의 피가 흐르고 있음을 알아보았다. 블랙엘프는 태생적으로 몇 명의 인간 용병들을 쉽게 상대할 수 있을 만큼 강했다.

그는 노예상과 그를 호위하던 용병들을 죽인 후, 헤른족 노예 일곱 명을 구해냈다. 하지만 모든 인간을 상대하기에는 무리가 있었다.

뒤늦게 추적하는 인간들에게 헤른족 두 명이 죽임을 당했다. 블랙엘프와 남은 다섯 명은 생존자들이 산다는 '하이엘른'으로 향하려고 했다. 하지만 대륙 전체에 그들의 수배지가 돌아다녔고, 그들은 파미르 시 근처에서 발이 묶였다.

그런 그들이 찾아낸 곳이 지하수로였다.

인간들을 피해 복잡하게 뚫린 지하수로에 숨어든 그들은, 그곳에서 살아가는 것도 괜찮겠다는 생각을 하기에 이르렀다. 그래서 그들은 깊은 곳에 넓은 공간을 만들어 냈고, 마력을 다룰 줄 아는 블랙엘프가 그 주위에 결계를 쳤다.

"다섯 명으로 시작했는데 점점 불어나기 시작했지. 저들끼리 아이를 낳기도 했고, 소문을 들은 헤른족이 찾아오기도 한 거야. 블랙엘프는 그들이 어느 정도 자리를 잡는 걸 확인한 후에 떠났고."

현재 낙원에 있는 헤른족은 300여 명이었다. 그들 중에는 블랙엘프의 힘을 고스란히 지니고 태어난 자도 다수 있었다. 언젠가 헤른족을 해방시킬 날을 꿈꾸며, 그들은 지금껏 낙원을 유지해 왔다.

"하지만 저 아래에는 아혈귀와 정혈귀도 있잖아. 설마 헤른족이 혈귀와 손을 잡은 건 아니겠지?"

레드의 질문에 타니하르가 씩 웃었다.

"헤른족이 혈귀의 존재를 알고 있는 건 사실이야. 하지만 손을 잡진 않았어."

"왜 그럴까요? 헤른족에게 인간들은 증오 대상일 텐데. 정혈귀와 손을 잡는 편이 인간들에게 복수하기 더 쉽지 않을까요?"

"그들의 목적은 복수가 아니라 자유거든. 헤른족도 본능적으로 알고 있는 거지. 혈귀와 손을 잡으면 복수는 할 수 있어도, 자유는 찾을 수 없으리라는 걸."

자기 일처럼 당당하게 말하는 타니하르를, 유키가 빤히 응시했다. 타니하르가 고개를 갸우뚱하자, 유키가 물었다.

"그런데 탄, 그걸 어떻게 그렇게 잘 알아? 탄도 헤른족이었던 거야?"

"으하하하하하. 유키 공. 그럴 리가 있나? 이 몸은 인간이야, 인간."

"그럼 어떻게 그들 사정을 그렇게 잘 아는데?"

"그거야 내가 거기에서 올라오는 길이니까."

낙원의 여왕인 니완스는 블랙엘프의 능력을 고스란히 물려받은 여자였다. 마력을 사용할 수 있을 뿐 아니라, 몇몇 몬스터들을 부릴 수도 있었다. 실제로 그녀는 길들이기 힘들다는 케나칼 두 마리를 기르는 중이었다.

"혈귀의 존재는 눈치채고 있었어요. 이 수로 안에 우글우글하니까."

하지만 그녀는 인간과 혈귀의 싸움에 끼고 싶지는 않다고 했다.

"우린 인간을 증오해요. 이 세상을 인간이 지배하든, 혈귀가 지배하든, 우리와는 상관이 없잖아요. 그저 흘러가는 대로 놔두고, 우린 이곳에서 조용히 살아갈 거예요. 언젠가 하이엘른에 있는 헤른족과 만날 수도 있겠죠."

타니하르는 그런 그녀를 설득해야 했다. 헤른족은 수가 적어서 인간에게 처참하게 당하긴 했지만, 신체적인 능력은 인간보다 뛰어났다. 민첩하고 시야가 넓으며, 마력도 인간보다 쉽게 익힐 수 있다. 한 명이라도 아쉬울 때에, 헤른족을 아군으로 끌어들이면 큰 힘이 될 것이다.

"혈귀가 인간의 피를 주식으로 한다는 건 알고 있겠지? 그놈들이 세상을 지배하면 마음껏 인간들을 죽이기 시작할 거야. 아마 혈귀의 수도 늘어나겠지."

"정혈귀는 바보가 아니잖아요. 인간이 소 돼지를 사육하듯, 인간들을 사육하기 시작하겠죠."

"모르나 본데, 인간과 소, 돼지가 다른 점이 있잖아. 인간은 수치를 느끼고, 자살이라는 걸 할 수 있지."

말문이 막힌 듯 입을 다문 니완스에게, 타니하르는 밀어붙이듯 말했다.

"네 말대로 놈들은 인간을 사육하기 시작할 거야. 하지만 우리들은 그렇게 죽느니 죽음을 택할걸? 놈들이 우리가 자살하지 못하도록 막는다고 해도, 죽는 건 여러 가지 방법이 있어. 죽기로 작정한 놈은 어떻게든 죽어. 그게 인간이야."

"흥. 그럼 세상에서 이기적인 인간들이 사라지고 혈귀들만 남겠네요. 뭐가 문제죠?"

"식량이 사라지면 놈들은 어디로 눈을 돌릴까?"

"설마…… 놈들이 우리 피를 마실 거라는 거예요?"

마시리라는 것을, 니완스는 알고 있었을 것이다. 그렇기에 낙원 근처에 우글거리는 위험한 존재들을 자극하지 않고 그냥 놔둔 것이리라.

블랙엘프와 인간의 피가 섞였다고는 하지만, 시간이 지나면서 인간의 피가 더 진해진 것이 헤른족이다. 혈귀는 몬스터의 피는 마시지 않지만, 인간의 피는 마신다.

"놈들이 배고파하는 걸 본 적 없지? 놈들은 피를 마시지 못하면 정말 끔찍한 고통을 겪어. 헤른족에게 블랙엘프의 피가 섞인 건 사실이지만, 인간의 피가 더 진한 것도 사실이지. 인간이 멸종하면, 그다음은 너희가 될 거야."

니완스는 고민할 시간이 필요하다고 했다. 그녀는 낙원의 장로들을 불러 모았고, 밤을 지새우며 회의를 했다. 이틀 후, 피곤한 표정으로 돌아온 니완스는 신중하게 말했다.

"우리는 인간들 편에 설 생각은 없어요. 하지만 혈귀가 세상을 지배하게 되면, 우리가 위험해지니…… 정말 위험한 순간이 오면 힘을 빌려드리죠. 인간이 아닌, 타니하르. 당신에게."

거기까지 말한 타니하르는 자랑스럽게 턱을 치켜들었다.

"봤지? 여자들이 날 이렇게 따라. 여자를 꼬시려면 나처럼 해야 하는 거야, 레드 공."

"대체 그 얘기의 어느 부분이 여자를 꼬시는 건데?"

레드가 투덜거렸다.

"잘 꼬신 것 같은데. 레드였으면 설득하기 전에 그냥 구워버리려고 할걸."

"분명 그랬을 겁니다. 굽다 뿐인가요? 해체하는 것도 좋아하는 남자잖아요, 저 포악한 사자는."

라울이 유키를 거들었다. 평소 한 짓이 있는 레드는 반박할 말을 찾을 수가 없었다.

타니하르의 이야기가 마무리된 후, 일행은 수도로 가기 위해 폐가를 떠났다. 레드가 앞장섰고, 라울과 유키, 텔리가 나란히 서서 그 뒤를 따랐다. 맨 마지막으로 타니하르가 걸었는데, 타니하르는 자신의 뒤에서 조용히 걷고 있는 클레어를 느끼고 걸음을 멈췄다.

"클레어 공. 안 그래도 자네랑 할 얘기가 있어."

"해 보아라."

클레어가 걸음을 멈추지 않았기에, 타니하르는 다시 걷기 시작했다.

"자넨 분명 오르데안 공작의 딸이라고 했지?"

"그래."

"그렇다면…… 인간이 밉지 않나?"

생각지 못한 질문이었는지 클레어가 살짝 인상을 찌푸렸다.

"내가 왜 인간을 미워해야 하느냐?"

"왕실에 감춰진 진짜 역사서를 발견했다."

"진짜 역사서?"

"그래, 전에 라볼르로 가는 배에서 말한 적 있잖아."

"아아, 그거 말이구나. 진짜로 있는 줄은 몰랐다."

"……그걸 쓴 게 네가 아니었군."

"왜 내가 썼다고 생각했느냐?"

"글쎄. 뭐라고 할까. 그 역사서는 마치 그 모든 것을 옆에서 지켜본 자가 쓴 것 같은 느낌이 들었거든."

"글을 잘 쓰는 자가 썼나 보구나."

클레어는 별일 아니라는 듯 말했지만, 타니하르는 미심쩍은 표정을 거두지 못했다.

"하여간 난 그걸 읽었어, 클레어 공. 그 역사서에는 오르데안 공작의 마지막이 적혀 있었지."

이번엔 클레어가 우뚝 멈춰 섰다. 타니하르는 그녀를 돌아보는 것이 두려웠다. 오르데안 공작. 클레어의 아버지. 그의 죽음에 대해 이야기하는 클레어가 어떤 표정을 짓고 있을지, 직접 보지 않아도 알 것 같았다.

아마도 평범한 인간이 받아들이기 힘든 깊고 깊은 절망과 슬픔, 그리고 고통이 새겨진 눈빛일 것이다. 죽고 싶다 말할 때보다 훨씬 더 쓰린 아픔이 그녀의 눈동자를 채우고 있을 것이다.

마주하는 순간 심장이 미어질 것이 뻔했다. 하지만 이야기를 꺼낸 주제에 모르는 척할 수는 없었다. 타니하르는 작게 심호흡하고 몸을 돌렸다.

클레어는, 타니하르의 예상과 달리 아무 감정도 담기지 않는 눈으로 정면을 응시하고 있었다. 아마도 타니하르가 망설이는 순간, 자신의 감정을 갈무리해 안으로 집어넣은 것이리라. 이 작고 가냘픈 아가씨는 지금처럼 늘 빠르게 감정을 처리하고 무감정한 척 살아왔을 것이다.

그것을 알기에, 슬픈 표정을 보는 것보다 더 가슴이 아팠다.

"오르데안 공작은 마지막까지 혼자서 인간들을 위해 싸웠지만, 그의 심복들이 공작을 배신하고 그를 죽게 만들었지. 인간들은 자기들을 지켜 주었던 것도 모르고, 공작에게 돌을 던졌고."

"그래, 그랬다."

"믿지 않은가? 인간이. 자네의 가문을 배신하지 않았는가."

타니하르의 질문에 클레어는 살짝 미간을 좁혔다가 곧 희미한 미소를 지었다. 그녀는 허스키하고 부드러운 음성으로 말했다.

"인간은 참으로 약하단다, 아이야. 너무나 약하기에 한없이 강한 존재의 앞에선 두려움에 이성을 잃게 되기도 하지."

"……."

"그러나 아이야. 간혹 그런 두려움을 이기고 맞서 싸우려고 하는 자들이 있단다."

"레드 공 말인가?"

클레어가 살며시 손을 들어 타니하르의 볼을 쓰다듬었다.

"너도 그렇잖느냐."

"……."

"그래서 나는 인간이 밉지 않구나. 내 아버지도 마지막까지 인간을 미워하지 않았을 게다."

*   *   *

헤론은 휘적거리며 왕의 집무실을 향해 걸어갔다. 훤칠한 키에 긴 백발, 한쪽에 안대까지 한 헤론은 왕실 내에서 눈에 띄었다. 왕실 사람들이 이상하다는 듯 힐끔힐끔 쳐다봤지만, 헤론은 신경 쓰지 않았다.

완벽하다.

마하딘이 공수해 온 수천 개의 마력석. 그것들의 구성을 전부 원하는 대로 바꿨다. 기본 공식만 알게 되면 바꾸는 것은 어렵지 않다. 문제는 그것들을 하나로 연결하여, 한 사람의 명령을 듣게 만드는 점이었는데 그 부분도 해결했다.

'타니하르, 그놈은 죽었나?'

어느 날부터 갑자기 타니하르가 보이질 않았다. 왕실을 빠져나간 게 아니라면 혈귀의 손에 죽었을 것이다.

'뭐, 아무래도 상관없지.'

타니하르에게 큰 기대를 걸지도 않았다. 세상에 믿을 사람은 아무도 없다. 특히 인간들은 배신을 밥 먹듯이 하는 버러지 같은 존재들이다. 타니하르가 죽었든, 살았든, 정혈귀의 편이 되었든, 헤론이 신경 쓸 일은 아니었다.

집무실 앞에 대기하고 있는 기사들을 요령 좋게 피해 들어간 헤론은, 예고도 없이 집무실의 문을 벌컥 열어젖혔다. 한발 늦게 기사들이 검을 빼 들었지만, 마하딘이 먼저 오른손을 들어 그들을 저지시켰다. 마하딘의 옆에는 성기사를 가장한 정혈귀들이 정립하고 있었다.

"위험한 자가 아니니 괜찮다. 들어오게 해라."

마하딘의 말에 기사들은 얼른 검을 집어넣었다. 헤론은 킬킬 웃으며 안으로 들어가 문을 세게 닫았다.

쾅!

큰 울림에 정혈귀 성기사들이 인상을 찌푸렸지만, 헤론은 겁도 없이 휘적휘적 걸어가 마하딘의 앞에 섰다.

"네놈이 예의가 없다는 것은 알지만, 보는 눈이 많을 때는 예의를 차리는 게 좋을 텐데."

마하딘이 위협적으로 말했다. 헤론은 어깨를 으쓱하며 마력석이 담긴 주머니를 마하딘에게 던졌다. 마하딘은 그것을 쳐다보지도 않고 낚아챘다.

"다 만들었나?"

"그래. 네놈이 진짜로 수천 개를 가져다줄지는 몰랐지. 그래서 시간이 생각보다 더 오래 걸렸어. 이히히히히. 하지만 완벽해. 일단 몇 개 가지고 왔으니 확인해 봐. 문제가 생기는 일은 없을 거야."

"한 가지 궁금한 게 있는데 말이야."

"뭔데?"

마하딘은 이야기를 꺼내기 전, 성기사들을 향해 눈짓을 했다. 성기사들은 소리 없이 집무실을 빠져나갔다.

"이 마력석을 몸에 넣은 아혈귀에게 이성이 생기는 건 알겠는데, 내 명령만 따르게 만들 수는 없나? 이성이 생겨도 이 사람, 저사람의 명령을 다 들으면 곤란하니까."

"이히히히. 그런 걸 원할 줄 알았지."

헤론이 웃으며 품에서 빨간색으로 빛나는 마력석을 꺼냈다. 보라색 마력석보다 더 찬란하게 빛나는 돌이었다.

"이걸 네 심장 근처에 넣어 두면, 그 보라색 돌이랑 공명해서

네 명령만을 따를 거야."

마하딘은 빨간 돌을 받아 들지 않았다. 그는 의심이 가득한 눈으로 헤론을 쏘아봤다.

"내 몸에 이걸 넣어야 한다고?"

"으흥."

헤론이 어깨를 으쓱했다.

"내가 뭘 믿고 이걸 내 몸에 넣지? 이게 보라색 돌과 같은 작용을 하는 걸지도 모르는데."

헤론의 입가에 비릿한 미소가 떠올랐다. 헤론은 조롱하듯 마하딘을 응시하다가 몸을 휙 돌렸다.

"그래, 그럼 관둬. 이건 내가 사용할 테니까. 이히히히히."

헤론이 너무 쉽게 포기하는 것이, 마하딘을 불안하게 만들었다. 만약 저 돌이 진짜로 보라색 돌과 공명한다면, 아혈귀 군대는 마하딘의 것이 아니라 헤론의 것이 된다. 하지만 헤론을 완전히 믿을 수도 없었다.

헤론의 여자를 인질로 잡아두었는데, 소리 소문도 없이 사라졌다. 마하딘은 헤론이 그 여자를 구해내 빼돌렸을 거라고 추측했고, 구태여 그 이야기를 꺼내 헤론을 자극하지 않았다. 어쩌면 헤론이 그 일 때문에 복수의 칼을 품고 있을지도 몰랐다.

'그렇게 쉽게 빼돌릴 줄 알았으면, 처음부터 건드리지 않는 건데 그랬어.'

마하딘의 마음속엔 헤론을 향한 두려움이 자라고 있었다. 마하던 본인조차 깨닫지 못할 만큼 은밀한 두려움. 저 미치광이 남자가 무슨 짓이든 할 수 있을지도 모른다는 작은 공포.

마하딘은 자신이 인간 따위에게 겁을 집어먹었다는 것을 인정하고 싶지 않았다. 헤론이 아무리 머리가 좋다고 해도, 결국은 식량일 뿐이다. 목을 잘라내면 죽고, 팔다리를 잘라내면 다시 붙이기 힘든 연약한 인간.

그래서 마하딘은, 그대로 나가려는 헤론의 어깨를 붙잡았다. 헤론이 아무리 뻔뻔하게 굴어도, 마하딘의 울타리 안에서 정혈귀인 그를 배신하는 행위는 하지 않을 것이라고 생각한 것이다.

"그 돌이 안전하다는 확신은?"

"크히히히히히!"

마하딘의 질문에 헤론이 크게 웃었다. 이보다 더 웃긴 일은 없다는 듯 배를 잡고 웃던 헤론이 갑자기 웃음을 뚝 멈추고는 마하딘을 쏘아봤다.

"모르겠어? 이건 마력석이야, 마력석."

"……그래서?"

"너…… 진짜로 날 무서워하는구나? 이히히히히히. 정혈귀가 이렇게까지 겁쟁이일 줄이야."

"닥쳐!"

마하딘은 헤론의 목을 움켜쥐고 그대로 밀어붙였다. 정혈귀의 빠른 속도가 가세해, 둘은 총알처럼 벽을 향해 쏘아져 나갔다.

쿵!

헤론의 등이 거세게 부딪친 벽에 금이 갔다. 평범한 인간이었다면 기절할 정도의 충격이겠지만, 헤론은 아프지도 않은지 입가에 미소를 짓고 있었다.

"네 몸뚱이는 대체 어떻게 된 거지?"

마하딘은 분노를 잊은 듯 놀랍다는 시선을 던졌다. 헤론은 그 말에는 대답하지 않고, 아직 손에 쥐고 있는 빨간 마력석을 들어 올렸다.

"이건 마력석이야, 정혈귀 나리. 정혈귀에게 마력은 큰 효과를 발휘하지 못하잖아."

"아……."

"5성급을 넘어선 마력사의 마력이라면 정혈귀에게 상처를 입힐 수도 있겠지만…… 마하딘, 고작 마력석이 그렇게 큰 마력을 담을 수 있겠어? 아무리 질이 좋은 마력석이라고 해도 말이야. 이히히히히."

헤론의 말대로였다. 정혈귀의 몸에 깊은 상처를 낼 수 있는 것은 마력이 아닌 성력이었다. 5성급 마력사의 마력조차도 상처를 낼 수 있을지언정, 정혈귀를 죽일 수는 없었다.

수치심을 감추며, 마하딘은 빼앗듯 빨간 마력석을 가지고 갔다. 헤론은 뭘 생각하는지 알 수 없는 눈으로 마하딘을 지그시 응시하고 있었다. 그의 시선이 몹시 거슬렸지만, 마하딘은 모르는 척 물었다.

"이 돌을 몸에 넣기만 하면 되는 거지?"

"무서우면 안 넣어도 되고. 이히히히. 그냥 내 몸에 넣어도 돼. 아혈귀에게 명령할 일이 있으면 나한테 부탁하면 되잖아."

놀리는 듯한 말에 마하딘은 콧등을 실룩거리다가, 보란 듯이 빨간 마력석을 뱃속에 집어넣었다. 뾰족하게 자란 손톱이 복부를 헤집어 고통스러웠다. 하지만 마하딘은 이를 악물고 신음을 삼켰다. 헤론에게 아파하는 모습을 보이고 싶지 않았다. 마하딘의 마지막 자존심이었다.

내장을 피해 빨간 돌을 집어넣은 마하딘은 다시 손톱을 빼냈다. 이물질이 들어온 느낌에 불쾌했지만, 못 견딜 정도는 아니었다.

"이게 끝인가?"

"가만히 있어 봐."

침묵이 흘렀다.

잠시 후, 마하딘은 뱃속의 마력석에서부터 부드럽게 번지는 따뜻함을 느꼈다. 정혈귀가 된 후 얼어붙었던 육체가 마력의 힘으로 체온을 되찾기 시작했다. 헤론은 마하딘의 팔을 살짝 만져 본 후에 말했다.

"좋아, 다 됐어. 체온은 곧 원래대로 돌아갈 거다."

마하딘은 대답하지 않았다. 그는 어리둥절한 표정으로 자신의 복부를 내려다보고 있었다.

따뜻하다. 은은하고 고요한 온기가 잊고 있었던 기억을 자극했다. 또렷하지는 않지만, 아주 오래전에 이런 따스함을 느낀 적이 있었던 것 같다는, 막연한 기억.

그것은 온몸을 녹일 정도로 달콤하고 부드러워서, 마하딘은 하마터면 울고 싶다는 생각을 할 뻔했다. 하지만 그러기 직전에 마하딘은 눈을 질끈 감았다가 떴다. 흥미로움이 담긴 헤론의 시선이 마하딘의 심장을 다시 차갑게 가라앉혔다.

"이제 내가 아혈귀를 부릴 수 있게 된 건가?"

"보라색 마력석을 넣은 것들은 전부. 인간의 몸에 넣으면 인간들도 부릴 수 있게 되지."

"정혈귀의 몸에 넣으면 그 정혈귀도 부릴 수 있고 말이지?"

"이히히히. 그래, 그래. 넣고 싶은 정혈귀라도 있나?"

마하딘은 말없이 돌아서서 오른손을 가볍게 흔들었다. 나가라는 뜻이었다. 헤론은 들어올 때처럼 휘적휘적 집무실을 나갔다.

혼자 남게 된 마하딘은 의자에 앉아 조용히 두 손을 모아 쥐었다. 헤론의 말대로 몸에 퍼졌던 온기가 조금씩 사라지고 있었다.

'인간도, 정혈귀도 다룰 수 있게 된단 말이지.'

그렇다면 확인을 해 봐야 했다. 마하딘은 밖에 나가 있던 성기사 정혈귀 두 명을 불러들였다. 마하딘이 오래전에 정혈귀로 만든 둘은, 알프레드보다 더 오래 살았다.

"너희가 정혈귀가 된 지 100년쯤 됐던가?"

"대략 그쯤 됐습니다."

"제가 좀 더 오래됐죠."

아무것도 모르는 둘은 씩 웃으며 대답했다.

"그렇군."

마하딘은 아까 혜론에게 받은 주머니에서 보라색 마력석을 두 개 꺼냈다. 그리고 성기사 정혈귀들이 깨달을 새도 없이 빠르게 그들의 복부에 마력석을 집어넣었다.

"큭!"

"어헉!"

손톱이 파고드는 고통에 그들은 허리를 숙이며 작게 신음을 내뱉었다. 그들의 눈에는 '왜?'라는 의문이 담겨 있었다. 보라색 마력석은 '아혈귀'에게만 사용할 것이라고 알려져 있었기 때문이었다.

마하딘은 조용히 그들을 내려다봤다. 보라색 마력석이 자리를 잡기를 기다려야 했다. 먼저 고통에서 벗어난 정혈귀의 얼굴이 일그러졌다. 위험에 빠졌다고 여긴 그가 마하딘을 공격하기 위해 손톱을 길게 빼낼 때, 그의 몸에서 보라색 빛이 퍼져 나오기 시작했다. 한발 늦게, 옆에 있던 정혈귀에게서도 보라색 빛이 뿜어져 나왔다.

마력이 혈관을 타고 퍼지는 모습이 고스란히 내비쳤다. 그 과정이 끝났을 때, 성기사 정혈귀 둘은 우뚝 멈춰 섰다. 그들은 생각하는 힘을 잃은 것처럼 인형 같은 눈으로 마하딘을 바라봤지만, 그것도 잠시였다. 그들은 다시 원래의 눈빛으로 돌아갔다.

"듈라스. 피버."

마하딘이 둘의 이름을 불렀다. 그들은 왜 그러냐는 듯 그를 쳐다봤다. 조금 전 마하딘이 그들의 뱃속에 돌을 집어넣은 일을 잊은 것 같았다.

"엎드려라."

그러자 그들은 망설이지 않고 마하딘의 앞에 엎드렸다. 마하딘은 그 후에도 앉았다가 일어서라는 등 몇 가지 간단한 명령을 내렸다. 그들은 본인들이 왜 그런 행동을 하는지도 모르는 채, 마하딘의 명령을 따랐다.

마하딘은 그들에게 명령을 내리는 순간, 그들의 눈동자가 인형처럼 빛을 잃음을 눈치챘다. 그들의 눈동자에 다시 빛이 돌아오면, 명령을 받았던 기억을 잃는다.

마하딘의 입가에 미소가 번졌다.

'좋아, 완벽해.'

이 정도라면 인간의 심장을 통째로 먹어도 이성을 잃는 일이 생기지는 않을 것이다. 정혈귀가 인간의 심장을 먹어서 더 강해진다면, 아모펠츠 교국의 성기사단을 상대하는 것도 큰 문제가 되지 않을 터였다. 인간의 심장은 정혈귀의 피부를 더욱 단단하게 만들어 주고, 움직임을 더욱 빠르게 해 주니까.

마하딘은 사람을 시켜 알프레드를 집무실로 불렀다. 기사들을 훈련시키고 있던 알프레드는 부르러 온 사람에게, "이것만 끝내고 간다고 전해라." 라고 말했다. 그 이야기를 전달받은 마하딘의 표정이 굳었다.

역시 알프레드는 반항적이다.

그는 인간일 때부터 오만하고 자신감이 넘쳤다. 그리고 '강함'

에 대한 열망이 컸다. 그건 아마도 인간일 때, 펠타 시의 은빛 매와 비교당하는 이야기를 많이 들었기 때문일 것이다. 사람들은 알프레드의 화려한 검술을 볼 때마다, 꼭 은빛 매 아발란체의 이야기를 꺼냈다.

"저 정도면 아발란체와 겨뤄볼 수도 있겠어. 물론 이기긴 힘들겠지만."

알프레드가 기사단에 입단할 당시, 기사단장이 아발란체를 반드시 왕실 기사단에 데리고 오고 싶어 했던 이야기는 유명했다. 알프레드가 기쁜 마음에 넙죽 받아들인 입단 제의를, 아발란체는 단칼에 거절했다. 그 일도 알프레드의 자존심에 상처를 입혔다.

마하딘이 예고도 없이 알프레드를 정혈귀로 만들었을 때, 그는 말했다.

"이제 강해지겠군요."

마하딘은 그에게 너무 자주 인간의 피를 마시면 탈이 날 거라고 경고를 해 뒀다. 하지만 알프레드가 경고를 무시하고 인간의 피를 과하게 마시는 것을, 마하딘은 알고 있었다. 조만간 알프레드는 마하딘과 비슷한 힘을 갖게 될 것이고, 독립을 하려고 할 것이다. 그렇게 둘 수는 없었다.

'내가 만든 놈들은 다 내 밑에 있어야 돼.'

남들보다 권력욕이 강한 마하딘은, 자기가 만든 정혈귀가 독립하는 꼴을 보고 싶지 않았다.

몇 시간 후, 알프레드가 집무실에 들어왔다. 마하딘은 보라색 마력석을 손안에 감춘 채, 미소를 지으며 그에게 다가갔다.

*　　*　　*

수도에서 머무는 며칠 동안, 테드는 상가를 돌아다니며 은밀하게 각종 마력석을 구했다. 통신용 마력석이나 마력이 걸린 무한 주머니 같은 것들은 살 수 있었지만, 공격이나 방어의 마력석은 찾기 힘들었다. 아무것도 기록하지 않은 순수 마력석 또한 마찬가지였다.

"후후단에서 들어오는 마력석 자체가 없어요."

라고 상인은 말했다.

후후단 왕국은 마력석 생산지로 유명한 곳이었다. 대륙에서 거래되는 마력석의 대부분이 후후단에서 나온다고 해도 무리가 아니었다.

"후후단에서 아예 안 들어온다고요?"

"네. 우리 쪽도 주문을 넣긴 했는데, 후후단에서는 요새 마력석이 없다는 소리만 하고. 당분간은 거래가 힘들 것 같다고 하네요. 도호만 산에 무슨 일이라도 생긴 건지……."

도호만 산은 대륙에서 가장 높은 산으로, 후후단 왕국 내에 있는 마력석 생산지였다.

마력석을 구할 수 없는 것에 대한 확실한 이유를 알지 못한 채, 테드는 숙소로 돌아왔다. 수도의 상황을 알아보기 위해 나갔던 아란이 이미 돌아와 있었다. 그는 수도에서만 파는 크림빵을 우물거리며 생각에 잠겨 있었다.

"아란. 마력석을 구할 수가 없네."

"마하딘이 왕이 된 후에, 두 번이나 왕실 기사단 입단 시험을 치렀다고 하더군. 입단 시험은 보통 일 년에 한 번인데."

"왕이 바뀌면 자신의 기사단을 만들고 싶어 하니, 이상할 일은 아니지 않은가."

"첫 번째 시험에 290명이 지원. 두 번째 시험에 321명이 지원. 떨어진 인원, 0명."

그 말에 테드가 인상을 찌푸렸다.

"떨어진 인원이 한 명도 없다고? 그 들어가기 힘들다는 왕실 기사단 시험인데?"

"시험에 참가한 응시자의 능력이 모두 출중했다, 라고 말했다더군."

"허참…… 그중 대부분은 놈들의 먹이가 됐겠구만."

기사가 된다는 부푼 꿈을 안고 찾아왔을, 수많은 젊은이들을 떠올리며 테드는 몸을 부르르 떨었다.

"전부는 아닐 거다. 단지 먹이로 삼기 위해 그런 무모한 짓을 할 리가 없어. 기사단 인원을 늘린다는 게 제국에 알려져서 좋을 게 없으니까."

"그럼 왜 그렇게 많이 데리고 간 거지?"

"무기와 마력석을 사들이고, 기사단 인원을 늘린다면 뻔하지. 마하딘은 전쟁 준비를 하고 있는 거다."

"전쟁이라고? 대체 누구와 전쟁을……."

경악하던 테드는 아란의 입가에 떠오른 차가운 미소를 보고는 입을 다물었다. 아란은 옆에 테드가 있다는 것을 잊은 듯 서늘한 눈으로 왕실 쪽을 노려보고 있었다. 잠시 후, 아란이 입을 열었다.

"이제 알았다. 놈들이 무슨 짓을 하려는 건지."

"무슨 짓을…… 하려는 겐가?"

"놈들이 세상을 지배하려고 하는 건 확실해. 이 대륙을 지배할 때, 놈들에게 가장 거슬리는 게 뭘까?"

"자네들이 가진 그 힘, 아닌가?"

"아니. 우리는 수가 적고 힘도 약해. 그러니까 놈들은 우릴 살려두는 거다. 놈들에게 가장 거슬리는 건, 아모펠츠 교국의 성기사들일 거다."

"아아. 그들은 성수에도 약하니까……."

"아모른에 대한 신앙이 사라지고 있다고는 해도, 교국은 강해. 교황의 권력은 제국의 권력을 넘어서지. 놈들은 조용히 주위 국가를 손에 넣고, 교국을 치려고 할 거다. 그렇다는 건……."

아란이 손에 들고 있던 크림빵을 내려놓았다.

"제국도 정혈귀의 손에 들어갔겠군. 제국의 허락이 없이는 전쟁을 일으킬 수 없으니까."

"피탄 제국이 정혈귀 손에 들어갔다고?"

테드는 금방이라도 숨이 넘어갈 듯 놀랐다. 각 나라가 독립 국가라고는 하지만, 사실상 대륙을 지배하는 것은 피탄 제국이었다. 제국은 대륙에서 가장 넓고, 가장 강했다. 제국에 있는 강철의 기사단이나 어둠의 기사단은 한 나라를 멸망시킬 수 있을 만큼 강하다고 소문이 나 있었다.

각 나라의 왕들은 큰일을 벌이기 전에 반드시 제국에 보고했다. 결국 제국이야말로 유란 대륙의 실제 소유자인 것이다.

"마하딘이 기사단을 늘리고 있고, 무기를 사들이고 있다. 은밀하게 한다고는 하지만, 제국에서 무기와 마력석의 흐름을 모를 리가 없지. 그런데도 가만히 있다는 건, 눈을 감아준다는 거야."

"그럼 황제가 정혈귀란 말인가?"

"그럴지도."

테드는 자신의 손가락 끝이 떨리고 있음을 깨달았다. 아니, 손가락이 떨리는 게 아니라 온몸이 떨리고 있었다.

제국이 정혈귀 손에 들어갔다는 것은, 결국 대륙이 정혈귀의 손에 들어간 것과 마찬가지다. 정혈귀들이 굳이 교국을 치지 않아도, 이 대륙은 정혈귀의 것이 되었다.

파랗게 질린 테드와 대조적으로, 아란은 즐거운 듯했다.

"놈들이 대체 무슨 짓을 하려는 건지 궁금했는데, 이제야 답을 알아냈군."

"그렇게 개운해할 때가 아니잖은가!"

"답을 알았는데 답답해할 이유도 없지."

"하지만, 아란…… 황제가 정혈귀라면 자네들이 손을 쓸 수도 없어. 황제는커녕, 황실 근처에 접근하기도 힘들 거네!"

"응? 황제한테 왜 손을 써야 하지?"

아란이 전혀 모르겠다는 표정으로 테드를 바라봤다. 테드는 어이가 없었다.

"그거야 황제가 정혈귀라면 당연히……."

"테드, 뭔가 오해하는 것 같은데…… 우리는 정혈귀들을 전부 죽이기 위해 여행을 떠난 게 아니다. 우리의 목적은 하나."

거기서 말을 멈춘 아란이 빙그레 미소를 지으며 일어났다. 그는 누군가를 기다리는 듯 닫힌 방문을 응시하며 말했다.

"혈귀의 왕을 죽이는 것."

벌컥!

거칠게 문이 열리고 들어온 사람은 유키였다.

"아란!"

유키는 도도도 달려와 아란을 끌어안았다.

"무사해서 다행이야!"

아란은 작게 웃으며 유키의 황금빛 머리카락을 쓰다듬었다.

"다른 녀석들은?"

"오고 있어. 있잖아, 진짜 이상한 게…… 여기까지 오는데 우릴 막은 사람이 아무도 없었다? 우리 수배자 명단에 안 올라갔나 봐."

"그래. 에녹도 자유롭게 돌아다니고 있지."

"되게 이상하지 않아? 당연히 우릴 경계할 줄 알았는데."

"경계할 거리도 안 된다는 거겠지. 우린 약하니까."

"우와, 그거 진짜 기분 나쁘다. 나 꽤 강해졌는데."

유키가 입술을 비쭉거리며 침대에 드러누웠다. 다음으로 들어온 사람은 레드였다.

"으아, 침대다!"

레드는 아란과 테드를 아는 척도 하지 않고 침대에 달려들었다. 먼저 누워 있던 유키가 투덜거렸지만 아랑곳하지 않았다.

"침대, 아, 얼마만의 침대냐, 이게! 아란, 이 자식. 내가 그 딱딱한 바닥에서 자는 동안, 이런 푹신한 침대에서 잤다니. 진짜 해체해 버리고 싶다. 내가 널 해체해 버려야겠어!"

말만 그럴 뿐, 레드는 침대에 파묻혀 꼼짝도 하지 않았다. 그런 레드를 한심하다는 듯 쳐다보다가 고개를 돌린 아란은, 막 들어오는 인물의 모습에 숨을 멈췄다. 석상처럼 굳어졌던 아란의 눈이 서서히 커지고, 습관처럼 검 자루를 쥐고 있던 그의 손에 힘이 들어갔다.

아란의 시선을 한 몸에 받은 인물은 느긋하게 방으로 들어와 빙그레 미소를 지었다.

"아란."

아란은 입술을 달싹거리다가 황급히 그에게 다가가 그를 끌어안았다. 아란의 입술 사이로 신음 같은 목소리가 흘러나왔다.

"라울……."

"이야, 이거 생각지도 못한 반응인데요?"

라울이 웃으며 아란의 등을 토닥거렸다. 아란은 믿을 수 없는 듯 라울을 안은 팔에 힘을 줬다.

"진짜…… 라울이냐?"

"네, 진짜 라울입니다."

"레드가…… 네가 죽었다고……."

"죽었었죠, 한 번. 하지만 다시 살아났습니다. 아, 혈귀가 된 건 아니에요."

"그래, 따뜻하니까."

"네, 따뜻하죠."

혹시라도 손을 놓으면 라울이 사라질까 싶어, 아란은 쉽사리 포옹을 풀 수가 없었다. 뒤늦게 방에 들어온 델리가 둘의 모습을 보고는 눈을 크게 뜨더니, 볼을 발그레하게 붉히고 외치기 전까지는.

"어머! 사, 사랑! 역시 두 분 사이의 감정은 사랑이었던 건가요?"

"으하하하하하! 사랑, 그래. 젊음은 좋은 거지."

델리와 함께 들어온 타니하르가 그녀의 어깨에 손을 얹으며 호쾌하게 웃었다. 아란은 그제야 한숨을 내쉬며 라울에게서 떨어졌다.

"역시라니, 도대체 넌……."

툽상스레 물었지만 델리의 볼에 떠오른 홍조는 가시질 않았다. 그녀는 반짝반짝 빛나는 회색 눈으로 아란과 라울을 바라보며 말했다.

"두 분 사이의 미묘한 기류는 알고 있었어요. 늘 두 분이서 뭔가를 숙덕거리시고. 아아, 역시 그랬던 거예요."

숙덕거리는 것은 대부분 아란이 봤던 환각에 대한 부분이었다. 레드가 클레어와 알콩달콩한 모습을 보일 때마다, 라울은 걱정스러운 듯 아란에게 속닥거리곤 했다. 결국 그것이 이런 오해를 불러왔다. 아란이 원망스럽게 라울을 노려봤지만, 그는 지금 무슨 오해를 받는지 모른다는 듯 아란의 귓가에 입술을 가까이 가져다 댔다.

"아란, 이따 얘기 좀 합시다."

서로 알아낸 것들을 나눈 후에, 타니하르는 부하들을 만나러, 테드는 에녹과 잔느를 찾으러, 라울은 아란과 델리를 데리고 나갔다. 침대 위에는 레드와 유키가 나란히 누워 있었고, 어느새 들어온 클레어가 침대 옆에 다소곳하게 서 있었다. 레드는 클레어를 흘끔 올려다보다가, 그녀의 손목을 잡아당겼다. 물론 레드보다 강한 클레어는 꿈쩍도 하지 않았다.

"클레어. 네가 강한 건 알겠는데, 이럴 땐 좀 끌려와 주면 안 되냐?"

레드가 볼멘소리를 하자 클레어가 희미한 미소를 지었다. 레드가 다시 한 번 손목 잡아당기기를 시도했고, 이번에 클레어는 레드가 원하는 대로 그에게 끌려갔다.

침대 끝에 풀썩 앉은 그녀의 어깨에 조심스레 손을 얹었다. 살짝 힘을 주자 그녀는 순순히 레드의 옆에 누웠다. 클레어의 부드러운 머리카락이 레드의 볼과 팔을 간질였다.

"나, 나는 나갈게."

가장 끝에 있던 유키가 심상찮은 분위기를 깨닫고 일어나려 했지만, 레드는 유키의 어깨도 잡아서 눕혔다. 양팔을 벌려 두 사람에게 각자 팔베개를 해 준 레드가 씩 웃었다.

"아, 좋다."

그는 팔을 굽혀, 팔베개를 하고 있는 클레어와 유키의 이마에 손을 얹었다.

"이거 진짜 좋다."

그의 음성은 전쟁을 앞둔 사람답지 않게 유쾌했다.

"한 팔에는 사랑하는 여자, 한 팔에는 내 동생. 앞으로도 쭉 이렇게 살 수 있으면 좋겠다."

그 말에 유키의 얼굴에서 미소가 사라졌다. 유키는 아랫입술을 질끈 깨물고 머리를 옆으로 살짝 돌렸다.

'그럴 수 없어, 레드.'

심장이 쿵 떨어지는 것 같았다.

'레드, 우리는 혈귀의 왕을 죽여야 돼. 그래야 이 여행이 끝나는데…… 그런데, 레드.'

눈가가 시큰하니 아려왔다. 눈물이 날 뻔했지만 간신히 참았다. 지금 눈물을 흘리면 레드의 팔로 떨어질 것이다. 집요한 레드는, 눈물을 흘리는 이유를 들을 때까지 유키를 놔주지 않으리라.

'그런데 레드. 혈귀의 왕을 죽이면 클레어도 죽어. 그때가 되면, 형은 나한테 팔베개를 해 줄 수 있겠지만…… 클레어한테는…… 해 주지 못할 거야.'

차라리 심장이 쿵 떨어지는 게 나을 것 같다. 날카로운 갈고리가 심장을 죄는 듯한 통증에, 유키는 숨도 쉴 수 없었다. 어린 유키가 감당하기에는 다가올 미래의 어둠이 너무 컸다. 그것을 비밀로 간직해야만 한다는 것이 무섭고 아파서, 유키는 차라리 아무것도 모르는 채 도망치고 싶었다.

클레어의 고통을 이해하지만, 한편으로는 그냥 이대로 괜찮지 않을까, 하는 생각이 들었다. 그냥 이대로, 레드가 말하는 대로 이렇게. 그렇게 행복하게 살다가 레드도 죽고, 라울도 죽고, 아란도 죽고, 델리도 죽고. 그때쯤 됐을 때에 유키가 혈귀의 왕을 죽이고, 클레어도 사라지고.

'내가 맨 마지막에 죽고. 그러면 되지 않을까?'

한심할 정도로 바보 같은 생각을 하게 되었다.

아무것도 모르는 레드는 미소 띤 표정으로 클레어의 머리를 살살 쓰다듬고 있었다. 레드가 한 여자를 사랑하고, 그녀 덕분에 행복해하는 모습을 처음 봤기에, 유키는 그런 레드가 부서지는 모습을 보고 싶지 않았다.

'이 두 사람이 행복하게, 오래오래 살 수 있으면…….'

동화 속에 나오는 이야기처럼 그렇게.

'그러면 나는 뭐든 할 수 있을 텐데…… 정말로…….'

라울이 아란과 델리를 이끌고 간 곳은, 어둠의 거리에서 조금 떨어진 상점가에 있는 술집이었다. 어둠의 거리에 있는 모든 가게에는, 타니하르의 눈이 닿아 있었기 때문이었다. 라울의 마음을 짐작한 아란은, 라울이 하려는 얘기가 심각한 것임을 깨닫고는 표정을 굳혔다.

"일단 델리."

라고 라울이 서두를 꺼냈다.

"우리는 사랑하는 사이가 아닙니다."

라울이 딱 잘라 말하자, 델리가 실망한 듯 입을 꾹 다물었다.

'거기서 왜 실망을 해!'

라고 외치고 싶었지만, 아란은 참았다. 쓸데없는 이야기로 시간을 낭비하고 싶지 않았다.

"무슨 얘기를 하려는 거지?"

아란이 물었다.

"아란. 요새도 환각을 봅니까? 샬롯과 관계된 것."

그 말에 델리가 눈을 크게 떴다. 아란은 델리의 반응을 이상하게 여기며 고개를 끄덕였다.

"그래, 가끔. 꿈을 꾸지."

"역시…… 델리, 당신도 아는군요. 샬롯을."

델리는 단발머리가 흩날릴 정도로 열심히 고개를 끄덕거렸다.

"맞아요. 알아요, 샬롯. 전에 정혈귀에게 죽을 뻔했을 때, 봤어요. 샬롯을."

"특별히 체술을 익힌 것도 아닌데 강한 당신을 보고, 어쩌면……이라고 생각했습니다. 아란도 샬롯을 본 후에 강해졌거든요."

"처음에 클레어 님을 탑에서 봤을 때, 좀 놀랐어요. 꿈속의 여자가 실제로 나타나서요. 뭔가 이상한 마력이 작용한 거라고 생각했고, 그냥 닮은 사람일 뿐이라고도 생각했어요. 내 꿈의 샬롯은 정혈귀가 아니었으니까. 하지만 뒤늦게…… 깨달았어요. 그게 단순한 꿈이 아니라는 걸."

"그래서 그렇게 쉽게 우리에게 합류하기로 한 거군요."

델리가 또다시 열심히 고개를 끄덕거렸다. 라울은 잠시 팔짱을 끼고 생각에 잠겼다. 아란은 그 역시 '샬롯'을 봤음을 짐작했다.

"아란, 델리. 난 지금 체술을 사용할 수 있습니다."

라울의 말에 아란이 벌떡 일어났다. 술집 안의 사람들이 이상하다는 듯 아란을 돌아봤다.

"나는 한 번 죽었었고."

라울이 고개를 들어 아란을 응시했다.

"과거에 다녀왔습니다."

죽음을 깨닫는 순간, 빛 속을 유영하고 있었다. 더 강한 빛을 향해, 라울은 빠르게 움직이고 있었다. 주위를 감싼 빛은 아늑하고 평온하며 사랑스러웠다. 한 단어로 표현하기 힘든 달콤한 아름다움. 영원히 빠져나오고 싶지 않은 성스러움.

그 안에서는 아무 생각도 할 수 없었다. 클레어도, 일행도, 혈귀도. 그저 딱 한 번,

'아아, 아모른 님은 진짜로 존재했구나.'

라는 생각을 했을 뿐이다.

빛에 몸을 맡기고 흘러가기만 했다. 그것은 영원 같기도 하고, 순간 같기도 한 이상한 흐름이었다.

라울의 시선의 끝에는 아주 밝지만 보고 있어도 눈이 아프지 않은 빛이 있었다. 아마도 라울은 그 빛을 향해 가고 있는 듯했다. 그 빛 안에 들어가면 모든 것이 끝난다는 것을, 라울은 알 수 있었다.

후회도, 미련도, 미안함도 없었다. 그저 저 빛 안에 도달하고 싶을 뿐이었다.

그때, 무언가 라울의 발목을 잡아당기기 시작했다. 그것은 몹시 강한 힘이었기에, 라울은 발을 빼낼 수가 없었다. 그것은 어마어마한 속도로 라울을 반대쪽으로 끌어갔다. 라울은 빛으로 가고 싶었지만, 그것을 이길 수가 없었다. 이를 악물고 힘을 주던 라울이 눈을 감았다가 떴을 때, 라울의 앞에는 환하게 웃고 있는 소녀가 서 있었다.

검붉은 머리카락, 커다란 눈, 뽀얀 볼과 도톰하고 붉은 입술.

라울이 소녀를 본 순간, 그녀가 어린 샬롯이라는 것을 알았다.

"오빠, 젠 못 봤어?"

"젠? 못 봤는데. 숨바꼭질이라도 하는 중인가?"

라울은 그답지 않은 말투로 샬롯에게 말했다. 아니, 라울이 말한 것이 아니다. 샬롯의 앞에 서 있는 '오빠'가 말한 것이다. 라울은 샬롯에게 다른 이야기를 하고 싶었다.

조심해. 네 주위에 있는 '루시드'란 자를 조심해. 그자는 정혈귀야. 이 세계에는 정혈귀라는 존재가 있어. 네 가족이 그들의 손에 죽게 될 거야. 그리고 너는 가족도, 사랑하는 사람도 잃고, 정혈귀가 된 채 천 년이 넘는 세월을 살게 될 거야. 그러니까 샬롯, 조심해.

하지만 그 어떤 경고도 할 수 없었다. 샬롯의 오빠라는 이 남자는 "난 아직 내 여동생을 다른 남자에게 줄 준비가 안 됐는데."라는 바보 같은 소리나 지껄이고 있었다.

한심하고 속이 터질 지경이었지만, 라울은 그의 몸 밖으로 나갈 수가 없었다.

"라펠 형, 아버지가 수련장으로 오래."

한 소년이 달려와 샬롯의 정수리에 턱을 괴고 말했다. 샬롯은 귀찮아했지만, 소년은 낄낄거리며 샬롯을 끌어안았다.

"텔스, 샬롯 좀 그만 괴롭혀."

"이건 괴롭히는 게 아니야. 사랑스러워해 주는 거지."

"두 번 사랑했다가는 숨 막혀 죽겠다!"

샬롯은 클레어가 절대로 사용하지 않는 말투로 바락 외치고는,

텔스의 품에서 벗어나 어딘가로 달려갔다. 라울은 가슴이 찢어질 듯 아팠다. 샬롯은 너무도 작고, 사랑스러웠다. 그리고 라울이 들어가 있는 이 남자는, 그런 샬롯을 너무도 사랑하고 있었다.

라펠과 텔스는 나란히 서서 수련장을 향해 걸어갔다. 문득 라펠이 걸음을 멈추고 고개를 들었다. 두꺼운 나뭇가지에 다리를 대롱거리고 앉아 있는 소년이 보였다. 텔스와 비슷한 또래로 보이는, 서글서글한 인상의 소년이었다.

"젠."

라울은 숨을 멈췄다. 아니, 육체가 없으니 숨이 멎은 것 같았다고 하는 표현이 맞을 것이다.

젠.

그 이름을 기억한다.

클레어의 연인. 클레어가 사랑하고 또 사랑해서, 천 년이 넘는 시간 잊지 못한 연인. 클레어의 손가락에 낀 반지의 주인.

"형님."

젠이 웃었다.

그는 몹시도 아름다운 미소를 지을 줄 아는 소년이었다.

"샬롯은 반대쪽으로 갔다."

"이번에 제가 이기면 샬롯이 소원 하나 들어주기로 했거든요."

"뽀뽀를 해달라든가, 그런 천벌 받을 소원은 빌지 않겠지?"

"아하하하하. 소원으로 그런 걸 말하는 한심한 남자 아닙니다. 키스는 분위기 있는 곳에서, 제가 먼저 할 거니까 안심하세요."

"이 자식! 하긴 뭘 해?"

텔스가 성질을 내자 주위에 있던 식물들이 어마어마한 속도로 자라나기 시작했다. 라울은 아직 어린 텔스가 아무 준비도 없이 권능을 사용하는 것에 놀랐다.

젠을 괴롭혀주는 것을 끝내고, 둘은 수련장에 들어갔다. 그곳에는 오르데안 공작과 텔스보다 어린 소년이 먼저 와 있었다.

"카할, 너 또 우리보다 먼저 와서 아버지한테 예쁨 받고 있었지?"

텔스가 얄밉다는 듯 말했다. 칼은 깔깔거리며 웃었고, 텔스는 그런 칼에게 달려들다가 오르데안 공작에게 혼이 났다.

오르데안 공작은 선량하고 강인한 눈빛과 건장한 체구를 가진 남자였다. 그의 눈동자 안에는 아들들을 향한 애정이 넘치도록 담겨 있어서, 라울은 또다시 가슴이 아파졌다.

자식들과 장난스럽게 대화를 나누고, 그들을 사랑해 마지않는 이 남자는 이제 없다. 지금 라울이 들어간 라펠도, 텔스도, 카할도, 그리고 젠도. 이곳에만 존재할 뿐, 더는 샬롯의 곁에 있어주지 못한다.

이들은 모르겠지. 자신들의 사랑스러운 딸이, 동생이, 앞으로 어떠한 천 년을 보내게 되는지. 어떠한 고통 속에서 살아가게 되는지.

그래서 비명을 지르듯 모든 것을 말해 주고 싶었다. 하지만 역시 아무것도 할 수 없었다.

라울은 아란이 샬롯과의 짧은 순간, 순간들을 보내다가 왔던 것을 기억해냈다. 그래서 자신 또한 잠깐만 이곳에 머물다가 돌아가게 될 줄 알았다.

하지만 밤이 왔는데도, 이튿날이 되었는데도, 그리고 한 달, 일 년이 지났는데도, 라울은 그곳에서 빠져나올 수가 없었다. 라울은 라펠 속에서 체술을 익히고, 훈련을 받고, 가족에 대한 애정을 키워갔다. 몇 년이 지나자, 라울은 자신이 라펠인지, 라울인지도 헷갈릴 지경이 되었다.

어쩌면 라울의 삶이 꿈이었던 것은 아닐까. 사실 나는 진짜 오르데안 가문의 라펠인 것이 아닐까.

그런 생각마저 들었다.

"카인."

이라는 이름의 남자는, 길고 붉은 생머리를 늘어뜨린 아름다운 외모의 소유자였다. 그는 오르데안 공작 가문을 위해 일하는, 대륙 최고의 대장장이의 아들이었다. 그리고……

"오늘 루시드 백작이 온다면서?"

루시드에게 관심을 받았다.

"네, 온다더군요."

둘의 관계는 일방적인 루시드의 애정 과시뿐이었다. 루시드는 카인의 연구에 관심이 많았고, 사람을 싫어하는 카인은 루시드의 방문을 끔찍하게 여겼다.

"그러지 말고 마음을 열어봐, 카인. 루시드 백작, 나쁜 사람 아니야."

"세상에 나쁜 사람이 어디 있겠습니까? 전 다만 내 연구실에 들락날락하는 사람이 싫을 뿐입니다."

"네가 여자였더라면 루시드 백작 부인이 될 수도 있었을 텐데."

"으악, 라펠! 그런 끔찍한 소리는 하지 마세요! 이 몸에 커다란 가슴이 달린다는 걸 상상만 해도 토할 것 같다고요."

카인은 아름다운 외모 덕에 여성들의 관심을 한 몸에 받았지만, 정작 본인은 여자를 싫어했다. 그가 대화를 나누는 상대는 샬롯뿐이었다.

"아하하하. 카인, 여자가 된다고 꼭 가슴이 클 거라는 기대는 버려. 엄청 작은 가슴일지도 모른다고."

"가슴 문제가 아니잖습니까!"

라펠은 호쾌하게 웃으며 실험실에서 나왔다. 정원을 걸어가던 라펠은, 저 멀리서 샬롯과 대화를 나누는 루시드 백작을 발견했다. 루시드 백작은 단정한 자세로 서서 희미한 미소를 띤 채 샬롯을 내려다보고 있었다.

"이런, 루시드 백작. 샬롯에게는 이미 연정을 나눈 사내가 있습니다만."

라펠이 장난스럽게 말하며 다가가자, 루시드가 환하게 웃으며 그를 돌아봤다.

"카르제나 백작 말씀이시군요. 그와 적이 될 생각은 없으니 안심하시지요."

벌써 몇 번이나, 이 사내를 마주했다. 하지만 라울은 도통 루시드에게 익숙해질 수가 없었다. 그의 검은 눈동자를 마주할 때마다 속이 타서 죽을 것만 같았다.

이 남자입니다, 라펠. 이 남자라고요, 샬롯. 당신을 영원한 저주 속에서 살게 할 남자가, 바로 이 남자입니다! 라펠, 이 남자가 당신의 사랑스러운 여동생을, 저 아름다운 여동생을…… 정혈귀로 만들 거란 말입니다.

당신의 동생은 조만간 정혈귀가 될 것이고, 인간의 피를 마시지 않겠지요. 그건 아주 끔찍한 고통일 거고, 당신의 동생은 그 고통 속에서 천 년이 넘는 시간을 살아갈 겁니다.

미치기도 하고, 기억을 잃기도 하면서.

짐작이나 갑니까? 얼마나 고통스러워야 미치고, 얼마나 고통스러워야 기억을 잃겠습니까? 그 고통이 짐작이나 가세요? 지금 이렇게 농담을 나눌 때가 아니란 말입니다!

하지만 라펠은 계속해서 그와 대화를 나누었다. 아주 친근하게, 다정하게.

그래서 라울은 간절히 바랐다.

그 끔찍한 마지막 날이 오기 전에, 이 몸뚱이에서 빠져나갈 수 있기를. 이 지옥 같은 꿈에서 깰 수 있기를.

그리하여 이들에게 벌어진 악몽 같은 사건을 직접 볼 수 없기를. 이 평화가, 이 애정이 산산조각 나 부서지는 것을 두 눈으로 목격할 수 없기를.

그러나 그것은 라울이 원하는 대로 되는 일이 아니었다.

"루시드는 정말 잔혹한 놈이었습니다."

라울의 말에 델리가 가볍게 고개를 끄덕거렸다.

"놈은 막내인 라시안을 아혈귀로 만들었습니다. 아혈귀가 된 라신을 내가 죽였죠. 아니, 라펠이. 자기 손으로 제 동생을 죽인 겁니다. 라펠은, 그 이후 아주 오래 산 것은 아니지만, 죽는 순간 까지 라신에게 원망 받을 것을 괴로워했습니다."

라울의 얼굴이 괴롭게 일그러졌다. 그는 자신의 손으로 라신을 죽인 것도 아닌데, 손바닥을 내려다보며 작게 한숨을 내쉬었다.

"아니요. 원망, 안 했어요."

라고 델리가 말했다.

"라신이 기억하는 건 루시드에게 물리는 순간뿐이에요. 그 후 로는 아무것도 없어요. 아혈귀는 더 이상 인간이 아니니까."

확신하는 듯한 말에 라울이 놀란 표정으로 델리를 쳐다봤다.

"설마…… 델리, 당신이 라신이었습니까?"

"네, 제가 라신의 안에 들어가 있었어요. 저는 많은 걸 보진 못 했지만 마지막 순간을 함께했어요. 샬롯의 약혼식, 그리고 죽음."

"죽음을 함께했군요."

"네, 정말…… 끔찍했어요. 그 일이 벌어지자마자 거의 바로 죽어서 많은 걸 보진 못했지만."

"그래서, 이제 체술을 사용할 수 있게 됐단 말이지?"

라울과 델리가 자기들만 아는 이야기를 하는데도, 아란은 전혀 신경 쓰지 않았다.

"아란, 당신은 당신이 누구였는지 궁금하지도 않습니까?"

라울이 의아해하며 묻자, 아란이 미간을 좁혔다.

"궁금할 이유가 없지. 내가 과거에 누구였든, 뭘 하는 놈이었든, 난 클레어를 믿기로 했고, 혈귀의 왕을 죽이겠다고 약속했다. 그렇다면 지금 중요한 건 천 년 전의 일이 아니라, 체술의 사용 여부 아닌가?"

아란의 예리한 말에 라울은 부끄러움을 느꼈다. 그의 말대로 1,200년이나 지난 과거의 일이다. 그들이 어떻게 죽었든, 어떻게 살았든, 지금 중요한 것은 그것이 아니었다.

"하지만 난 아직 그 기억의 여파에서 벗어나지 못했단 말입니다. 샬롯, 아니, 클레어를 볼 때마다 여기가 너무 아프다고요."

라울이 가슴에 손을 얹고 불퉁거렸다.

몇 번이나 그녀를 '샬롯'이라고 부를 뻔했다. 그녀를 안아 주고 싶고, 머리를 쓰다듬어 주고 싶었다. 잘 견뎠다고, 이때까지 혼자서 잘 살아남았다고, 너무나 자랑스럽다고도 말해 주고 싶었다.

"알겠으니까, 지금 네가 해야 할 말은?"

아란의 냉정한 태도에 라울은 콧등을 찡그렸지만, 결국 대답했다.

"체술, 사용할 수 있습니다. 가르쳐 줄 수도 있고요."

"좋아. 그럼 오늘 당장 훈련에 들어가지."

"알겠습니다."

둘의 모습을 지켜보던 델리가 양쪽 볼에 손을 얹고 중얼거렸다. 그녀의 볼에 또 홍조가 떠올랐다.

"역시……."

"뭐가 또 역시라는 거냐?"

아란이 날카롭게 반응했지만 델리는 황홀하다는 듯 그를 응시하며 말했다.

"라울 님을 아주 잘 조교시키셨네요."

"……."

*   *   *

마하딘은 보라색 마력석을 '이성의 마력석'이라고 불렀다. 지하수로를 통해 '이성의 마력석'이 배달되었다. 이성의 마력석을 아혈귀에게 집어넣는 작업은 예상보다 조금 느리게 진행되었다.

아혈귀의 단단한 피부 안에 손을 집어넣으려면, 정혈귀는 손톱을 길게 빼내야 했는데 그러다 보면 쉽게 허기가 지기 때문이었다. 그들은 몇 마리의 몸에 이성의 마력석을 집어넣고 배를 채우는 과정을 반복해야 했다.

"그나저나 놀랍네."

이틀 꼬박 마력석을 집어넣는 과정을 진행했다. 수로에 모아둔 아혈귀 중 30프로 이상의 몸 안에 이성의 마력석이 들어가 있었다.

"정말로 이성을 되찾다니."

젤린은 자신이 인간이었다면 지금쯤 땀범벅이 되어 있을 거라고 생각하며 말했다.

"이걸 이성이 생겼다고 해야 하나? 그냥 인형처럼 되어 버린 거잖아. 저 공허한 눈동자를 봐."

캐터는 회의적이었다.

"저건 생각을 하는 눈이 아니야. 그냥 소리를 안 지르고 움직이지 않게 된 거지."

"그것만 해도 어디냐? 저놈들 비명 소리 때문에 미치기 직전이었다고. 남은 놈들까지 다 집어넣고 나면 조용해지겠지."

"이걸 그 연금술사란 놈이 혼자서 만든 걸까?"

다힌이 보라색으로 빛나는 마력석을 요리조리 살펴보며 물었다. 정혈귀를 위해 일하는 연금술사가 있다는 이야기는 들었지만, 자세한 것은 알지 못했다.

"그렇겠지, 뭐. 정혈귀를 돕다니, 어떻게 생겨먹은 인간인지 좀 보고 싶다."

"우리 편에 섰다는 건 똑똑한 거지. 어차피 인간에게 이길 가능성이 없다는 걸 알고 얼른 몸을 사린 거잖아."

"그래도 난 배신자는 좀 별로야."

쥬로는 험악한 인상과 어울리지 않는 말을 했다.

"그나저나 왕실은 진짜 좋더라."

어젯밤, 그들은 마하딘에게 불려갔었다. 마하딘은 그들에게 수고한다며 다과를 대접했고, 그들은 앞으로의 계획에 대해 이야기를 하다가 돌아왔다. 그들 중 누구도 자신의 몸 안에 '이성의 마력석'이 자리 잡게 되었다는 걸 깨닫지 못했다.

"우리는 이렇게 냄새나고 시끄러운 곳에서 고생하는데 말이야. 누구는 왕실에서 이 사람 저 사람의 시중을 받으면서 생활하고. 마하딘 님이 얄밉더라니까."

"그래도 이 짓만 끝나면 우리도 그렇게 살 수 있는 거 아니겠어?"

"수다 그만 떨고 빨리들 일해. 얼른 끝내놓고 좀 쉬자."

캐터가 신경질적으로 말했다.

"하여간 캐터는 짜증이 너무 많아. 너 인간일 때 여자들한테 인기 없었지?"

"신경 끄고 일이나 해."

그들이 힘들다고 투덜거리면서도 다시 작업에 들어갔을 때, 마하딘은 조금 난처한 상황에 빠져 있었다.

파울로의 정혈귀들에게 '이성의 마력석'을 집어넣은 것이 어제의 일. 자기 부하들에게 무슨 일이 생겼다는 걸 전혀 모르는 파울로를 불러들여, 그에게 '이성의 마력석'을 집어넣은 것이 조금 전의 일이다. 파울로의 부하들은 성기사 정혈귀나 알프레드 처럼 아무것도 기억하지 못하고 돌아갔다. 하지만 파울로는 달랐다.

"너, 이 자식! 대체 무슨 짓을 한 거야?"

그가 방심한 틈에 그의 몸에 이성의 마력석을 집어넣는 것은 성공했다. 하지만 파울로는 기억을 잃지 않았다.

"빌어…… 이게 뭐야! 몸이 빛나잖아!"

파울로의 혈관을 타고 보라색 빛이 퍼져 나갔다. 파울로는 경악해서 자기 팔을 내려다보다가 손톱을 끄집어냈다. 그 끝이 마하딘의 목에 닿기 전, 마하딘이 외쳤다.

"멈춰!"

그러자 파울로가 멈췄다.

파울로는 자기 몸에 일어난 일을 믿을 수 없다는 표정이었다.

"손톱을 집어넣어."

파울로의 손톱이 원래 길이로 돌아갔다.

"너, 이게…… 대체 이게 뭐야?"

말은 자기 생각대로 할 수 있는지, 파울로가 비명을 지르듯 물었다. 마하딘은 미간을 좁히고 파울로에게서 조금 떨어졌다. 어쩌면 그가 '이성의 마력석'을 이길 수 있을지도 모른다는 우려 때문이었다.

"말했잖아. 이걸 박아 넣으면 인간의 심장을 먹어도 된다고."

"그래서? 나한테 말도 없이 이 빌어먹을 걸 집어넣었다고? 그리고 난 왜 네놈 명령대로 하고 자빠진 건데? 왜 내 몸이 네가 주문하는 대로 움직이냐고? 엉?"

"주둥아리는 네 마음대로 움직이잖아."

"닥쳐, 이 자식아! 너 진짜 죽고 싶냐? 얼른 이 빌어먹을 마력석을 꺼내지 못해? 내 몸을 풀어 달라고!"

"음. 그래, 입을 다물어."

그러자 파울로가 입을 다물었다. 진작 이럴 걸 그랬다.

파울로는 잡아먹을 듯 눈을 부라렸지만 그뿐이었다. 진짜로 움직여 마하딘을 공격하지는 못했다.

"네 부하 녀석들한테도 집어넣었어. 알프레드에게도 집어넣었고. 그런데 그 녀석들은 이걸 넣은 일에 대해 기억을 못 하거든. 얼마나 강하냐에 따라서 다른 건가? 아니면 시간이 좀 필요한가?"

마하딘은 파울로가 눈빛으로 '그만 설명 필요 없으니 나가 죽어!'라고 말한다는 걸 알았지만, 무시했다.

"아마 네가 강해서겠지. 너나 나랑 비슷하게 강한 놈들에겐 조심해서 사용해야겠네. 하여간 파울로. 나쁜 뜻으로 그걸 넣은 게 아니야. 내 몸에도 마력석을 넣었어. 우리, 인간의 심장을 먹고 강해지기로 했잖아. 물론 너한테 말도 없이 집어넣은 건 미안하지만, 네가 망설일 것 같아서 그랬어. 내가 너한테 나쁜 짓을 할 리가 없잖아, 친구."

'친구라고 생각하면 이 쥐똥 같은 명령을 취소해!'

라고 파울로가 눈빛으로 말했다.

"말해도 좋아."

"빌어먹을 자식! 날 위한 짓이라고? 친구라고? 그딴 개소리 오만돈한테나 던져!"

"파울로, 파울로. 진짜라니까. 우린 왕의 계획을 위해 움직이는 중이야. 내가 딴마음을 품을 리 없잖아."

"개소리 집어치워!"

"진짜야, 파울로. 생각해 봐. 이게 반역이라고 생각했으면 그분이 보낸 사람이 이미 날 죽이러 왔을걸? 어쩌면 테로스 님께서 직접 와서 날 죽였을지도 모르지. 하지만 난 무사해."

두 팔을 벌리며 말하는 마하딘을, 파울로는 얄미워 죽겠다는 듯 쏘아봤다.

"내가 왜 네 명령을 듣는 건데?"

"헤론이 내 밑에서 일하잖아. 내 몸에 넣은 돌에는 약간의 조작을 해 줬어. 봐봐, 파울로. 내 깊은 뜻을 모르고 너처럼 날 죽이려고 하는 녀석들이 있을지도 모르잖아. 그럴 때 유용하게 쓰라는 거지."

"망할 놈. 넌 죽어야 돼, 이 자식아. 넌 무용지물 쓰레기야. 알아?"

"그래, 네 원이 풀릴 때까지 욕해도 좋아. 하지만 정말로 나쁜 뜻은 없었어."

"……."

"알잖아. 이건 모두 그분의 계획을 위해서라는 거. 우리끼리 싸워서 좋을 것도 없고. 계획이 완성됐을 때, 우리에겐 똑같은 권력이 주어질 거야."

"이 망할 명령 풀어. 안 죽일 테니까."

"그래, 이제 마음대로 움직여도 돼."

몸이 풀려나자마자 파울로는 이를 으드득 갈다가 바닥에 털썩 주저앉아, 손톱으로 자기 배를 쑤시기 시작했다. 몸 안에 들어간 마력석을 빼내기 위해서였다.

하지만 마력석은 어떻게 작용을 하는 건지, 제멋대로 심장 근처로 움직여 심장에 꽉 달라붙은 채였다. 아무리 정혈귀라도 자기 손톱으로 심장을 찔러댈 수는 없었다.

"망할! 심장에 붙어 있잖아!"

"뱃속에 넣었는데?"

"그래. 너도 모르는 일이냐?"

"뭐, 어차피 움직이지도 않는 심장이잖아."

"그래도 심장에 치명상을 입으면 죽어!"

"우리 손톱으로 상처를 내지 않는 이상은 괜찮아."

"심장을 성수에 담가도 죽고!"

"우리가 아니면 누가 그 짓을 하겠냐고. 우리 피부를 찌르고 들어갈 수 있는 건, 같은 정혈귀의 손톱밖에 없는데."

마하딘이 간단한 일이라는 듯 말하니, 파울로도 조금 안심이 되었다. 파울로는 원래 깊이 생각하지 않는 성격이었다.

"두 번 다시 나에게 명령을 내리지 않겠다고 약속해."

파울로의 말에 마하딘이 싱긋 웃었다.

"약속할게."

"한 번만 더 나한테 명령하면 무슨 짓을 써서든 네놈을 죽인다."

"그래, 알겠어, 친구."

"망할 놈. 그 빌어먹을 친구 타령하지 마!"

마하딘은 그제야 안심하고 파울로에게 다가갔다. 그의 앞에 앉았지만, 파울로는 공격하지 않았다.

"내 부하 놈들에게도 넣었다고?"

"이 근처 정혈귀들에게는 전부."

"다들 기억 못 하든?"

"못 하더군."

"연금술사 놈이 대단한 걸 만들어 냈구만."

"그렇지?"

"인간의 심장을 먹어도 된다는 확신은?"

"이미 알프레드가 먹고 있어."

"뭐라고 꼬신 거야? 그놈도 그게 금지된 일이라는 것을 알 텐데."

"꼬시지 않았어. 명령했지. 그놈은 정신이 있을 땐 자기가 인간의 심장을 먹고 있는지도 모를 거다."

"몇 개나 먹었지?"

"15개."

"휘유."

파울로가 휘파람을 불며 몸을 뒤로 젖혔다. 그는 오래전에 인간의 심장 7개를 먹은 정혈귀를 본 적이 있었다. 그녀는 떠올리고 싶지 않을 정도로 끔찍한 몰골이었다.

"그런데 괜찮다고?"

"응. 멀쩡해. 아까 봤잖아."

"정말 15개 먹은 게 맞아?"

"그렇다니까. 오늘 밤에 열 개를 더 먹게 할 계획이다."

"좋아. 나도 그걸 봐야겠어. 만약 그놈이 열 개를 더 먹었는데도 멀쩡하면, 나도 먹지. 내 애들한테도 먹이고."

평소에는 파울로의 가벼움을 싫어하는 마하딘이었지만, 이번만큼은 파울로가 생각이 깊지 않음을 감사했다. 만약 그가 의심이 많고 생각이 깊었다면 마하딘에게도 심장을 먹으라고 강요했을 것이다.

'그나저나 이 마력석엔 대체 어떤 주문이 담겼기에, 파울로 정도 되는 정혈귀조차 꿈짝도 못 하는 거지?'

문득 궁금해졌지만 중요한 문제는 아니었다. 이성의 마력석은 마하딘이 원하는 대로 작용했고, 조만간 그 효과를 발휘할 것이다.

전쟁이 코앞으로 다가왔다.

* * *

루시드는 황제의 앞으로 걸어갔다. 그의 움직임은 절도 있지만 아름다워서, 집무실 안에 있는 모든 이의 시선을 사로잡았다. 그들의 시선을 즐기는 듯 느릿하게 걸어간 루시드는, 황제를 향해 살며시 고개를 숙인 후 말했다.

"폐하. 고르돈 왕국의 전쟁이 멀지 않았습니다."

"아아, 그래. 전쟁을 한다고 했지?"

황제는 그 일에 큰 관심을 갖고 있지 않았다. 어차피 변두리 나라에서 일어나는 일이다. 대륙 전체에 미친 황제의 거대한 권력에는 아무 영향도 끼치지 못한다.

"오랜만에 일어나는 전쟁이라 여러 가지로 걱정이 큽니다."

하지만 루시드의 한 마디는, 그를 제 몸처럼 믿고 있는 황제에게 큰 효과를 발휘했다. 황제는 허리를 세우고 루시드를 내려다 봤다.

"문제가 있을 것 같으냐?"

"물론 문제는 없겠지만 제가 가서 둘러볼까 합니다. 인간이란 가끔 엉뚱한 생각을 하기도 하니까요."

"고르돈의 왕이 내게 반역의 칼을 들 것 같은가?"

"그럴 리가 없겠지요. 다만 만에 하나라도 일어날지 모르는 상황을 대비코자 합니다."

"놈이 반역을 한다고 해도 피탄 제국에 그 칼끝이 닿을 일은 없을 것이다. 굳이 힘든 발길을 할 필요는 없다."

"폐하."

루시드는 짜증이 치밀었다.

황제의 신뢰를 얻은 것은 좋지만, 황제는 불쾌함이 생길 정도로 루시드에게 의지했다. 그는 단 한 순간도 루시드를 멀리 보내려 들지 않았다.

"전쟁을 직접 눈으로 보고 견문을 쌓기 위함이니, 허락해 주시지요. 이때가 아니면 언제 또 이런 경험을 하겠습니까."

루시드의 음성이 간절해지자 황제는 갈등하듯 엄지로 턱을 긁었다. 자신의 책사인 라탄을 멀리 보내기 싫지만, 그의 미움도 받고 싶지 않았기 때문이었다.

라탄의 아름다움과 영민함은 근방에 널리 알려져 있었다. 그를 탐내는 누군가가 납치를 시도할지도 몰랐다.

"그렇다면 어둠의 기사단 호위를 받거라. 그대 혼자 보내기에는 세상이 너무도 위험하구나."

루시드는 그의 말에 웃음이 터질 뻔했지만, 간신히 참았다. 세상이 위험해? 아니, 위험한 건 나겠지.

"어둠의 기사단 전부는 너무 과합니다, 폐하. 사람들의 눈에 띄는 여행을 하고 싶진 않습니다. 기사단장 한 명만 붙여주시면 그와 동행하도록 하겠습니다."

황제도 더는 고집을 부릴 수 없었다. 어둠의 기사단 단장인 모히틀은 다른 왕국의 기사단 전부가 덤벼도 이길 수 있을 만큼 강했다. 그러면 절대로 라탄을 빼앗기지 않을 것이다.

"알겠다. 걱정이 된다만, 그대의 견문을 넓히기 위해서라면 허락할 수밖에 없겠지. 다녀오도록 해라."

"네, 폐하. 가장 빠르고 안전한 길로 다녀오겠습니다."

황제의 걱정스러운 시선을 받으며 집무실을 나온 루시드는 서늘한 미소를 지었다. 아마도 돌아올 것이다. 하지만 만약 샬롯이

이 손을 잡아 준다면, 이곳에 돌아올 일은 없다. 그녀의 손을 잡을 수만 있다면, 세상도 권력도 필요 없으니까.

잠을 자지 못하는 몸이 원망스러운 건, 샬롯의 꿈을 꿀 수 없기 때문이었다. 잠을 잘 수 있다면 매일 밤 그녀의 꿈을 꿀 텐데, 상상하는 것보다 생생한 그녀를 볼 수 있을 텐데.

잘 수 없는 몸은 그저 먼 기억에만 의지해 그녀의 얼굴을 그려야만 했다. 검붉은 머리카락, 오밀조밀한 이목구비, 그리고 마지막 순간 루시드만을 향하던 증오가 넘치는 눈동자.

루시드의 곁에 있는 내내, 샬롯은 그가 아닌 다른 것들을 보았다. 세상에 없는 것들. 카르제나, 그리고 가족들.

하지만 그녀가 떠나던 날, 그녀는 오롯이 루시드를 응시했다. 그녀의 눈동자 안에 담긴 자신의 모습이 기뻐서, 루시드는 멈추었던 심장이 다시 뛰는 듯한 착각마저 느꼈다.

단 한 순간이라도 그녀가 자신을 똑바로 봐주었다는 사실이 기쁘고 행복해서, 루시드는 계속 그날의 샬롯만을 떠올렸다. 흔들림 없는 그 강하고 아름다운 눈동자.

'한 번만 더 나를 그렇게 봐주면 좋을 텐데, 샬롯. 네가 다른 사람이 아닌 나만을 똑바로 봐주면, 난 정말로 다른 건 아무것도 필요 없을 거야.'

루시드의 걸음이 빨라졌다.

그녀가 곁을 떠난 후 거의 천 년이 되어 간다. 천 년 만에 재회한다고 생각하니 마음이 급해졌다.

그녀는 어떻게 변했을까. 어떤 표정을 짓게 되었을까.

테로스는 그녀가 재미없어졌다고 했지만, 루시드의 생각은 달랐다. 그녀는 무표정하면 무표정할수록, 가슴 안에 더 많은 것들을 감춘다. 샬롯의 가족이 한 명, 한 명 죽어갈 때 그녀는 결코 울지 않았다. 그 어떤 감정도 드러내지 않고, 그들의 죽음을 조용히 지켜봤다.

자신이 느끼는 슬픔과 고통은 오롯이 자신이 해결할 문제라는 듯, 그 누구에게도 보여 주지 않겠다는 듯, 그녀는 모든 감정을 안으로 삼켰다.

그게 오르데안 공작 가의 샬롯이다.

그녀의 가슴속에선 그녀가 해결하지 못한 감정의 소용돌이가 세상을 집어삼킬 듯 휘몰아치고 있을 것이다. 루시드를 향한 증오도, 분노도, 그 안의 슬픔과 섞여 움직이고 있으리라.

'그렇다면 샬롯. 넌 또다시 날 똑바로 노려보겠지. 세상에 나 하나 존재한다는 듯.'

그래서 루시드는 샬롯의 미움을 받는 길을 선택해야 했다. 그녀의 애정은 전부 카르제나가 가지고 가버렸으니까. 루시드에게 나눠 줄 애정 따위 한 조각도 남기지 않고, 싹 가지고 사라져 버렸으니까.

방으로 돌아온 루시드는 날짜를 확인했다.

출발은 내일. 혼자 갈 수 있다면 더 빠르겠지만, 기사단장과 동행해야 하니 예정보다 늦어질 것이다.

루시드는 빙그레 웃으며 머리를 쓸어 넘겼다.

"도착할 때쯤엔 한창 전쟁 중이겠군."

*   *   *

타니하르는 왕실 안에 들여보냈던 첩자들을 모두 밖으로 나오게 했다. 왕실이 돌아가는 상황을 파악하기에는 이미 늦었다. 조만간 전쟁은 일어날 것이다. 희생자를 줄이는 것이 중요했다.

"희생자라기보다는 네놈들까지 정혈귀가 돼서 놈들한테 힘을 보탤까 봐 그런 거다, 알겠냐? 이 멍청한 놈들아! 에녹 왕자는 눈치챈 걸, 어떻게 네놈들은 한 놈도 눈치를 못 채? 엉?"

타니하르는 본거지로 돌아온 첩자들의 뒤통수를 하나, 하나 섬세하게 두드려 주며 말했다. 고생하다가 돌아오자마자 뒤통수에 강한 충격을 받은 첩자들은 볼멘소리로 투덜거렸다.

"하지만 인간이랑 똑같은 혈귀가 있을 줄 누가 알았습니까? 대장이 그에 대해서 한마디도 안 해 줬잖아요."

"상황이 말이야, 상황이! 말할 상황이 아니었다고. 그럴 때는 네놈들이 알아서 '아, 왠지 이번 왕은 인간이랑 똑같은 혈귀인 것 같구나.'라고 파악을 해야 할 거 아냐!"

"그게 가능하냐고요! 마하딘은 분명 낮에도 빤빤하게 얼굴을 내밀고 돌아다녔단 말입니다! 인간의 피를 마시는 기색도 없었고요."

"왕위에 오르고 싶은 놈이 왕실 한복판에서, 나 이제부터 식사를 하려고 하네, 인간을 한 명 대령하게! 그러면서 마시겠냐, 이 팔푼이들아? 댄, 넌 왜 거기서 그렇게 삐죽거리고 자빠졌어?"

구석에 있는 탁자에 걸터앉아 입술을 비쭉거리던 댄이 중얼거렸다.

"대장, 가슴이 없어졌잖아요. 있을 때가 좋았는…… 으악! 아파요, 대장!"

"아프라고 때렸다, 이 망할 놈아! 얀디는 어디 갔어?"

"용병들 정리하러 갔어요. 대륙에서 이름 좀 알린 용병단 놈들을 몇 골드씩 뿌려가며 데리고 왔거든요. 근데 아무래도 각자가 대단한 놈들이다 보니, 저들끼리 자존심 싸움하느라고 매일 싸움이 끊이질 않아요."

"인간인지는 확인했고?"

"일단 성수에 반응한 놈들은 없었습니다."

"좋아. 일단 잘 달래서 대기시켜 둬. 무기 쪽은?"

"구할 수 있는 만큼 싹 다 쓸어 모으긴 했는데요. 이상합니다, 대장."

"뭐가?"

"놈들은 굳이 무기가 없어도 되잖아요. 손톱 자체가 무기인데 왜 무기를 모으는 걸까요?"

댄의 질문에 타니하르가 피식 웃었다.

"우리 같은 놈들 때문이지. 아예 반기도 들 수 없게 하려고."

"놈들이 우릴 그렇게까지 경계할까요?"

"아직까지는 정혈귀의 수가 우리보다 훨씬 적고 놈들에겐 약점도 분명 존재하지. 헤론이 놈들에게 만들어 준 마력석이 아혈귀를 얼마나 잘 다루게 해 줄지는 모르겠지만, 그것만으로는 불안할 거야. 전투는 유동적이어야 하는데, 마력석을 넣은 아혈귀는 명령만 듣거든. 갑작스러운 상황에 대비를 못한다는 거지."

"그럼 우리는 갑작스러운 상황을 만들어 내야 하는 거군요."

"그래. 마하딘의 전쟁 준비는 은밀하게 진행 되고 있지만, 라토우 쪽에서도 자기들을 치려고 한다는 걸 눈치채고 대비 중에 있을 거다."

"마하딘이 라토우를 칠까요?"

"이 근처 국가 중에 가장 약한 곳부터 치겠지. 아혈귀의 군대가 얼마나 강한지, 마하딘 본인도 잘 모를 테니까. 일단 자기들이 가진 힘을 가늠해 보기 위한 실험적인 전쟁이 될 거야."

"라토우가 얼마나 버텨 줄까요?"

타니하르의 얼굴에 쓴웃음이 번졌다. 그는 잠시 말을 멈추고 고개를 숙였다. 그의 잿빛 눈동자가 흉터투성이의 두툼한 손을 내려다보고 있었다.

"댄, 내가 지금 걱정되는 게 뭔지 아냐?"

"또 여자로 돌아가게 되는 거?"

"그 빌어먹을 여자 타령 좀 그만해!"

분위기를 한껏 잡았던 타니하르가 버럭 성질을 내며 댄에게 발길질을 했다. 댄은 착하게도 타니하르의 거센 발길을 전부 받아들였다.

"으아아아아악!"

물론 비명은 질렀지만 말이다.

"내가 걱정이 되는 건 말이다."

다시 분위기를 잡은 타니하르가 낮게 가라앉은 목소리로 말했다.

"라토우의 왕이 인간일까? 아니면 왕의 곁에 있는 책사나 기사단장이 인간일까? 난 그게 참 걱정이 된다."

의미를 깨달은 댄의 안색이 파랗게 질렸다. 그는 장난기를 거두고 타니하르에게 바짝 다가앉았다.

"이미 정혈귀 손에 들어갔을 수도 있겠군요."

"그래. 이건 어쩌면 보여주기 식의 전쟁일지도 몰라. 어젯밤에 레드랑 이 부분에 대해 대화를 나눴는데, 레드가 그러더군."

"탄, 이 전쟁은 보여주기 전쟁이야. 우리는 죽을힘을 다해서 맞서겠지. 하지만 놈들을 막을 수는 없을 거야. 놈들은 이 전쟁에서 이길 거야. 주변 국가들은 놀라겠지. 불패불멸의 군대를 가진 고르돈 왕국은 새로운 평가를 받게 될 거고, 어떤 나라들은 먼저 고르돈 왕국에 친선을 맺자고 요청하게 될 거야. 문제는……"

"문제는 제국의 움직임이야."

"제국이요?"

"그래. 마하딘은 아마 이번 전쟁에 대해 그럴듯한 말을 가져다 붙이면서 제국의 허가를 받았을 거다. 하지만 고르돈 왕국의 군대가 제국이 생각한 것보다 훨씬 강하다면? 죽여도 죽지 않는 놈들이 있다는 소문이 돈다면?"

"제국에서 가만히 있지 않겠죠."

"그래, 그게 정상이지. 제국은 고르돈을 경계할 거고, 순식간에 주위 국가들과 연합해 고르돈을 칠 준비를 할 거다. 하지만 제국이 모르는 척할 경우, 제국도 정혈귀의 손에 들어갔다고 봐야 돼."

"제국이!"

댄이 벌떡 일어났다.

"그래, 제국이."

"하, 하지만…… 제국이 이미 정혈귀 손에 들어갔다면 굳이 이런 전쟁을 벌이지 않아도 다른 나라들과 연합을 해서 교국을 칠수 있는 거잖아요."

"명분이 없잖아, 명분이. 교황은 그 어떤 잘못도 저지르지 않았어. 아니, 오히려 이번 교황은 신의 재림이 아닌가 싶을 정도로 여러 가지 기적을 행하고 있고, 평민들까지도 사랑해 주고 있지. 그런데 무슨 명분을 가지고 교국을 치겠어?"

"아……."

"마하딘이 이렇게 대놓고 전쟁을 벌이는 건, 믿는 구석이 있다는 거겠지. 난 제국이 정혈귀 손에 들어갔을 가능성이 아주 크다고 본다."

"그런……!"

댄의 눈동자가 흔들렸다.

"붉은, 붉은 사자도 이 상황을 타개할 방법이 없는 겁니까?"

"그래. 레드는 애초에 이 전쟁에 낄 생각도 없어."

"어째서요! 그 녀석은 그 이상한 힘을 가지고 있잖습니까! 혈귀를 상대하는 힘이라면서요?"

"그래. 하지만 아직 완성되지 않았지. 그들의 힘으로는 아혈귀의 군대와 수많은 정혈귀를 상대하기 힘들 거야."

"그렇다고 발을 빼요?"

"그들에겐 다른 목적이 있거든."

타니하르는 크게 한숨을 내쉬며 어젯밤 레드가 했던 말을 떠올렸다.

  "탄, 우린 잠깐 전쟁을 지켜볼 거고, 도울 수 있는 만큼 도울 거야. 하지만 안 되겠다 싶으면, 우린 떠날 거다. 우리의
  목적은 전쟁을 막는 게 아니야. 혈귀의 왕을 죽이는 거지."

"그때까지만 어떻게든 버텨보라고 하더군. 자잘한 전쟁 따위 신경 쓰지 말고."

"자잘한 전쟁이라니…… 나라와 나라의 전쟁이 어떻게 자잘한 전쟁이 됩니까? 어마어마하게 죽어 자빠질 겁니다."

"그래, 하지만 레드가 혈귀의 왕을 죽이지 못하면 더 많은 인간들이 죽어 자빠질 거야. 혈귀의 왕이 이 모든 정혈귀와 아혈귀의 시작이라면 그를 죽이는 순간……."

중얼거리듯 말하던 타니하르는 그 순간 생각지도 못한 진실을 깨닫고는 입을 다물었다. 댄은 갑자기 말을 멈춘 타니하르를 이상하다는 듯 쳐다봤지만, 그는 댄을 신경 쓸 정신이 없었다. 거대한 몽둥이가 뒤통수를 내려치는 듯, 한 가지 사실을 깨달았기 때문이다.

'그런가……!'

타니하르는 커다란 손으로 자신의 얼굴을 덮었다. 그러지 않으면 신음이 새어 나올 것 같았기 때문이다.

'아아, 그런 거였나?'

그동안 레드를 향한 클레어의 태도를 이해할 수가 없었다. 레드는 클레어를 향해 민망할 정도로 마음을 표현했고, 클레어도 그것을 싫어하는 눈치는 아니었다. 아니, 오히려 레드를 향한 클레어의 시선은, 다른 이들을 볼 때와는 달리 따뜻하고 애정이 넘쳤다.

하지만 클레어는 결코 레드를 향한 감정을 드러내지 않았다. 레드가 표현하는 애정을 받아 줄 뿐, 그 이상으로 다가가려 하지 않았다.

그러는 이유를 알 수 없었다. 정혈귀이기는 해도 인간의 피를 마시지 않고 살아왔다. 인간의 감정도, 진짜 인간보다 더 강하게 가지고 있다. 결혼해서 아이를 낳는 건 무리겠지만, 서로 사랑하며 지낼 수는 있지 않은가, 그리 생각했다.

이제야 그 이유를 알았다.

'혈귀의 왕을 죽이면…….'

클레어도 사라진다.

저주의 시작인 혈귀의 왕. 그러니 그 끝 또한 혈귀의 왕에게 있을 것이다.

'그래서였군. 클레어가 레드와 거리를 유지하려고 하는 이유가.'

안쓰러울 정도로 클레어만 바라보는 레드의 시선이 떠올랐다. 그런 그를 애틋하게 응시하면서도 한 걸음 뒤로 물러서는 클레어의 모습도 기억났다.

얼굴을 가린 손을, 타니하르는 떼어낼 수가 없었다.

세상에 널리고 널린 것이 이루어질 수 없는 사랑이라지만, 레드와 클레어의 것은 달랐다.

'그래, 레드야 어떻게든 되겠지만…….'

클레어에게는 가혹하다. 천 년이 넘는 시간을 혼자 떠돌다가 마주한 사랑이다. 영원할지도 모르는 밤에 두려워하고 고통스러워하다가, 간신히 만나게 된 사랑이다.

하지만 클레어는 그것의 끝을 알기에, 표현도 하지 못하고 받아들이지도 못한다.

어째서 그 작은 아가씨가 그러한 괴로움을 혼자서 안고 살아가야 하는 걸까? 왜 유독 클레어의 삶만이 그토록 고통스럽고 애잔한 것일까?

'아모른, 당신은 정말 지독한 신이군. 정말로 끔찍한 신이야.'

"대장?"

갑자기 찾아온 침묵을 견디지 못한 댄이, 타니하르의 어깨에 가볍게 손을 얹었다. 그제야 타니하르는 주술에서 풀려난 듯 손을 아래로 내렸다. 하지만 얼굴에 묻어 있는 안쓰러움과 슬픔을 완전히 갈무리할 수는 없었다.

"왜…… 그렇니까, 대장? 어디 아파요?"

댄이 걱정스럽게 물었지만, 타니하르는 대답할 수 없었다.

혈귀의 왕을 죽이면 클레어가 사라진다.

이 이야기는 누구에게도 알려서는 안 된다. 이것이 레드 일행의 귀에 들어가면, 그들은 갈등할 것이고, 어쩌면 혈귀의 왕을 죽일 수 있는 유일한 기회를 놓칠지도 몰랐다. 그렇게 되면 클레어는 사라지지 않겠지만,

'또다시 영원의 밤을 살아가게 되겠지. 그녀 혼자서.'

그렇기에 타니하르는, 자신이 알게 된 이 슬프고 아픈 진실을 가슴에 묻어 두자고 다짐했다.

*　　*　　*

최대한 느리게 호흡한다. 생각하는 것을 멈추고 정신이 육체 안을 유영하게 만든다. 혈관 안에 흐르는 혈액에 올라 손가락 끝에서 발가락 끝까지, 모든 곳을 샅샅이 살펴본다. 그러다가 발견하는 반짝이는 그것, 머물고 싶은 그것이 바로 아모른의 축복.

피에 존재하는 축복을 느끼고, 보고, 언제든 찾을 수 있도록 기억한다.

라울이 알려 준 방법은 확실히 효과가 있었다. 라울은 축복을 숨을 쉬는 것처럼 자연스럽게 느껴야 한다고 했다. 원할 때는 언제든 찾아낼 수 있도록, 아니, 찾아낸다는 생각조차 하지 않아도 이끌어낼 수 있도록.

아직 그렇게까지는 무리였지만, 집중을 하면 축복을 느낄 수 있는 단계에 이르렀다. 몸 안에 있는 아모른의 축복을 찾아내고, 그것을 순수하게 받아들이면 놀라운 감각을 끌어냈다.

우선 청각이, 그다음에는 후각, 그 후에는 시각이 예민해졌다. 마지막으로 촉각이 곤두서며 평소와는 다른 것들을 느끼게 되었다.

몰랐던 것을 알게 되었다는 사실을 깨달은 것은, 근처에 가만히 서 있는 클레어를 또렷이 느꼈을 때였다. 클레어는 늘 기척을 감추고 있었고, 그들은 일부러 클레어를 찾지 않으면 그녀가 어디에 있는지 알아챌 수 없었다. 하지만 체술을 사용하면, 그녀의 존재가 무척이나 또렷하게 느껴졌다.

'내 뒤에 있어.'

라고 레드는 생각했다.

'클레어가 바로 내 뒤에 있어.'

그래서 눈을 뜨고 돌아보자, 두 손을 앞으로 모아 쥐고 고요한 시선을 던지는 클레어가 있었다. 클레어가 있다는 걸 알았으면서도, 막상 그녀와 눈이 마주치자 심장이 덜컹 내려앉았다. 그녀의 깊은 눈동자는 늘 레드의 가슴속에 파문을 일으켰다.

"좀 알겠느냐?"

"어? 아, 응. 좀……."

"그래, 다행이구나."

"그런데 이거 말이야."

레드는 아까부터 의문이었던 것을 끄집어냈다.

"평범한 사람들도 할 수 있는 거 아냐?"

기분 탓일까?

클레어의 눈빛이 가라앉은 것처럼 보였다.

"왜 그리 생각하느냐?"

"그렇잖아. 체술의 완성형은 어떤 건지 모르겠지만, 기본이라는 건 결국 아모른의 축복을 느끼는 건데…… 아모른 신앙에선 아모른이 인간을 만들었다고 하잖아. 그렇다면 모든 인간이 아모른의 축복을 받고 있는 거 아닌가? 난 축복이 단지 권능을 사용할 수 있는 우리에게만 베풀어진 게 아닐 거라고 생각하거든."

예리한 지적이었다. 옆에서 집중하고 있던 유키가 눈을 반짝 뜨고는 다가앉았다.

"맞아, 나도 그렇게 생각해."

"넌 왜 또 아는 척하면서 끼어드는 거야, 꼬맹이?"

"꼬맹이니까 잘난 척도 하고 그러는 거지. 형처럼 나이 먹고 잘난 척하면 꼴사납잖아."

"이 밉살맞은 고양이 자식!"

인정사정없이 유키의 머리를 쥐어박은 레드가 아까 하던 이야기로 돌아갔다.

"그러니까 그 축복을 인간이 전부 받고 있다면, 평범한 인간들도 체술의 기본 정도는 익힐 수 있는 게 아닐까 싶어서."

조용히 듣고 있던 클레어가 레드의 맞은편에 앉았다. 그녀는 우아하게 몸매를 드러내는 연분홍색 실크 드레스를 입고 있었다. 살짝 무릎을 굽히고 앉자, 부드러운 드레스 자락에 허벅지 라인이 고스란히 드러났다. 레드의 얼굴이 붉어지는 걸 보며, 유키가 혀를 찼다.

"흉포한데 음탕하기까지 한 사자. 아악! 아파! 맞는 소리 할 때마다 때리지 좀 마!"

유키의 머리를 강하게 쓰다듬어 준 레드는 얼른 표정을 갈무리했다.

며칠 전, 여자 옷엔 절대 관심 없을 것 같은 잔느가 드레스를 사왔다. 잔느는 퉁명스러운 표정으로 클레어에게 드레스를 던져 주며 말했다.

"어쨌든 에녹 님이 여기까지 오는 길을 살펴 줬으니 감사
인사다. 이왕 젊은 몸으로 살아남았는데, 어울리는 옷 좀 입
도록 해."

몸매가 드러나는 연분홍색 드레스로 갈아입은 클레어를 보며,
그곳에 있던 모든 남자들이 한마음으로 생각했다.
'잘했어, 잔느.'
다른 녀석들이야 한순간 예쁘다 감탄하고 끝이었지만, 레드는
달랐다. 클레어를 볼 때마다 심장이 쿵쿵거리고, 얼굴이 빨개져
서 정신을 똑바로 차리고 있어야만 했다.
"불꽃의 아이야, 너는 의외로 예리하구나."
클레어는 레드와 유키의 대화에 전혀 신경 쓰지 않았다. 둘을
마주 보고 앉은 그녀는 단조로운 어조로 말했다.
"네 말대로 체술은 평범한 인간들도 익힐 수 있단다. 아모른의
권능을 가진 자들보다는 그 과정이 힘들지만, 가능하기는 하지."
"그럼 잘됐네. 타니하르 쪽 애들한테 체술을 가르쳐 주면 되잖
아. 그놈들, 보통 놈들 아니니까 금방 익힐 거야."
레드의 가벼운 발언에 클레어가 고개를 저었다.
"아이야. 체술은 우리 가문의 비술이란다. 왜 비술이 되었겠
느냐."
"설마 부작용이 있는 거야?"
"그래. 너희도 지금 체술의 기본을 터득했으니 알겠구나. 체술

을 사용하면 순간적으로 혈귀와 같은 몸이 된단다."

전혀 몰랐다.

레드와 유키는 오싹함을 느꼈다.

감각이 예민해진다고만 생각했지, 그것이 혈귀와 같아지는 것인 줄은 몰랐다.

"심장박동이 거의 멎었다 싶을 만큼 느려지고, 육체의 속도가 빨라지지. 오감이 예민해져서 평소에는 보고 듣지 못했던 것들을 받아들이게 된단다."

"그래, 맞아. 확실히 잘 들리긴 하더라."

"그리고 아모른의 축복이라는 것 자체가 무척이나 아름답고 따뜻하지."

"응, 맞아! 정말 아름다워. 아니, 이 세상에 존재하는 단어로는 표현할 수 없는, 그런 게 느껴져."

유키가 동의했다.

"평범한 인간은 그것에 중독된단다. 평소와는 다른 감각이 되는 것, 그리고 아모른의 축복을 느끼는 것. 그래서 필요치 않을 때에도 계속 체술을 사용하지."

하지만 체술을 사용하면 심장박동이 느려진다. 심장박동이 느려진다는 것은, 인간에게 필요한 혈액이 충분히 만들어지지 않는다는 것. 결국 인간은 혈귀처럼 피를 원하게 된다.

"권능은 중독을 막아 준다. 하지만 권능이 없는 인간들은 쉽게 그 기분에 중독되어 결국은 혈귀와 같은 존재가 되어 버리지.

그래서 체술이 우리 가문의 비술이 된 것이란다."

"그럼 이건 일반인은 절대로 익혀서는 안 되는 기술이라는 건가?"

"정신력이 유독 강한 인간이 있지. 그런 인간들은 자제할 수 있으니 괜찮을 게다. 그래, 바다의 아이. 그 아이라면 괜찮을지도 모르겠구나."

"뭐, 탄이라면 괜찮기야 하겠지. 그럼 탄한테 한번 말해 볼까? 혈귀를 상대할 사람이 한 명이라도 더 늘어나면 좋은 거니까."

"그런데 있잖아. 다들 안 궁금해?"

유키가 중얼거렸다.

"라울 말이야. 아무리 죽었다가 살아났다고는 하지만, 갑자기 체술을 알게 됐잖아. 그걸 훈련하는 방법도. 어떻게 그럴 수 있었는지 궁금하지 않아?"

"아아. 궁금하긴 하지."

레드가 건성으로 고개를 끄덕거렸다.

"하지만 중요한 건 어떻게 알게 됐냐가 아니라, 어떻게 해야 빨리 이 기술을 자유자재로 사용할 수 있느냐잖아, 꼬맹이. 라울한테 캐묻는 건, 정혈귀 한 마리를 제대로 상대할 수 있게 된 다음에나 하자고."

"어휴, 그놈의 꼬맹이 타령."

유키는 투덜거렸지만, 레드의 말이 옳았기 때문에 다시 훈련에 들어갔다. 레드와 유키가 눈을 감은 걸 확인한 후, 클레어는 조용히 일어나 그곳을 벗어났다.

클레어야말로 라울이 어떻게 체술의 훈련 방법을 알아냈는지 의문이었다. 이들에게 말했듯 체술은 오르데안 가문의 비술이었다. 클레어조차도 자세한 훈련 방법을 몰랐다.

누군가 훈련법이 담긴 비서를 훔쳐냈을 리도 없다. 비서는 이 대륙에서 가장 안전한 곳에 있었다.

그렇다면 라울은 어떻게 그 방법을 알아낸 걸까?

죽었다가 살아나는 순간, 자연스럽게 체술을 사용할 수 있게 되었을 수도 있다. 세상에는 신비로운 일들이 자주 벌어지니까. 하지만 훈련 방법을 알게 되었다는 것은, 그렇게 쉽게 설명하고 넘어갈 수 있는 일이 아니다.

이상한 점은 또 있었다.

최근 라울은 클레어를 피했고, 유독 아란이나 델리와 붙어 다녔다. 그들은 숙덕거리며 뭔가를 의논하는 듯했다. 마음만 먹으면 그들이 하는 이야기를 훔쳐들을 수 있지만, 그런 짓을 하고 싶지는 않았다.

하지만 이제 더는 모르는 척할 수 없다. 조만간 전쟁이 벌어질 것이고, 어쩌면 그 전쟁에 루시드가 개입할지도 모른다. 루시드의 개입은 아주 많은 것을 변하게 할 테니, 그 전에 라울에게 무엇을 알게 되었는지 들어 둬야만 했다.

그런 생각으로 나온 클레어는, 훈련장 바로 앞에서 기다리고 있는 라울을 발견했다. 그는 클레어를 보자마자 가까이 다가와,

조금은 애달픈 눈으로 그녀를 내려다봤다. 그의 눈동자에 담긴 그리운 감정의 이유를 궁금해 하기도 전에, 라울이 말했다.

"당신에게 할 이야기가 있습니다, 샬롯."

라울은 클레어를 어둠의 거리 초입에 위치한 찻집으로 데리고 갔다. 창문이 커다란 찻집 구석에는 아란과 델리가 나란히 앉아서 둘을 기다리고 있었다.

역시 이 세 사람에게는 무언가가 있다.

클레어는 조금 긴장한 채로 아란의 맞은편 자리에 앉았다. 라울은 그녀의 옆에 앉자마자 종업원을 불렀다.

"갓 구운 빵. 그리고 버터와 꿀을 좀 가져다주시겠어요?"

종업원이 커다란 쟁반에 주문한 음식을 가지고 나올 때까지, 누구도 입을 열지 않았다. 클레어는 심각하게 불러놓고 음식 주문이나 하는 라울의 행동이 이상했지만, 먼저 입을 열진 않았다.

좋은 향기가 나는 커다란 빵에, 라울은 버터를 바르기 시작했다. 보는 것만으로도 느끼할 만큼 버터를 잔뜩 바른 후, 그 위에 꿀을 뿌렸다. 그리고 그것이 담긴 접시를 클레어의 앞으로 밀었다.

"자요, 클레어."

클레어는 물끄러미 접시 위의 빵을 내려다봤다. 버터는 따뜻한 빵 위에서 녹아 흘러내리고 있었다. 버터를 잔뜩 바르고 꿀을 뿌린 빵.

클레어는 아랫입술을 지그시 베어 물었다.

그들 사이에 침묵이 내려앉았다. 무겁지도, 가볍지도 않은 평범한 침묵. 그러나 클레어에게는 그 침묵의 순간이 무척이나 버거웠다. 그래서 결국은 먼저 질문하고 말았다.

"어찌 알게 된 게냐?"

"……."

클레어는 고개를 돌려 라울을 응시했다. 라울의 눈동자에는, 여전히 애달픈 그리움이 묻어 있었다.

"내가 어릴 적에 좋아했던 음식, 그리고 내 이름. 너도, 그리고 너도."

클레어의 눈이 아란에게로 향했다.

"둘 다 어찌 내 이름을 알고 있는 게냐?"

"죽을 뻔했을 때, 널 봤다."

아란이 말했다.

"난 널 샬롯이라 불렀지."

클레어의 미간에 주름이 생겼다. 그녀는 입술을 달싹거리다가 도로 다물었다. 묻고 싶은 말이 너무나 많은데, 무엇부터 물어봐야 할지 알 수 없었다.

그녀의 마음을 짐작한 듯, 라울이 말했다.

"나는 죽었을 때, 과거를 봤습니다. 나는 라페인 데 오르데안. 당신의 첫째 오빠였어요."

클레어의 눈이 커졌다.

"저는 라시안이었어요, 클레어 님. 클레어 님의 동생."

델리가 웅얼거렸다.

"나는 누구였는지 확실하진 않지만, 분명 널 샬롯이라 불렀어. 아주 어린 널 봤지."

아란까지 그렇게 말하자, 클레어는 견딜 수 없는 듯 눈을 질끈 감았다. 수많은 의문과 감정이 클레어의 안에서 소용돌이쳤다. 클레어는 갑작스럽게 들은 오빠와 동생의 이름 때문에 조금 울고 싶어졌고, 조금 비명을 지르고 싶어졌다.

아아, 라펠 오라버니. 아아, 내 사랑하는 라시안.

"내가 체술의 훈련 방법을 알게 된 건, 라펠로서 살았기 때문입니다. 그가 훈련을 하고 혈귀와 싸우는 것을 쭉 함께했죠. 그리고…… 죽음까지."

클레어는 귀를 틀어막고 싶었다.

믿을 수 없었다. 함께했다니, 그들을 알다니. 1,200년도 더 지난 그때의 일을, 이들이 알고 있다니.

만약 이들의 착각이라면, 차라리 아무것도 듣고 싶지 않았다. 헛된 희망과 기대로 가슴을 채웠다가, 그것이 순식간에 사라지는 기분을 느끼고 싶지 않았다.

하지만 라울은 계속해서 말했다.

"우리는 이 부분에 대해 계속 얘기를 해봤습니다. 대체 우리에게 무슨 일이 생겼던 건지. 그리고 결론을 내렸죠."

"아무래도 우리는 환생을 한 게 아닐까요?"

이 말을 듣고 싶지 않았다.

환생.

클레어는 번쩍 눈을 뜨고 그들을 지그시 응시했다. 그녀의 얼굴을 채웠던 고통과 회한은 사라졌다. 클레어는 수많은 감정을 안에 감추고, 무표정하게 말했다.

"절대로 아니다."

확신에 찬 말투에 아란이 살짝 인상을 찌푸렸다.

"절대라니…… 세상에 절대는 없어."

"아니, 환생이라는 것은 절대 존재하지 않는다. 너희는 환생이 아니다. 그저 환각을 본 것이겠지."

"하, 하지만 환각 같은 게 아니었어요. 클레어 님, 전 기억해요. 샬롯 님의 손길과 애정 어린 눈빛. 전부요."

델리가 나섰다. 하지만 클레어는 고개를 저었다.

"아니, 아니다. 환생 같은 것이 아니다. 나도 혹시나 몰라 기대하고 희망했지만, 이 세상에 환생은 없단다. 절대로 아니니, 그런 말 하지 말아라. 아마도 그저 꿈을 꾼 것이겠지."

사실 라울과 아란, 델리는 이 이야기를 하면 클레어가 기뻐할 거라고 생각했다. 오래전 죽었던 가족이 환생해서 다시 그녀의 곁으로 돌아온 것 아닌가.

그랬기에 클레어의 매몰차다 싶을 정도의 반응이, 그들로선 이해가 되지 않았다. 게다가 클레어는 환생이 없다는 사실을 이상할 정도로 확신하고 있었다.

"왜 그렇게까지 확신하는 거지? 너 역시 죽어 본 적 없으면서."

아란이 낮은 어조로 물었다.

아란은 자신이 클레어에게 느끼는 이 감정을, 자신의 것이 아니라고 부정하고 싶었다. 클레어를 볼 때마다 애틋하고 저미는 감정, 그녀를 안아 주고 싶은 감정, 클레어와 레드가 함께 있을 때 느껴지는 미약한 불쾌감. 그것들이 전부 내 것이 아니다, 과거에 살았던 누군가의 감정일 뿐이다, 그렇게 생각하고 싶었다.

소중한 친구가 이미 마음에 품은 여인을 사랑하는, 질척거리는 삼류 로맨스 같은 일은 절대로 싫으니까.

클레어는 조금 공격적으로 질문하는 아란을 빤히 바라봤다.

"오래전에……."

그녀의 도톰한 입술이 망설이듯 천천히 움직였다.

"나도 그러한 희망을 품었단다. 하지만 그분이 내게 그러더구나. 아모른 님은 '환생'이라는 재미있는 시스템을 만들지 않았다고."

클레어의 설명은 오히려 의문만 불러일으켰다.

"그분이라니? 혈귀의 왕 말인가?"

"내가 그를 그분이라 부를 리 없잖느냐. 나의 그분은 켈트로디언. 은빛 호수의 주인을 말하는 거란다."

그 말에 반응을 보인 사람은 라울뿐이었다. 라울은 "앗!"하고 작게 탄성을 지르며 벌떡 일어났다. 아란과 델리가 놀라서 라울을 쳐다봤다.

"은빛 호수의 주인⋯⋯."

라울은 놀랍다는 듯 중얼거리다가, 일행의 시선을 깨닫고는 어색하게 웃으며 도로 자리에 앉았다.

"네가 그분을 어찌 아느냐?"

"전에 델리가 만든 탑에 들어갔다가 어딘가로 날려갔지 않습니까. 그때, 우린 스미론도에 갔었습니다. 그리고 그 은빛 호수의 주인이란 사람이 우릴 구해 줬죠."

"아아, 그분을 만났던 게냐?"

"네. 정말 아름다운 분이시던데⋯⋯ 그분이 우릴 다시 탑으로 보내 줬습니다. 게다가 그분은 델리에 대해서도 알고 있던 것 같던데요. 델리, 당신은 그분을 모릅니까?"

"네, 전 전혀 모르겠는데요. 혹시 제게 탑을 만들어 주신 마력사 님이실까요?"

"아니, 그분은 마력사가 아니란다."

클레어가 말했다.

"그럼 대체 누굽니까? 뭘 하는 사람이기에, 클레어 당신이 그토록 그 사람의 말을 믿는 거죠?"

라울은 켈트로디언의 기묘한 분위기를 기억해내려고 애쓰며 물었다. 그리고 클레어의 대답은, 그들을 무척이나 놀라게 만들었다.

"켈트로디언 님은 드래곤이란다. 실버 드래곤."

드래곤.

신의 사자.

불과 300여 년 전까지만 해도 드래곤은 3류 소설에나 나올 법한, 허무맹랑한 전설일 뿐이었다. 아모른 신앙 책자에만 간간이 등장할 뿐, 실제로 드래곤을 본 이는 아무도 없었기 때문이다. 그들이 어떤 능력을 가졌는지, 어떻게 생겼는지, 아무도 몰랐다.

하지만 '신의 사자'라는 것은 무척이나 매력적이었기에, 사람들은 드래곤이 있는지 없는지도 모르면서 그에 대해 여러 가지 추측과 공상을 해 왔다.

'드래곤이 있다.'고 판명된 것은, 300년 전 어느 마력사 집단의 보고 때문이었다. 스미론도 근처에 있던 마탑의 마력사들이 '드래곤을 목격했다. 신의 사자는 진짜로 존재한다.'라고 입을 모아 말했다.

스미론도의 결계를 관리하기 위해 결계 근처에 갔던 마력사들이 근처를 느릿하게 산책하는 은빛 드래곤을 보게 된 것이다. '어마어마하게 크고, 어마어마하게 아름다웠다.'라고 마력사들은 말했다.

그 이후로도 가끔씩 실버 드래곤이 모습을 나타냈고, 스미론도의 결계 주위에는 드래곤을 보고 싶어 하는 사람들로 가득 차게 되었다. 사람들은 미지의 존재였던 거대한 생물에 대해 두려움을 느꼈지만, 그것을 공격하고 무찔러야 한다는 생각은 하지 못했다. 드래곤을 마주한 모든 이들의 마음속엔 경건한 경외심만이 가득했기 때문이다.

"그렇게 크다면 한 나라를 멸망시킬 힘이 있을지도 모릅니다. 친선을 맺거나 제거해야 돼요!"

라고 주장했던 이들 역시, 드래곤의 모습을 볼 때는 그 어떤 다른 생각도 하지 못했다. 그들을 채운 것은 경외심뿐이었다. 그래서 사람들은 드래곤이 '신의 사자'라는 것을 믿게 되었다. 그만한 경외심을 불러일으킬 수 있는 존재라면, 신의 생물인 것이 당연하다는 게 그 이유였다.

하지만 어느 날 갑자기 드래곤이 모습을 감췄다. 300년 전의 그때 이후로 드래곤은 두 번 다시 모습을 드러내지 않았지만, 그래도 사람들은 드래곤을 믿게 되었다.

물론 모두가 믿는 것은 아니었다. 실제로 보지 못한 누군가는 환각을 본 거라고 했고, 마력사들의 수작이라고도 했으며, 스미론도에 들어가지 못하게 하기 위한 정부의 책략일 거라고도 했다. 그 때문에 300년이 흐른 지금은 드래곤에 대한 믿음이 많이 사라졌다.

그런 상황에서 클레어가 갑자기 '드래곤'이란 말을 꺼내니, 라울과 아란, 델리는 놀랄 수밖에 없었다. 드래곤이란 단어는 어째서인지 클레어와 어울리지 않는 느낌이 들었다.

"드래곤이라니……."

아란이 믿을 수 없다는 듯, 한 손으로 입을 가렸다.

"드래곤이 진짜로 존재했었단 말인가."

아란도 드래곤을 믿지 않는 사람들 중 한 명이었다.

"머, 멋져요. 드래곤과 아는 사이셨다니! 역시 클레어 님은 대단해요."

델리가 황홀하다는 듯 클레어를 바라봤다.

"그분이 드래곤이었단 말입니까? 그렇다면 그분을 둘러싸고 있던 기이한 분위기가 이해가 되는군요. 왠지 이 세상 사람 같지 않다는 느낌이었습니다."

라울이 고개를 끄덕거렸다.

클레어는 그들의 놀람이 가시기를 기다린 후 말했다.

"내 가족이 모두 죽은 후, 나는 루시드의 곁에 있었다. 그를 죽이기 위해 기회를 노렸지만, 그 어떤 방법으로도 그를 죽일 수 없다는 것을 깨달았지. 그래서 나는 한 가지 희망을 안고 그를 떠났단다. 혹시라도, 혹시라도 내 가족들이 환생해서 그 힘으로 루시드를 죽일 수 있을지도 모른다는 희망."

클레어는 그때를 떠올리듯 아련한 표정을 지었다.

"나는 걷고 또 걸었다. 대륙의 전부를 돌아다니며 환생한 내 가족들의 힘을 찾아낼 생각이었지. 그러다가 들어간 곳이 얼음의 땅, 스미론도란다."

그곳에서 켈트로디언을 만났다.

"그분은 모든 것을 알고 있었단다. 나를, 그리고 내 가족에게 벌어진 일들을. 처음에 나는 그분이 아모른 님인 줄 알았단다. 하지만 아니더구나."

그는 자신이 신의 사자인 드래곤이라고 했다. 그래서 모든 것을 알 수 있다고 말했다.

"나는 그분에게 오르데안 가문의 비서를 맡기면서 말했단다. 언젠가 내가 환생한 내 가족들을 찾아냈을 때, 이 비서를 가지러 오겠다고. 그때까지 지켜달라고."

이성을 잃고 기억을 잃게 될 것이 두려웠다. 인간의 피를 마시지 않는 고통에 미쳐서, 소중한 비서인 줄도 모르고 잃어버릴까 봐 걱정이 됐다. 그래서 그것을 켈트로디언에게 맡겼다.

"그때 그분께서 말씀해 주셨단다. 세상에 환생은 없다고. 무엇을 바라는지 알겠지만, 그런 일은 일어나지 않을 거라고. 그래도 언젠가 정혈귀가 많아지기 시작하면, 다시 한 번 아모른의 권능을 지닌 이들이 태어나게 될 거라고. 혹시라도 그것이 환생인가 싶어 괜한 희망을 품지 말라고."

"헛된 희망은, 아이야. 가슴에 생채기를 남길 뿐이란다."

"그렇게 말했단다."

"하지만……."

라울이 반박하려 했다. 그는 가장 오래 라펠과 함께 했고, 아주 많은 것들을 봤다. 이 때문에 그 모든 것이 환각일 뿐이라는 말을 믿을 수가 없었다.

"치유의 아이야. 신의 사자가 한 말이란다."

클레어는 그가 반박할 틈도 없이 말했다. 그녀 자신의 가슴에 헛된 희망을 불어넣을 기회를 주지 않았다.

"세상에 환생은 없단다. 너희가 본 것은 아마도 환각, 그 비슷한 것이겠지."

라울은 하고 싶은 말이 수없이 많았다.

환각이 아니라고, 그건 진짜였다고, 사랑스러운 당신과 잘생긴 카르제나와 딸 바보인 오르데안 공작을 실제로 보고, 느꼈다고. 당신의 아름다운 어머니, 장난스러운 오빠들, 귀엽고 점잖은 동생. 그들과 오랜 시간을 함께 지냈다고. 그래서 어느 순간 그들이 너무 익숙해져, 그들이 더는 없다는 사실에 이 가슴이 뜯기는 기분이라고. 내 가족을 잃은 듯, 내 사람들을 잃은 듯, 매일 밤 악몽에 시달리며 괴로워한다고. 그들의 죽음이 자꾸만 떠올라, 사실은 지금도 울고 싶다고.

하지만 말하지 않았다.

자신이 내뱉은 말들이 클레어의 안에서 어떠한 파동을 일으킬지 걱정스러웠기 때문이다.

"그래, 알겠다."

입을 꽉 다문 라울 대신, 아란이 말했다.

"네가 아니라면 아닌 거겠지. 그럼 우리의 기억 따윈 아무래도 좋아. 환각이어도 상관없고, 환생이어도 상관없어. 그러니까 클레어."

아란의 얼굴에 희미한 고통이 떠올랐다.

"그런 표정 짓지 마라."

클레어는 자신이 어떤 표정을 짓고 있는지 깨닫지 못하고 있었다. 그녀는 금방이라도 울음을 터뜨릴 듯 이를 악물고 있었다. 클레어는 아란의 말을 들은 후에야 자신이 감정을 너무 드러냈다는 것을 깨닫고는, 서둘러 표정을 지웠다. 아란이 깊은 한숨을 내쉬었다.

"괜한 이야기를 해서 네 마음만 술렁거리게 만들었군. 미안하다."

"괜찮다. 나도 치유의 아이가 갑자기 체술을 익힌 것이 궁금했으니까."

"설명이 됐나?"

"아니, 잘 모르겠구나. 너희가 왜 그런 환각을 본 건지."

"그건 켈트로디언을 직접 만나서 물어보면 되는 일이겠지. 어차피 비서를 가지러 가야하고, 또…… 신의 사자라면 혈귀의 왕을 죽이는 방법에 대해 알고 있을 테니까."

"그러게요. 클레어 님, 그분과 함께 있을 때 그 방법을 물어보지 않으신 거예요?"

델리가 고개를 갸우뚱하며 물었다.

"물어보았지. 허나 아직 아모른 님의 허락이 없었다고 말하더구나."

"허락이요? 잠시만요, 클레어."

라울이 어두운 표정으로 클레어를 돌아봤다. 그는 믿을 수 없다는 듯 물었다.

"인간이 혈귀를 죽이는 것이 허락이 필요한 일이란 말입니까? 그러니까…… 혈귀의 왕을 쉽게 처리할 방법이 있는데, 아모른 님이 그 방법을 알려 주는 걸 허락해 주지 않았다는 거죠?"

클레어는 대답하지 않았다.

그녀 자신도 아모른의 뜻을 도무지 알 수가 없었다. 샬롯이 아무리 애원해도 켈트로디언은 조용히 고개를 젓기만 했다. 아직은 때가 아니라고 말하면서.

그래서 샬롯은 한 때 아모른을 원망하고 저주했었다. 바로 지금의 이들처럼.

"그렇다면 진짜 몹쓸 신 아닙니까? 혈귀가 정확히 언제부터 존재했는지는 모르겠지만, 자기가 만든 인간들을 식량으로 삼고 있는데 모르는 척한단 말입니까?"

"아모른 님, 정말 이상하네요. 주제넘게 나서서 죄송하지만, 제가 멍청해서 그런 건지 정말 이해할 수가 없어요. 오르데안 가문에 권능이라는 힘을 주셨잖아요. 혈귀를 상대할 수 있는 힘. 하지만 혈귀의 왕이 오르데안 가문을 멸문시켰죠. 그런데도 혈귀의 왕을 없앨 방법을 안 알려 준다고요? 그거 너무 이상하지 않아요?"

델리는 혼란스러운 듯 고개를 가로저었다.

"악신이군요. 자기가 만든 피조물이 죽어 가는데 그걸 보고만 있다니. 이건 완전히 가지고 노는 거 아닙니까? 오르데안 가문은 우리보다 훨씬 수가 많고 강했습니다. 그런데도 당했죠. 결국 아모른의 권능은 그놈이 만들어 내는 것들만 죽일 수 있을 뿐, 그놈 자체는 없애지 못한다는 건데…… 영원히 이런 싸움을 계속해야 한단 말입니까?"

"아모른 님은 인간들이 괴로워하는 걸 보는 게 좋은 걸까요?"

분통을 터뜨리는 라울과 델리를, 클레어는 가만히 지켜봤다. 클레어는 걱정되었다. 그들의 대화 속에, 클레어가 아직은 밝히고 싶지 않은 내용이 담겨 있었다. 그들이 그것을 눈치챌 것이 두려워, 클레어는 그 어떤 이야기도 할 수 없었다.

"결국 이 전쟁을 잠깐 지켜본 후에, 바로 스미론도로 떠나는 수밖에 없겠군요. 켈트로디언 님을 만나서 지지고 볶든, 협박을 하든, 놈을 없앨 방법을 알아내야겠습니다."

"맞아요!"

다행히 그들은 대화 속의 진실에 도달하지 못했다. 클레어는 안도하며 여전히 접시 위에 놓여 있는 빵을 집어 들었다. 이미 식어서 조금 딱딱해졌지만, 클레어는 그것을 남김없이 먹어치웠다.

1,200여 년 전, 그 어린 날의 기억이 부드럽게 수면 위로 떠올랐다. 때로는 과할 정도로 샬롯을 귀여워해 주는 오빠들, 그게 괴롭힘으로만 느껴져서 토라지는 샬롯. 샬롯이 토라질 때마다 텔스와 카할은 갓 구운 빵에 버터를 듬뿍 발라 먹여 주었다. 볼이 잔뜩 부풀만큼 빵을 베어 물고 우물거리는 샬롯이 귀엽다며, 가끔은 꿀을 손가락에 찍어 샬롯의 볼에 묻히기도 했다.

클레어는 음식의 맛을 거의 느낄 수 없었지만, 그래도 지금 입 안에 가득한 빵의 맛만큼은 느낄 수 있었다. 그것은 아주 그립고 아련한 향기와 조금은 서글픈 맛을 지니고 있었다.

그들이 가게 밖으로 나와 레드와 유키가 있는 훈련장으로 돌아갈 때에, 아란은 가장 뒤에서 걸었다. 라울과 델리가 훈련장으로 들어가는 걸 확인한 아란은, 그 뒤를 따라 들어가려는 클레어의 손목을 붙잡았다. 클레어는 걸음을 멈추고 아란을 돌아봤다.

그의 신중한 눈동자가 클레어를 빤히 응시했다. 클레어는 조금 불안해졌고, 그래서 시선을 피했다. 아란은 클레어가 도망치지 못하게 하려는 듯 그녀의 손목을 세게 붙잡고, 조금 가라앉은 음성으로 물었다.

"혈귀의 왕을 죽이면, 너도 죽는다고 했지? 그게 확실한가?"

아란의 품에서, 클레어는 조금 전에 벌어진 일을 떠올렸다.

아란이 전에 했던 질문을 또다시 하는 이유를 알 수 없었다. 그러나 반응을 해 줘야 할 것 같아서, 그러할 것이라고 대답했다. 그러자 아란은 괴로운 듯 인상을 찌푸렸고, 아랫입술을 잘근 깨물었고, 한 손으로 얼굴을 살짝 가렸다. 클레어는 뭐라 할 말을 찾을 수가 없어서 아란과 비슷한 표정을 짓고 있었는데, 다음 순간 아란이 클레어를 끌어안았다.

클레어를 품 안에 가둔 그의 팔은 단단하고 강했다. 그는 절대로 그녀를 놓아줄 수 없다는 듯, 만약 클레어가 인간이었다면 조금 아플 정도로 그녀를 안고 있었다.

아란의 행동은 클레어를 당혹케 했다. 그의 심장이 조금 빨리 뛰고 있었는데, 그조차도 클레어는 당황스러웠다.

'어째서?'

어째서 아란이 레드나 할 법한 반응을 보이는 것일까?

"그날이 오면 내가 널 어떻게 보내야 하지?"

비통한 음성이 흘러나왔다. 아란은 클레어의 어깨를 잡고 그녀를 내려다봤다. 그의 눈동자를 보는 순간, 클레어는 심장이 쿵 내려앉았다.

"그날이 오면 네가 이 세상에서 사라진다는 것을, 어떻게 받아들여야 하지?"

저 눈빛을 기억한다.

"나는 그걸 견딜 수 없을 것 같은데."

요동치는 감정을 안으로 감춘, 그리하여 그 어떤 동요도 밖으로 드러내지 않으려는, 저 눈빛을 클레어는 똑똑히 기억하고 있었다.

"아……."

클레어는 작게 신음을 흘리며 손을 올렸다. 손이 아란의 뺨에 닿는 그 시간이 영겁의 세월처럼 길게 느껴졌다. 그의 따뜻하고 부드러운 볼을 감싸고, 클레어는 속삭였다.

"텔스민."

그녀가 부른 이름이 아란의 심장을 강하게 조였다. 아란은 숨을 멈추고 그녀를 내려다봤다.

"아아, 텔스민."

사랑하는 여동생이 정혈귀가 되었다는 걸 알았을 때, 자신이 더 이상 그녀를 지켜 줄 수 없으리라는 것을 깨달았을 때, 텔스는 지금의 아란과 똑같은 눈으로 샬롯을 응시했었다. 견뎌야 한다고, 인간의 피를 마셔서는 안 된다고, 텔스는 아란과 같은 눈빛으로 샬롯을 보며 말했다.

클레어는 하마터면 울음을 터뜨릴 뻔했다. 천 년이 넘는 시간을 그리워했던 눈빛이, 바로 눈앞에 있었기 때문이다. 마치 천 년 전으로 돌아간 것처럼, 클레어는 아무것도 생각하지 않고 그의 품에 안겨 울 뻔했다.

오빠, 오빠. 나 정말 힘들었어. 너무 고통스러웠어. 그래도 견뎠어. 인간의 피를 마시지 않으려고 노력했어. 나는 혈귀의 왕을 죽일 수 없었지만, 오빠. 그래도 버텼어. 열심히 버텼어. 아아, 오빠. 너무나 보고 싶어서, 너무나 그리워서, 나는 배고픔보다 그리움 때문에 죽을 뻔했어.

나는 오빠, 미치기도 하고 정신을 잃기도 했어. 기억을 잃고 과거를 잃고, 그렇게 영혼 없이 떠돌아다녔는데. 그런데도 그리움은 사라지지 않아서, 그래서 천 년이라는 시간 동안 이 멈춰 버린 심장이 계속 아팠어. 너무 아픈데 눈물도 나오지 않아서, 그래서 난 내가 인간이 아니라는 걸 실감해야 했어. 그렇게 살아왔어, 오빠. 아아, 텔스민.

그에게 매달려 지나온 긴 저주의 밤을, 그 영원과도 같은 밤을 이야기하고 싶었다.

하지만 클레어는, 그 어떤 행동도 하지 않고 한 발 뒤로 물러섰다.

"그건가, 내 과거는?"

정신을 차린 아란의 목소리 때문이었다.

"그래, 그래서였군. 레드를 향한 그 감정은."

아란은 이제야 깨달았다는 듯 영문 모를 소리를 중얼거렸지만, 클레어는 오히려 더 혼란스러워졌다.

환생은 없다. 아란이 아무리 텔스와 같은 눈빛을 하고 있어도, 그가 할 만한 행동을 보여도, 아란은 텔스가 아니다. 그저 아란일 뿐이다.

켈트로디언이 그녀에게 거짓말을 했을 리는 없었다. 켈트로디언은 신의 사자인 드래곤. 거짓말을 하지 않는 존재였다.

"나는……."

클레어는 자신의 목소리가 몹시 쉬어 있다는 걸 깨달았다.

"나는 모르겠구나."

그녀는 뒷걸음질을 쳤다.

"분명 환생은 없을진대 어째서……."

"클레어."

"너희들에게 왜 이런 일이 생기는 건지, 나는 도무지 모르겠구나."

클레어는 그 말만 남기고 휙 돌아서서 그대로 사라졌다.

아란은 그녀가 있었던 자리를 물끄러미 응시했다. 이제야 클레어와 레드를 향한 감정의 이유를 알았다. 늘 의문이었던 마음의 동요가 해결되었지만 조금도 유쾌하지 않았다.

'진짜로 클레어가 사라진다니.'

믿고 싶지 않았다.

그러나 그녀를 보내줘야만 한다는 것을, 아란은 알고 있었다. 아란이 보고 싶은 것은 '그저 존재하는 클레어'가 아니었다. 그는 '행복한 클레어'를 보고 싶었고, 영원한 밤의 저주가 끝나지 않는 이상 그녀가 행복해질 리 없다는 것을 알기에, 아란은 그녀를 잡을 수 없었다.

＊　　　＊　　　＊

에녹은 마음의 준비를 했다.

레드는 마하딘의 첫 번째 공격 대상이 라토우 왕국일 것 같다고 말했고, 에녹의 생각 또한 같았다.

노예상이 많은 라토우 왕국은 군인보다 용병이 더 많았다. 노예상을 지켜주는 대가로 받는 대가가 군인일 때 받는 것보다 두 배 넘게 많아서, 대부분은 군대에 몸을 담았다가 용병으로 직업을 바꿨다. 그럼에도 눈을 감아주는 이유는, 노예상이 국고를 채워 주기 때문이었다.

강한 군대가 없는, 돈만 많은 국가.

제국에 허락을 받을 만한 이유도 충분했다.

제국에서 금지한 노예 거래를 공공연하게 진행하고 있습니다. 아모른의 이름으로 어쩌고저쩌고, 나불나불.

마하딘은 그러한 이유로 이번 전쟁의 당위성을 포장했을 것이다.

에녹이 놀라웠던 것은, 레드가 그러한 정세를 제대로 파악하고 있다는 사실이었다. 아무 생각 없이 화만 낼 줄 아는 남자라고 생각했는데, 레드는 늘 예리한 판단으로 에녹을 놀라게 했다.

자신 같은 유약한 남자보다 레드가 왕의 자리에 더 어울리지 않을까, 라는 생각마저 들 정도였다.

"잔느."

에녹은 거울 앞에 서서 자신의 모습을 응시했다.

에녹은 아주 오랜만에 질 좋은 옷을 입고 있었다. 왕실의 행사가 있을 때만 입는 흰색 제복. 왕실에서 도망칠 때 가지고 나오지 못했기 때문에, 타니하르가 사람을 시켜 비슷하게 만들어 주었다.

"어때? 왕자 같아?"

에녹의 질문에 잔느가 살짝 고개를 숙였다.

"네. 무엇을 입으시든 왕자 같으셨습니다."

에녹이 작게 웃었다.

"넌 정말 나한테 너무 후해."

"괜찮으시겠습니까?"

잔느가 걱정스러운 듯 물었다.

"괜찮지 않더라도 해야 하는 일이잖아."

잔느는 아랫입술을 살짝 깨물고, 다시 고개를 숙였다.

똑똑.

"응, 들어와."

문이 열리고 테드와 레드가 함께 들어왔다. 레드는 근사하게 차려입은 에녹을 보며 씩 웃었다.

"그렇게 입으니까 그럴싸한데?"

"그래? 왕자 같아?"

"뭐, 있는 집 자식으로는 보이네."

레드는 가차 없는 평가를 내리며, 단검을 뽑아 날아드는 잔느의 검을 막았다. 이제 레드와 잔느에게는 검을 주고받는 것이 인사가 되었다.

"말조심해라, 레드."

"검 조심해서, 까만 여자."

늘 있는 일이기에, 테드와 에녹은 본 척도 하지 않고 이야기에 들어갔다.

"에녹 님. 말을 준비해 뒀습니다. 그리고 이거, 통신용 마력석입니다. 무슨 일이 생기면 바로 연락하십시오."

"응, 남작. 고마워."

에녹은 마력석을 받아 들고 싱긋 웃었다.

"왕자. 각오는 된 거냐?"

레드가 퉁명스럽게 물었다.

"응. 무슨 일이 생기면 잔느가 지켜줄 테니, 목숨은 건질 수 있겠지."

"그래. 그 자세가 중요해."

레드는 에녹에게 다가가 그를 마주 보고 섰다.

"마하딘을 죽이고 이 전쟁에서 이기면, 그때부터 네 전쟁이 시작되는 거야. 네가 혈귀의 존재를 공표하는 순간, 모든 나라가 너에게서 돌아설 거다."

"응."

"어쩌면 교국조차 등을 돌릴지도 몰라. 그러니까 적어도 이 나라 귀족들의 마음만큼은 네게 묶어 둬야 돼. 그 어떤 일이 있어도 널 위해 싸울 수 있도록. 협박을 하든, 인질을 잡든, 그건 네가 알아서 하고."

"응."

"왕자. 넌 정혈귀를 알아볼 수 있으니, 네가 만난 놈이 정혈귀다 싶으면 바로 도망쳐."

"응."

"만약 이 전쟁에서 마하딘이 이긴다면, 그때도 도망쳐. 네가 우리를 만나기 전에 가려고 했던 거기로 몸을 피해."

"응."

"테드의 재력이 귀족들의 마음을 사는 데 도움이 될 거야. 테드를 잘 부탁해.”

“레드!”

그런 소리는 듣지 못했던 테드가 자신도 모르게 언성을 높였다. 레드는 에녹을 응시한 채로 말했다.

“우리는 멀고 위험한 길을 떠날 건데, 테드는 전투 능력이 약해서 데리고 갈 수가 없어. 은행에 돈을 열심히 넣어 두라고 해. 그래야 우리가 편한 여행길을 즐길 수 있으니까.”

“이봐, 레드.”

테드가 다급히 다가섰지만 레드는 돌아보지 않고 말을 이었다.

“테드는 나에게 정말 소중한 동료야. 그날, 테드의 가족들이 모두 당했던 그날. 테드가 우리와 함께하자는 제안을 받아주지 않았다면, 우리는 예전에 아혈귀와 싸우다가 죽었을 거야. 테드가 우리에게 자금을 대주고 무기를 사 줘서, 그나마 지금까지 버틸 수 있었어.”

“레드, 나는 절대로······.”

“그러니까 에녹. 테드를 잘 부탁해. 테드는 가족을 잃은 후에 왜 사는 건지 모르겠다고 했지만, 우리한테 테드는 정말 소중한 존재거든. 언젠가 테드가 울적해하거나 스스로 죽으려고 하면 꼭 말해 줘. 네가 있기에 붉은 사자 일행이 아직 살아 있는 거라고.”

“레드······.”

“그래, 레오나드. 반드시 얘기해 줄게.”

눈시울을 붉힌 테드를 대신해, 에녹이 말했다.

"그럼 셋 다, 죽지 마라. 우리도 안 죽을게."

레드가 돌아섰다. 아주 잠깐, 레드와 테드의 시선이 마주쳤다. 레드는 쓰게 웃으며 테드의 어깨를 툭 치고는 방을 나갔다.

레드의 마음을 잘 알기에, 테드는 그를 잡지 못했다. 아무 말도 하지 못했다.

쓸모없기에 테드를 두고 가는 것이 아니다. 죽을지도 모르는 길이기에, 테드만큼은 무사하라고 두고 가는 것이다.

하지만 테드는 묻고 싶었다.

'내 아내도, 딸도 없고, 만약 자네들까지 죽게 된다면…… 도대체 내 삶의 이유는 뭐란 말인가?'

*   *   *

후텁지근한 바람이 불어왔다. 피탄 제국은 고르돈 왕국보다 북쪽에 있었다. 남쪽으로 내려갈수록 높아지는 기온이 고스란히 느껴져서, 모히틀은 조금 숨이 막혔다. 대륙에서 가장 가볍고 가장 강도가 높은 실버로이로 만든 갑옷은, 떨어지는 뜨거운 햇살을 고스란히 받아들였다. 갑옷 안은 생고기를 집어넣으면 바싹 익을 정도로 후끈거렸다.

"모히틀."

앞서 가던 라탄이 말을 멈췄다. 모히틀은 그의 옆으로 다가가 말을 세웠다.

"무슨 일입니까?"

"날이 많이 더운데 괜찮으십니까? 그 투구라도 벗으시지요. 공격해올 무리도 없는 것 같은데."

라탄이 미소 띤 얼굴로 말했다. 모히틀은 그를 빤히 응시하다가 퉁명스럽게 대답했다.

"괜찮습니다."

"그러다가 쓰러지실까 봐 그렇습니다. 열사병이라는 게 무서운 거니까요."

"그런 일로 쓰러지진 않습니다. 서둘러야 한다고 하지 않았습니까?"

"그렇긴 하지만…… 언제든 힘들면 말하세요."

라탄은 다시 말을 몰기 시작했고, 모히틀은 그의 뒤를 따랐다. 바람이 불 때마다 라탄의 흑단 같은 머리카락이 부드럽게 흔들렸다. 어느 날 불쑥 나타나 황제의 신임을 얻은 라탄에게는, 설명하기 힘든 기이한 분위기가 있었다.

라탄의 책략 덕분에 가끔 침범하는 몬스터나 야만족을 쉽게 물리칠 수 있었던 것은 사실이다. 그가 황제의 책사가 된 후, 크고 작은 전투에서 사망자 수가 훨씬 적어졌다. 그는 수도를 더욱 화려하고 편리하게 정비했고, 특이하지만 효과가 좋은 훈련법으로 군사와 기사들을 훈련시켰다.

하지만 모히틀은 도무지 그에게 정을 줄 수가 없었다. 그를 향한 황제의 무한한 신뢰와 애정이 이상하게 느껴질 정도였다.

처음에는 황제의 신뢰를 빼앗긴 것에 대한 질투인가 싶었는데, 그렇진 않았다. 황제는 라탄에게 신하를 향한 신뢰뿐이 아닌 비틀린 애정을 주고 있었다. 황제는 아름답고 유혹적인 여인을 응시할 때의 시선을 라탄에게 보냈다.

모히틀은 황제에게 그런 용도로 취급받고 싶지 않았기에, 그 부분에 대해서는 라탄이 조금 안쓰럽다는 생각까지 들었다.

'기분 나쁜 남자야.'

라탄은 황제를 홀릴 정도로 아름다운 외모를 가지고 있었지만, 모히틀은 그를 볼 때마다 기분이 나빠졌다. 언젠가 그와 마주 보고 서서 대화를 나눈 적이 있었는데, 나중에 그와 헤어진 후에야 자신의 팔뚝에 소름이 돋아 있다는 것을 깨닫고는 오싹했었다.

하지만 라탄을 보며 그런 생각을 하는 사람은 모히틀 뿐이었다. 제국의 모두가 라탄을 사랑했다. 평민들마저 라탄의 이름을 칭송했다. 황제만 모를 뿐, 라탄은 제국 내에서 황제보다 더한 인기를 얻고 있었다.

강철의 기사단 단장인 비홀은 까다로운 남자였는데, 그조차도 라탄을 신임했다. 언젠가 모히틀이 "기분 나쁘지 않아?"라고 말해 보았지만, 비홀은 전혀 모르겠다는 표정을 지을 뿐이었다.

라탄을 볼 때마다 모히틀은 고립된 기분을 느꼈다. 어느 누구도 라탄을 향한 모히틀의 마음을 이해하지 못했다.

'내가 이상한 건가?'

하여간 이번 여행은 마음에 들지 않았다. 남의 나라 전쟁을 구경하러 가다니. 말이야 견문을 넓히네, 어쩌네 하지만 결국은 남의 집 불구경하듯 구경하겠다는 심산이다.

이번에 고르돈 왕국이 라토우 왕국을 치려고 하는 이유 또한 미심쩍은 구석이 많았다. 제국이 강해진 후, 대륙은 평화 시대였다. 아모른을 믿지 않는 야만족들의 침략을 빼고는, 싸울 일도 없이 조용히 흘러왔다. 그런데 단지 노에 거래를 한다는 이유로 전쟁을 일으키다니.

아모른의 분노가 두려웠다면, 훨씬 전에 일으켰어야 할 전쟁이다. 지금껏 조용히 있다가 갑자기 분개해서 일어서는 이유를, 모히틀은 아무리 생각해도 알 수 없었다.

아무래도 수상쩍다.

전쟁도, 대륙의 흐름도, 그리고 앞서 가는 저 남자도.

"모히틀."

라탄이 다시 말을 세우는 바람에, 모히틀은 자신의 마음이 읽힌 건가 싶어 깜짝 놀랐다. 하지만 라탄은 미소 띤 얼굴로 모히틀을 돌아보며 말했다.

"조금 달릴까요? 오늘은 밤이 되기 전에 마을에 들어가고 싶네요. 노숙은 좀 힘들잖습니까."

"그럽시다."

모히틀의 대답에 라탄이 빠르게 말을 몰기 시작했다. 그의 뒤를 따라가며, 모히틀은 생각했다.

'이런 걸 보면 험한 일 한 번 안 해본 애송이인데, 왜 자꾸 소름이 돋는 거지?'

루시드는 조용히 모히틀을 내려다봤다. 모히틀은 자는 순간에도 무장을 하고 있었다. 투구를 쓴 채로 자면 불편하지 않을까 싶은데, 모히틀은 잘도 자고 있었다.

"어쩔까, 모히틀."

모히틀이 자신을 의심한다는 걸, 루시드는 알고 있었다. 그래도 딱히 부딪칠 일이 없기에 모르는 척해 왔다. 하지만 지금은 함께 여행길에 올랐다. 모히틀이 계속 의심을 하고 경계하면 귀찮아진다.

"이참에 자네도 정혈귀로 만들어 두는 게 좋을 것 같긴 한데…… 자네가 마검사라는 게 문제야."

마력을 다룰 줄 아는 인간을 정혈귀로 만들기 위해서는, 평범한 인간보다 더 많은 피를 먹여야 했다. 자연 속에 존재하는 마력은 조금 변형된 아모른의 축복이었다. 성력처럼 강하진 않지만, 아주 약간 남아 있는 그 축복 때문인지 마력사들은 쉽게 정혈귀로 변하질 않았다.

정혈귀의 피를 먹이는 순간, 인간은 죽음과 삶의 경계에 들어서게 된다. 정혈귀의 피를 충분히 먹일 경우엔 다시 되살아나지만, 그렇지 않으면 죽지도 살지도 못한 상태로 영면에 들어간다. 썩지 않는 시체가 되는 것이다.

"마검사도 마력사랑 비슷할 테니, 피가 많이 필요하겠지. 그런데 피를 너무 빼면, 아무리 나라도 좀 힘이 들어서……."

루시드는 검지의 손톱을 길게 빼냈다가 도로 집어넣었다.

"힘이 들면 샬롯을 만나러 가는 길이 너무 늦어지겠지. 그러니까 자네를 내 아래에 두는 건 조금 미뤄야겠군."

루시드는 휙 돌아서서 들어올 때처럼 조용히 방을 나갔다. 그가 나간 후, 한참이 지나서야 모히틀이 눈을 번쩍 떴다.

'뭔 소리야?'

모히틀은 깨어 있었다. 투구가 불편해서 도통 잠이 오지 않아 뒤척이는데, 기척도 없이 나타난 라탄이 침대 옆에 서는 바람에 소스라치게 놀라서 자는 척을 했던 것이다.

모히틀 본인은 몰랐지만, 그는 어떤 일에도 큰 반응을 하지 않는 강인한 심장 덕분에 위기를 넘겼다. 만약 모히틀의 심장 박동이 달라진 것을 루시드가 알았다면, 모히틀은 그 자리에서 정혈귀가 되거나, 혹은 아혈귀가 되었을 것이다.

'정혈귀라니…… 혈귀를 말하는 건가? 하지만…… 왜 피를 준다는 거지? 혈귀는 피를 빨아 마신다고 알려져 있는데.'

모히틀은 그가 한 이야기 중 반도 알아들을 수가 없었다. 하지만 한 가지는 분명했다.

'라탄, 그놈은 역시 위험한 작자였어. 평범한 인간이 아니야.'

모히틀은 선택해야 했다. 라탄과 계속 동행할 것인지, 아니면 제국으로 돌아가 라탄의 정체를 밝힐 것인지.

'하지만 정체를 알 수가 없군.'

혈귀가 아닌 것은 분명했다. 그는 햇빛이 쨍쨍한 하늘 아래를 잘도 걸어 다녔다.

'그렇다면 정체를 알아내고 증거를 잡는 게 우선이겠지.'

그래서 모히틀은 라탄과 계속 동행하기로 결정했다. 어떻게든 라탄의 정체를 알아내야만 했다. 그와 마주할 때마다 느끼는 오싹함의 정체도.

그리고 결전의 날이 도래했다.

15장
이어지는 밤

술집에는 타니하르와 앤디, 댄, 그리고 레드 일행이 모여 있었다. 〈어둠의 거리〉는 아무 일 없는 듯 활발하게 운영 중이었지만, 가장 깊은 곳에 위치한 작은 술집인 이곳은 문을 닫았다. 특징이 없어서 손님도 적었던 가게라, 문을 닫은 것이 그리 눈에 띄지 않는 곳이었다.

그들은 단체 손님용인 커다란 테이블에 고르돈 왕국의 지도를 펼쳐 놓고 모여 있었다. 레드가 긴 손가락으로 어느 한 지점을 짚었다.

하오덴 평원.

라토우 왕국으로 가는 길목에 있는 넓은 평원이었다.

"놈들은 여길 지나갈 거다."

레드가 심각하게 말했다.

"당연한 사실을 그렇게 진지하게 말하면 멋져 보일 것 같습니까?"

라울이 비아냥거렸다. 레드는 콧등에 주름을 잡고 으르렁거린 후, 다시 이야기로 돌아갔다.

"싸울 거라면 군대가 라토우에 닿기 전에 싸워야 돼. 안 그러면 놈들은 라토우의 병사들도 아혈귀로 만들기 시작할 거고, 아혈귀 병사의 수는 점점 늘어날 거야. 그때가 되면 손 쓸 수가 없어지겠지."

"지금은 손 쓸 수 있다고 생각하나?"

타니하르의 질문에 레드가 씩 웃었다.

"몰라. 하지만 놈들도 무한대로 피를 빨아대는 건 아냐. 클레어 얘기로는 너무 많이 마시는 것도 안 좋아서 적당량만 마셔야 한다고 했거든. 그러니까 고르돈 왕국의 아혈귀 수가 넘치도록 많진 않을 거야. 게다가 놈들이 고르돈 왕국 전역의 아혈귀를 모으진 못했을 거 아냐."

"그래도 우리 쪽보다는 수가 많겠지?"

"응. 그러니까 한 사람 당 대여섯 마리를 처리할 각오로 임해."

"말이 쉽지, 그 빠른 놈들을 어떻게 상대해? 한 놈이나 상대할 수 있으면 다행이지. 안 그래요, 대장?"

댄이 구시렁거렸다.

부하의 약한 소리를 듣는 걸 싫어하는(특히 댄에게는 가혹한) 타니하르지만, 이번만큼은 맞는 말이었기에 묵묵히 지도를 노려보기만 했다.

"우리가 도울 수 있으면 돕겠지만, 우린 정혈귀를 상대해야 돼."

마하딘의 계획에 동참하는 정혈귀가 몇 명인지 전혀 모르는 상태였다. 레드 일행은 체술을 사용해 정혈귀를 상대해 보지 못했기 때문에, 그 기술로 몇 마리의 정혈귀를 처리할 수 있을지 가늠할 수 없었다. 그저 정혈귀가 많지 않기를 바랄 뿐이었다.

"만약 우리가 정혈귀를 생각보다 빨리 처리한다면 그땐 너희를 도울게. 하지만 만약 정혈귀의 수가 너무 많고, 도무지 상대할 수 없다고 생각되면……."

"주저하지 말고 가, 레드 공. 자네들이 가야 할 길로."

말끝을 흐리는 레드 대신 타니하르가 단호하게 말했다. 레드는 입술이 얇아질 정도로 입을 꾹 다물고 고개를 끄덕였다.

"성수는 마련했나요?"

라울의 질문이 무거운 침묵을 깨뜨렸다.

"이 근처 신전을 다 돌아다니면서 모았는데, 열 통 정도밖에 안 돼. 게다가 쓸모가 있을지 모르겠구먼. 헤론, 그놈이 아혈귀의 약점을 없애버렸으니."

"그러게요. 그래도 혹시 모르잖아요. 햇빛은 괜찮아도 성수에는 약할 수도 있으니까."

"그러면 다행이겠지만."

타니하르는 광기 어린 헤론의 눈을 떠올렸다. 헤론은 미치광이였지만, 그래도 실력만큼은 확실했다. 그가 만든 약은 한 번 잘렸던 타니하르의 다리를 흉터 하나 없이 이어 붙였고, 여자로 만들기까지 했다.

인정하기 싫지만, 놈은 대륙에 몇 안 되는 천재였다.

"나 좀 불안해졌어."

라고 유키가 말했다.

"이제 와서 뭐가?"

"있잖아. 성수랑 햇빛은 아모른 님의 축복이라서 혈귀가 거기에 약한 거잖아. 근데 그 약점이 사라졌으면, 우리 힘도 안 통하는 거 아냐? 우리가 가진 권능도 결국은 아모른 님의 축복에서 비롯된 거니까."

유키는 아무도 생각하지 못했던 일을 지적했다. 당황한 일행을 조용히 지켜보던 클레어가 확인 사살을 했다.

"그래, 그렇겠구나."

"아니, 아니. 잠깐. 어차피 그 빌어먹을 체질 개선은 아혈귀들만 한 거잖아. 정혈귀는 원래 햇빛과 성수에 강했으니까 굳이 그 짓을 하진 않았겠지."

레드의 말에 클레어가 고개를 끄덕거렸다.

"그래, 그 말도 맞다."

"클레어……."

"아혈귀가 정혈귀와 같은 몸이 되었을 뿐이다. 놈들의 머리를 베어 그곳을 권능이나 성수로 지지거나, 놈들의 심장에 권능을 박아 넣으면 놈들은 죽을 게다. 아니면 놈들의 심장을 통째로 뜯어내, 그것을 성수에 담그는 방법도 있겠구나."

대수롭지 않다는 듯 말하는 클레어를, 일행은 황당하다는 표정으로 쳐다봤다. 애초에 심장을 뜯어내거나 목을 잘라 버리는 것부터가 힘든 일이라는 걸, 클레어는 정말 모르는 걸까?

'이상해.'

라고 레드는 생각했다.

최근의 클레어는 무언가 이상했다. 그녀는 혈귀와 관련된 일에 늘 안쓰러울 정도로 무거운 반응을 보이곤 했다. 혈귀의 이야기를 꺼낼 때마다, 그녀가 혼자 살아온 긴 세월의 고통이 고스란히 느껴질 정도였다.

그러나 이번 전쟁에 대해, 클레어는 이제까지와 다른 반응을 보였다. 레드 일행에게는 생사의 갈림길이 될 이 전쟁을, 클레어는 심각하게 생각하지 않는 것 같았다.

'마하딘이 혈귀의 왕이 아니라서 한 발 떨어져 있기로 한 건가?'

그렇게 생각하면 이해가 된다. 클레어의 목적은 하나. 혈귀의 왕을 죽이는 것. 그녀는 이 전쟁을, 혈귀의 왕인 루시드를 만나러 가는 도중에 만난, 하나의 사소한 사건일 뿐이라고 생각하는지도 몰랐다.

"아무튼 우리가 먼저 하오덴 평원에 도착해야겠군. 오늘 밤 바로 출발해야겠어."

타니하르가 말했다.

며칠 전, 마하딘은 라토우 왕국과의 전쟁을 선포했다. 국민들은 술렁거렸고 나라가 뒤숭숭해졌다.

하지만 정복을 하는 입장이라고 생각해서인지, 라토우 왕국을 얕봐서인지, 아니면 너무 오랜 기간 지속된 평화에 물들어 전쟁의 심각함을 몰라서인지, 금방 원래의 상태로 돌아왔다. 환락가인 어둠의 거리가 조용했던 것은 단 2, 3일 뿐. 그 이후에는 평소와 다름없이 운영되었다.

긴장한 것은 혈귀의 진실을 아는 자들뿐이었다.

"하오덴 평원까지 4, 5일 정도 걸리잖아요. 놈들이 군대를 움직이겠다고 한 건 일주일 후인데, 너무 이르지 않을까요?"

댄의 말에 타니하르가 피식 웃었다.

"인간의 군대가 아니잖아, 이 멍청한 놈아. 아혈귀의 군대라고. 놈들은 쉬지도 않고 달려올 거고, 아마 하루면 하오덴 평원에 도착할 거다."

"그렇게 빠릅니까?"

아혈귀를 본 적이 없는 얀디가 걱정스럽게 물었다.

"네가 뭘 생각하든 그 이상으로 강한 놈들이다. 나는 아혈귀 한 놈 상대하는 것도 벅차. 그런데 거기에 정혈귀들까지 있으니……"

우는 소리를 잘 하지 않는 타니하르의 한탄 섞인 말에, 댄의 표정이 어두워졌다. 댄은 테이블을 노려보다가 중얼거렸다.

"이럴 줄 알았으면 여자나 실컷 만나둘걸. 괜히 순결을 지켰네."

픽!

"왜 때려요, 대장! 난 내 순결을 나의 아내가 될 여자에게 바치고 싶었다고요! 대장처럼 아무 여자나 다 만지고 돌아다니지 않았단 말입니다! 이렇게 죽을 줄 알았으면 대장처럼 살 걸 그랬어요! 대장처럼 가볍게 살 걸 그랬다고……."

퍼억!

"이 자식아! 그런 놈이 내 가슴 보고 침을 질질 흘려?"

"아, 그거야 대장이랑 다르게 여자 가슴에 대한 면역이 없으니까 그랬죠! 대장처럼 허구한 날 여자 가슴 만지고 다녔으면, 대장 가슴 따위에 침을 흘리지도 않았을 겁니다! 나에게 그 가슴은 너무 자극적……."

퍽! 퍽! 퍽!

조금 심하다 싶을 정도로 팼지만, 아무도 타니하르를 말리지 않았다. 이 상황에서 여자 가슴 타령을 하는 댄 때문에, 다들 할 말을 잃었기 때문이었다.

"후…… 후후후후후……."

갑자기 델리가 웃기 시작했다.

"왜 웃어, 델리?"

유키가 눈을 동그랗게 뜨고 물었다. 델리는 한 손으로 입을 가리고 쿡쿡 웃으며 말했다.

"그냥요. 이 상황이 너무 웃겨서요. 우리는 어쩌면 죽으러 가는 길일지도 모르는데, 그래도 저렇게 평범함이 존재하잖아요. 그렇게 생각하니까 문득 모든 게 너무 쉽게 느껴져서요."

"저게 평범하다고? 가슴 타령을 해 대는데?"

그렇게 말하는 유키도 결국은 웃고 말았다.

사정없이 맞는 댄을 보며 일행은 조금 웃었고, 분위기가 부드러워졌다. 웃음을 그친 후, 그들은 어떤 위치에 어떻게 있을지 정하고 이야기를 마무리 지었다. 타니하르는 부하들을 데리고 용병들이 기다리는 곳으로 향했고, 레드 일행은 떠날 준비를 하기 위해 숙소로 걸어갔다.

클레어는 방에 들어가자마자 잔느가 사다 준 분홍색 드레스를 벗었다. 몸에 달라붙는 드레스는 아름답지만, 싸울 때는 불편했기 때문이다.

알몸으로 옷장을 뒤지던 클레어는 문득 거울에 비친 자신의 모습을 보고는 움직임을 멈췄다. 티끌 하나 없는 우윳빛 피부, 부드러운 굴곡이 진 아름다운 몸매, 쭉 뻗은 긴 다리. 무엇 하나 부러울 것 없는 몸을 가진 사람답지 않게, 클레어의 얼굴은 일그러져 있었다.

그때와 같은 몸이다.

젠과 약혼식을 했던 날과 같은 몸. 천 년이나 지났는데도 전혀 변하지 않은 몸.

그날이 생생하게 기억났다.

그때도 클레어는 알몸으로 거울 앞에 서 있었다. 다만 표정은 달랐다. 젠과의 미래를 상상하는 그녀의 볼은 발갛게 상기되어 있었고, 두 눈은 행복으로 초롱초롱 빛났다. 입가에 묻은 옅은 미소는 사라질 생각을 하지 않아서, 조금 바보 같아 보일 정도였다.

그러나 지금은 어떠한가. 저 거울에 비치는 얼굴은 얼마나 어둡고 고통스러운가. 음침하게 가라앉은 눈동자와 굳어 버린 입매를 보는 것이 즐겁지 않았다.

"참으로 형편없는 모양새를 하고 있구나, 클레어."

클레어는 표정 없이 중얼거리며 거울을 향해 손을 뻗었다.

똑똑.

그때, 노크 소리가 들렸고 클레어가 대답하기도 전에 문이 열렸다.

벌컥.

문을 연 사람은 레드였다.

"클레어. 생각해 봤⋯⋯⋯."

아무 생각 없이 들어오던 레드는, 눈앞에 펼쳐진 장관에 얼어붙고 말았다. 클레어는 부끄러움도 없이 돌아서서 레드를 물끄러미 응시했다. 마치 옷을 입고 있다는 듯한 클레어의 행동에, 레드는 더더욱 얼어붙었다.

그는 숨조차 쉬지 못하고 클레어를 바라봤다. 진주처럼 빛나는 새하얀 어깨 위에 늘어진 검붉은 머리카락이 무척이나 선정적이었다.

'뭐지?'

라고 레드는 생각했다.

'내가 뭘 보고 있는 거지?'

머리가 돌아가지 않았다.

'내 눈앞에 저…… 새하얗고 아름다운 건 도대체 뭐지?'

레드는 패닉에 빠졌다.

"아이야. 왜 말이 없느냐?"

클레어의 음성에, 아주 조금 정신을 차렸다. 하지만 아직 움직일 수 있을 정도는 아니었다.

왜일까?

왜 클레어는 발가벗고 있으면서도 저렇게 담담한 걸까?

'혹시 내가 환각을 보고 있는 건가? 클레어는 옷을 입고 있는데, 내가 착각하고 있는 건가?'

그렇게 생각될 정도로 클레어는 평온했다. 그녀는 평소처럼 허리를 꼿꼿이 세우고 두 손을 앞으로 모아 쥐고 있었다.

'아니, 환각일 리가 없잖아! 실제라고!'

그제야 레드는 마력에서 풀려난 듯 몸을 움직일 수가 있었다. 그는 휙 돌아서서 외쳤다.

"왜!"

"왜라니? 네가 내 방에 들어온 것 아니냐?"

"아니, 대체 왜! 왜 그렇게 발가벗고 있으면서 당당한 거야? 왜!"

"그리 대단할 것도 없는 정혈귀의 몸뚱이 아니냐. 인간 여인의 알몸도 아닌데, 네가 그리 당황할 필요는 없다."

"말이 심하다, 너! 내가 사랑하는 여자의 알몸에 대해서 그렇게 쉽게 말하지 마! 나는 그 몸이……."

버럭 외치며 돌아섰던 레드는, 클레어가 아직 벗고 있음을 깨닫고 다시 등을 돌렸다.

"나는 그 몸이 최고라고! 최고의 알몸! 완벽한 여성의 몸! 어마어마하게 아름다운 몸!"

레드는 자기가 무슨 소리를 지껄이는지도 모르는 채 주절주절 떠들었다. 그래서 클레어는, 그만 웃고 말았다.

'아아, 그러한가? 천 년 동안 아무 변화도 없는 이 괴물 같은 몸뚱이도, 네게는 그렇게 보이는 게냐?'

"아무튼 그러니까 얼른 옷 입어, 클레어. 그리고 두 번 다시 남들 앞에서 발가벗지 마. 특히 다른 놈들 앞에서는 절대로 네 몸을 보이지 마. 알겠냐?"

"그래, 알겠다."

"그럼 나가 있을게. 다 입으면 불러."

레드는 황급히 나가 문을 닫았다.

고개를 돌린 클레어는, 거울 안에서 미소 짓고 있는 자신의 모습을 발견했다. 천여 년 전, 젠과의 약혼식 때와는 다르지만, 그래도 행복이 묻어 나오는 미소였다.

클레어는 거울을 향해 손을 뻗었다. 가느다란 손가락이 거울 속에 있는 자그마한 얼굴을 덮었다.

"큰일이구나, 불꽃의 아이야."

클레어는 레드에게 들리지 않을 만큼 작은 목소리로 속삭였다.

"너 때문에 이 삶에 미련이 생기려 하는구나. 너를 두고, 내가 떠날 수 있을지 모르겠다."

레드는 마른침을 꼴깍꼴깍 삼켰다.

클레어의 알몸을 앞에 뒀을 때는 현실감이 없는데다가, 너무 당황해서 제대로 사고할 틈이 없었다. 하지만 밖으로 나와서 조금 진정하고 나니……

'아니, 지금도 생각이란 걸 못하겠어!'

여전히 클레어의 알몸이 아른거렸다.

얼어붙어 있었지만 볼 건 다 봤다. 우유 속에 들어갔다가 나온 듯 흰 피부와 잡티 하나 없는 고운 살결, 가로로 뻗은 쇄골과 그 아래에 자리 잡은 풍만한 가슴, 그리고……

'아니, 아니, 아니! 레오나드, 이제 그만! 그만 생각해!'

하지만 생각을 멈출 수가 없었다.

클레어는 정혈귀의 몸뚱이라 했지만, 레드에게 클레어는 사랑하는 '여자'일 뿐이었다. 사랑을 하면 육체적인 접촉을 하고 싶어지는 게 당연하고, 레드 또한 그랬다. 끊임없이 포옹하고 키스하고 싶었다. 그녀와 단둘이 있을 때마다 그러한 욕망이 이성을 밀치고 앞으로 나오려 했지만, 간신히 억눌러 왔을 뿐이었다.

그런데 가장 자극적인 것을 보고 말았다. 심지어 그녀의 몸은 아름답기까지 했다. 대륙 그 어느 것이 그녀보다 아름다울까? 그 무엇이 그녀의 살결보다 희고 고울까?

눈을 감아도 떠도 자꾸만 아른거리는 모습에, 레드는 두 손으로 눈을 가렸다.

"미치겠군."

"아직 미치면 안 된단다, 아이야."

뒤에서 들려온 목소리에, 레드는 소스라치게 놀라 돌아섰다. 클레어는 발목이 살짝 보이는 풍성한 연회색 드레스를 입고 있었다. 잔느의 말로는, 발목을 드러내는 게 최신 유행이라고 했다.

아무 일도 없었다는 듯 물끄러미 올려다보는 클레어의 모습에, 레드는 불쑥 화가 치밀었다.

"클레어, 넌 정말 잔인해."

레드가 투덜거리며 방 안으로 들어갔다. 클레어가 따라 들어와 방문을 닫았다.

자기 알몸을 본 남자와 단둘인데도, 경계심 없이 문을 닫는 클레어의 태도에 또다시 화가 났다.

"넌 정말로 잔인해, 클레어. 넌 정말……!"

레드가 휙 돌아서서 외쳤다. 클레어는 알 수 없다는 듯 다가와 레드를 올려다봤다.

"왜 내게 그리 화가 난 게냐, 아이야?"

"너에게 화가 나? 아니, 이건 내 자신에게 난 거야. 나는……. 나는 말이지, 클레어. 너를 볼 때마다 내가 어떤 생각을 하는지, 넌 모를 거야. 나는…… 제기랄!"

레드가 비명처럼 외치며 한 손으로 눈을 가렸다.

"네겐 내가 한없이 어린애로 보이겠지만…… 클레어, 나도 남자야."

"……."

"나는 정말, 클레어. 지금 상황 잘 알아. 위험하고, 고되고, 절망적이고…… 네 상황도 알아. 지금이 너에게 얼마나 중요한 순간인지, 얼마나 기다리던 순간인지도 잘 알아. 사랑 타령을 할 때가 아니라는 것도 잘 알아. 잘 아는데, 클레어. 멈출 수가 없어. 내가 이 마음을 어떻게든 무시하고 네 일을 우선으로 여기려고 하거든. 그런데 클레어. 난…… 멈출 수가 없어. 네 생각을. 나는 끊임없이 너를……."

레드는 더 말하기 힘들다는 듯 입을 다물었다. 욕망을 입 밖으로 내뱉으면 더는 자제할 수 없을 것 같았기 때문이었다.

클레어는 그런 레드를 고요히 바라보다가 발뒤꿈치를 올렸다. 그녀의 입술 위치가 조금 높아졌고, 고개를 살짝 숙인 레드의 턱과 비슷한 높이까지 올라갔다.

클레어의 보드랍지만 차가운 입술이, 레드의 턱에 닿았다가 떨어졌다. 눈을 가리고 있어서 클레어가 뭘 하는지 보지 못한 레드는, 턱에 느껴진 짧고도 강렬한 느낌에 손을 내렸다.

"클레어?"

"레드, 모르겠느냐?"

"뭐, 뭘……?"

레드는 내렸던 손을 다시 올려 턱에 가져다가 댔다. 분명 턱에 닿았던 것은 클레어의 입술이다.

"인간이 아혈귀가 되는 것은, 혈귀의 타액이 인간의 체액과 섞였을 때란다."

클레어는 영문 모를 소리를 했다. 레드는 흔들리는 눈으로 그녀를 바라봤다. 그녀는 미소를 지었는데, 조금 쓸쓸하고 애달픈 미소였다.

"네 이름을 내 입에 담는 순간부터, 레드. 내 마음도 너와 같아졌단다."

"……."

"모르겠느냐, 레드?"

클레어는 손을 올려 자신의 입술에 살짝 얹었다.

"입 맞추고 싶은 것은, 나도 너와 같단다. 다만 키스를 하면 네가 아혈귀가……."

클레어는 말을 이을 수 없었다. 레드가 그녀의 어깨를 세게 잡았기 때문이다.

"잠깐, 잠깐. 클레어. 잠깐만. 뭐가 갑자기 너무 순식간에 지나간 것 같은데. 잠깐만. 잠깐만 기다려 봐. 나 생각 좀 할게, 클레어."

클레어는 말을 멈췄다.

레드는 살짝 미간을 좁히고 진지한 눈으로 클레어를 응시했다. 깊지만 맑은 푸른 눈동자가, 클레어는 좋았다. 이 세상에 미련이 생길 정도로 좋아서 조금 도망치고 싶기까지 했다.

하지만 도망치지 않기로 결심했다. 저 눈동자를 사랑하는 마음을, 고스란히 받아들이겠다고 다짐했다.

거울 속에서 미소 짓는 자신을 발견한 순간, 클레어는 그래야
만 한다고 생각했다.

"자, 이제 됐어."

잠시 시간이 흐른 후, 레드가 말했다.

"이제 됐어, 클레어. 하려던 말해 봐. 짧고, 간단하고, 강렬하게."

클레어는 그가 무슨 말을 원하는지 알 수 있었다. 어린애처럼
솔직한 그의 모습이 사랑스러워서, 클레어는 옅은 미소를 지으
며 그의 손을 붙잡았다. 그리고 그의 턱에 다시 한 번 가볍게 입
을 맞추며 말했다.

"레드. 내 불꽃의 아이야. 너를 사랑한단다. 네가 나를 사랑하
듯이."

레드가 클레어의 알몸에 혼란스러워하고 있을 때, 마하딘은
파미르 시 지하공간에서 파울로와 나란히 서 있었다. 아혈귀의
군대는 이틀 전에 완성되었다. 긴 시간을 들여 모아온 아혈귀 수
천 마리의 몸 안엔 '이성의 마력석'이 들어가 자리를 잡았다.

아혈귀는 더 이상 기괴한 신음을 흘리지 않았고, 몸부림을 치
지도 않았다. 손톱과 송곳니를 집어넣을 줄 모르는 그들은 전투
태세를 한 채 가만히 서서 명령을 기다렸다.

그들은 숨도 쉬지 않고 심장도 뛰지 않았기에, 얼마 전까지만
해도 신음으로 가득했던 지하공간은 오싹할 정도의 고요 속에

잠겨 있었다.

"좋군."

마하딘의 말에 파울로가 씩 웃었다.

"그래, 좋네. 그런데 전쟁을 왜 이렇게 늦게 시작하는 거야?"

"라토우에도 전쟁 준비를 할 시간을 줘야지."

"뭐 하러 그런 귀찮은 짓을 해?"

"귀찮아? 아니, 라토우 왕국이 아무리 준비를 해도, 우리 군대는 단숨에 그들을 무너뜨릴 거다."

"아하. 충분히 대비한 놈들을 무너뜨려야, 대륙이 벌벌 떨 테니까?"

"그래. 준비도 못한 상대를 이겨봐야 우리 군대의 강함을 알아주는 나라는 없을 거야. 대륙은 고르돈 왕국의 군대를 두려워해야 돼. 강한 군대를 가진 제국이나 쿠디카흐넬 공국은 몰라도, 어지간한 나라들은 우리랑 친선을 맺으려고 들걸."

"그럼 교국을 치는 날도 빨리 오겠군."

"그렇지."

파울로는 기대된다는 듯, 손목에 감고 있는 쇠사슬을 찰랑거렸다.

"네 아이들은 좀 강해졌나?"

수도 가쿠타와 파미르 시에 있는 정혈귀의 수는 40명 정도 되었다. 마하딘은 그들을 전부 모아 이성의 마력석을 집어넣었고, 인간의 심장을 먹으라고 명령했다.

아직은 인간에게 정체를 드러내지 않는 편이 좋기에, 도시에서 멀리 떨어진 작은 마을의 인간들을 전부 잡아와 심장을 제공했다. 수십 개의 이름 없는 마을들이 사라졌지만 그 사실을 눈치챈 사람들은 아직 없었다.

이성의 마력석을 넣은 정혈귀들은 이틀에 하나씩, 꼬박꼬박 인간의 심장을 씹어 먹었다. 원래대로라면 지금쯤 그들은 이성을 잃고, 아혈귀보다 못한 괴물이 되었을 것이다. 육체의 모습 또한 변했을 텐데, 아직 문제를 일으킨 정혈귀는 없었다.

"아직 싸워 본 적이 없으니 모르겠네. 그런데 그건 있어."

파울로 역시 인간의 심장을 먹은 정혈귀 중 한 명이었다.

"나는 이제 누구든 죽일 수 있을 것 같은 기분이야."

모든 정혈귀에게 내려진 루시드의 금기. '샬롯을 죽이지 마라.' 인간의 심장을 먹는 순간 그 금기가 깨진다는 것을 모르는 마하딘은, 대수롭지 않게 여겼다. 누구든 이길 수 있을 것 같다는 의미로 생각한 것이다.

마하딘은 팔짱을 끼고 서서 아혈귀 군대를 둘러보며 중얼거렸다.

"이제 일주일 남았다."

"이제 일주일 남았나?"

헤론은 몇 달 동안 머물렀던 연구실을 돌아봤다. 열을 가하지 않았는데도 부글부글 끓고 있는 몇 개의 물약과 이상한 냄새를 풍기는 물약, 이러저러한 마력을 새긴 마력석.

정신없이 이성의 마력석을 만드는 와중에도 다른 것들을 만들어 냈다. 전부 다 가지고 갈 수는 없으니, 가장 필요할 것 같은 것들로만 추려야 한다.

'뭐가 필요하려나?'

헤론은 이번 전쟁에 함께 갈 예정이었고, 몸을 지킬 만한 물건이 필요했다. 무한의 가방에 이것저것 집어넣은 헤론은 침대 끝에 걸터앉아 한숨을 내쉬었다.

오만 가지 생각이 헤론의 머릿속에서 소용돌이쳤다. 헤론은 복잡한 생각들을 차곡차곡 정리하고 싶었지만, 쉽지 않았다. 전쟁을 준비하는 과정 속에서는 몰랐는데, 막상 전쟁의 시작을 코앞에 두니 침착할 수가 없었다.

"이히히히히히. 이제 와서 무슨. 어차피 시작된 건데. 아니, 시작은 오래전에 했지. 지금은 이어지는 거야. 이어지고 있을 뿐이야."

헤론은 고개를 절레절레 젓고는 벌떡 일어나 비밀 금고의 문을 열었다. 그 안에는 타니하르가 넣어 두고 간 상자가 그대로 남아 있었다. 헤론은 그걸 끄집어내 뚜껑을 열었다.

진짜 역사서는 타니하르가 가지고 갔는지 보이지 않았고, 검만 남아 있었다. 와인색의 커다란 보석이 박힌 은빛 검.

"내가 찰 물건이 아니지만 가지고 가려면 어쩔 수 없지. 이히히히히. 죄송합니다, 죄송해요."

헤론은 누구인지 모를 이에게 용서를 빈 후, 검을 옆구리에 찼다. 아름다운 보검은 반쯤 미친 것처럼 보이는 헤론과 전혀 어울리지 않았다.

거울에 자신의 모습을 비춰본 헤론은 킬킬 웃으며, 다시 비밀 금고 안을 뒤졌다. 가장 안쪽에 작은 상자가 있었고, 헤론은 그것을 가방에 집어넣었다.

준비를 끝낸 헤론은 다시 침대에 앉아, 무릎 위에서 두 손을 모아 쥐었다. 그 순간, 헤론의 눈에서 광기가 사라졌다. 광기가 사라진 헤론은 불확실한 미래에 괴로워하는 한 남자에 불과했다. 그는 가방에 아련한 시선을 던진 채 중얼거렸다.

"이 전쟁이 끝이었으면 좋겠습니다. 그쵸?"

*　　*　　*

괜찮다는 클레어에게 억지로 자신의 피를 마시게 한 레드는, 말 위에 앉아 있는 것도 힘들어 보였다. 말 옆에서 묵묵히 걷던 클레어가 걱정스러운 듯 레드를 올려다봤다.

"괜찮은 게냐? 아까는 너무 과하게 피를 주더구나."

"싸움을 앞뒀잖아. 배를 든든히 채워둬야지."

레드가 농담조로 말했지만 클레어는 걱정을 거두지 못했다.

"허나 이 싸움은 네게도 위험하지 않으냐. 놈들이 당도할 때까지 회복하지 못하면 어찌하려고 하느냐."

"괜찮아, 괜찮아. 인정하기 싫지만 지금은 나보다 라울이 더 강하니까. 저 녀석이 날 지켜 줄 거야."

레드가 옆에서 말을 타고 걷는 라울을 엄지로 가리키며 말했다.

"글쎄요. 당신처럼 뒷생각 안 하고 여자한테 간과 쓸개를 다 빼주는 미련퉁이 따위는, 그다지 살려 둬야 할 이유를 모르겠는 데요."

"라울, 넌 갈수록 말이 심해진다?"

"그럴 수밖에 없잖습니까! 정신이 있는 겁니까, 없는 겁니까? 이제 막 회복했는데 피를 그렇게까지 쏟아 내면…… 레드, 당신 지금 낯빛이 시체 같다는 거 압니까? 아주 못 봐주겠습니다! 있던 정도 떨어지겠어요!"

아까 레드는 아무 생각 없이 피를 계속 흘리다가 기절했었다. 뒤늦게 달려온 라울이 서둘러 치료하지 않았더라면, 그대로 심장이 멈췄을지도 몰랐다.

"그래, 아이야. 너무 과했다."

클레어의 중얼거림에 라울이 말했다.

"클레어, 오해하지 마세요. 당신을 탓하는 게 아닙니다. 뒤를 생각하지 않는 레드의 멍청함을 탓하는 거지."

"그래, 알고 있단다."

"난 레드 말도 틀린 게 없다고 생각합니다. 싸움을 앞뒀으면 배를 든든히 채워 둬야 하는데, 레드의 피로는 모자라잖아요."

"아니, 충분하다."

"아니, 충분하지 않습니다."

라울이 그답지 않게 고집을 부렸다.

"당신이 늘 허기 때문에 괴로워하는 걸 알고 있습니다. 가끔 짐승의 피를 마시고 오는 것도 알고 있고요."

"……."

"당신이 어떤 마음으로 천 년 동안 그 허기를 견뎠는지도 아주 잘 알겠는데, 이제 괜찮지 않습니까? 우리 피를 마시는 건. 우린 당신의 가족들과 똑같은 아모른의 권능을 가지고 있습니다. 그러니까 그냥 가족들에게 도움을 받는다, 정도로 생각해도 될 것 같은데요."

라울의 말에 클레어가 희미한 미소를 지었다. 전에 제안했을 때처럼 고통스러운 표정이 아니기에, 라울은 조금 안심했다.

"아이야. 너는 참으로 유혹을 잘하는구나."

클레어의 말에 레드가 발끈했다.

"라울 너, 클레어를 유혹할 생각하지 마라. 절대."

"당신은 좀 닥쳐요!"

"생각을 해 보마. 레드, 이 아이의 피만 마시다가는 이 아이가 먼저 죽을 것 같으니."

클레어는 예전과 달리 온화한 반응을 보였다.

레드가 클레어를 향해 불쑥 손을 내밀었다. 왜 그러냐는 듯 올려다보자, 그는 손을 위아래로 흔들었다. 얼른 잡으라는 뜻이다.

그가 원하는 대로 해 줬더니, 레드는 힘차게 당겨 클레어를 말 위로 끌어올렸다. 레드의 앞에 앉게 된 클레어가 말했다.

"아이야. 나는 굳이 말을 타지 않아도 된단다."

"알아."

"말만 힘들어질 뿐이다."

"그건 이 녀석이 극복해야 할 문제고."

레드는 클레어를 자신의 앞에 앉힌 게 마냥 좋다는 듯, 그녀의 어깨에 살짝 턱을 괸 자세로 말을 몰았다. 뒤에서 지켜보던 유키가 옆에 있는 아란에게 속삭였다.

"진짜 토할 것 같아."

아란이 말했다.

"난 절대 내 위장 안에 들어온 것을 도로 게워 내지 않을 거다."

당찬 포부를 밝히는 아란을, 델리는 존경스럽다는 듯 쳐다봤다.

"아란 님은 정말 음식에 대한 애착이 강하시네요. 그 강한 신념, 멋져요."

"델리, 진심으로 하는 말이야?"

유키가 황당해했다.

용병들과 동료들을 앞서 보내고 레드 일행과 함께 가던 얀디는, 긴장감이라고는 전혀 없는 레드 일행 때문에 어이가 없었다. 하지만 모르는 척하기로 했다. 이들에게 물들면 안 된다.

'나는 지금 전쟁을 하러 가는 길이다. 어쩌면 죽을지도 모르는 전투를 앞두고 있다. 상대는 불멸이라도 해도 좋을 군대다. 심각한 상황이다.'

얀디는 그렇게 속으로 주문을 외웠다.

그나저나 용병들이 걱정이다.

여기저기서 모은 용병의 수는 거의 400명에 가까웠지만, 그들 중에 앞으로 상대할 대상에 대해 제대로 아는 이는 없었다. 그들은 그저 타니하르의 이름만으로 모인 상태였다. 타니하르가 '누군가'와 전쟁을 할 거라고 하니, 재미있을 것 같다는 생각과 이번에 잘해내서 이름을 날리고 싶다는 생각으로 따라온 것이다.

해적이었을 당시, 타니하르가 무언가를 할 때마다 대륙 내에 소문이 돌았다. 그러니 이번에 하는 일도 대륙 전역에 퍼질 것이고, '나 그 사건 때 합류했었다.'라고 말하면 다들 우러러볼 거라는 가벼운 생각을, 용병들은 가지고 있었다.

그런 생각으로 모인 이들이 과연 왕의 군대, 그것도 불멸의 군대를 앞에 두고 얼마나 버텨 줄 것인지가 걱정스러웠다. 어쩌면 상대가 왕이라는 것을 알자마자 반 이상이 흩어질지도 몰랐다.

거기에 생각이 미친 얀디는 쓴웃음을 지으며 고삐를 세게 움켜쥐었다. 이젠 굳이 주문을 외우지 않아도, 손에 땀이 찰 정도로 긴장했다.

이 길은 이기기 위해 걷는 길이 아니다.

잘 죽기 위해 걷는 길이다.

레드 일행이 하오덴 평원에 도착한 것은, 예정보다 하루 느린 나흘째 정오 무렵이었다. 타니하르의 용병들과 부하들은 수도에서 오는 길목을 마주 보고 진지를 세웠다.

상대는 혈귀다. 아무리 숨어도 인간의 심장소리를 듣고 그들의 위치를 파악할 테니, 차라리 대놓고 마주하자는 것이 타니하르의 생각이었다.

사정을 모르는 용병들은 매복하지 않고 진지를 세우는 걸 이상하게 여겼다. 하지만 그 '타니하르'가 하는 일이니, 큰 의견의 충돌은 일어나지 않았다.

하오덴 평원은 허리까지 올라오는 길고 질긴 풀숲으로 이루어진 곳으로, 타니하르의 용병들이 진지를 세운 곳 주위는 온통 풀로 덮여 있었다.

스사사아아아—

바람이 불 때마다 풀이 움직이며 기괴한 소리를 만들어 냈다. 레드 일행은 그 풀숲 사이에 몸을 숨겼다.

"라울, 넌 잠깐이나마 심장을 거의 멈출 수 있는 경지지?"

주위의 풀을 베어낸 후, 다리를 쭉 펴고 앉은 레드가 물었다.

"네. 아마 20분쯤 지속할 수 있을 것 같습니다."

"우리가 그 정도를 하려면 얼마나 더 축복을 느껴야 하는 거지?"

"아란이랑 델리는 조만간일 것 같은데, 당신과 유키는 좀……."

"그래?"

레드는 어깨를 으쓱하며, 라울을 향해 예리한 시선을 던졌다.

"대체 우리랑 너희의 다른 점이 뭘까?"

마치 '너희가 샬롯을 보고 왔다는 걸 알고 있어.'라는 듯한 눈빛이었다. 레드에게 그 일을 이야기하지 못한 것은, 전쟁을 대비하느라 정신이 없었기 때문이었다. 말이 나온 김에 이야기해야겠다 싶었는데, 레드가 먼저 말했다.

"뭐, 됐어. 나도 조만간 너흴 따라잡을 거니까."

"레드, 당신은 오르데안 가문에 벌어졌던 일들이 궁금하지 않습니까?"

"아, 타니하르가 말한 그 진짜 역사서 말이지?"

"네, 비슷하죠."

"궁금하지. 정말 궁금한데……."

레드는 고개를 돌려 풀숲을 더듬었다. 그쪽 방향 어딘가에 클레어가 있을 터였다.

"언젠가 클레어가 이야기해 주겠지."

"만약 말해 주지 않는다면요?"

"그럼 말해 주지 않는 이유가 있는 거겠지. 그런 걸 굳이 파헤칠 필요는 없잖아."

레드가 가벼운 어조로 말했다. 바람이 불어와 풀숲과 함께 일행의 머리를 스치고 지나갔다. 녹색 풀 사이에서 흔들리는 레드의 붉은 머리카락은 마치 일렁이는 불꽃같았다. 금방이라도 흩날려 풀숲 전체에 퍼질 것 같은 그의 머리카락을 보며, 아란은 생각했다.

'클레어는 말해 주지 않겠지. 레드는 예리한 녀석이니, 클레어의 과거 이야기를 들으면 알게 될 테니까. 혈귀의 왕이 시작과 끝

이라는 걸. 그 끝엔 클레어도 포함되어 있다는 걸.'

수도 밖 병영에 대기한 수천의 군사 중에 인간은 단 한 명도 없었다. 아혈귀만으로 충분한 싸움이었다.

소수 정예의 군대가 한 나라를 완전히 멸망시키는 것을 대륙 전체에 보여줘야 했다. 대륙은 고르돈 왕국을 인정할 것이고, 두려워하게 될 것이다. 제국 쪽의 반응은 혈귀의 왕이 어떻게든 해 주리라.

햇빛이 쨍쨍한 정오였지만 아혈귀들은 고통스러워하는 기색이 전혀 없었다. 손톱과 송곳니가 길게 자라 있는 그들은 묵묵히 명령을 기다리고 있었다.

단상에 나와서 군대를 지켜보던 마하딘은 자신의 옆에 서 있는 알프레드를 흘끗 살펴봤다. 어젯밤 수백 명의 인간들을 정혈 귀들에게 던져 주었다. 정혈귀들은 한 명당 세, 네 개의 심장을 통째로 먹었다.

한꺼번에 몇 개를 섭취해서일까?

알프레드의 고왔던 피부가 조금 갈라져 있었고, 다른 때보다 스산한 분위기를 풍겼다. 심장을 먹은 다른 정혈귀들도 마찬가지였다.

'이성의 마력석이 무한대로 영향력을 발휘하는 건 아닌가 보군. 앞으로 좀 자제해서 먹여야겠어.'

마하딘은 알프레드가 이성을 잃고 자신을 공격할 것이 걱정됐지만, 정작 알프레드는 왜 그러냐는 듯 마하딘을 돌아봤다.

"무슨 문제라도 있으십니까?"

분위기와 다르게 알프레드는 정중했다.

"아니, 아무 문제도 없다."

어차피 이긴 싸움에서 더 강한 정혈귀들을 만들어 낼 필요는 없었지만, 권력에 취한 마하딘은 누구보다도 강한 자들을 곁에 두고 싶다는 욕망에 빠져 있었다. 그는 자신을 만든 테로스에게도 굴복하고 싶지 않았다.

"출발할까요?"

"잠깐. 헤론이 아직 안 왔군."

"헤론은 언제 정혈귀로 만드실 생각입니까?"

"고민 중이다. 그놈이 만든 이성의 마력석이 꽤나 유용하니, 앞으로도 괜찮은 것들을 만들어 낼 수 있을 것 같은데…… 그놈이 그랬거든. 인간이기에 만들어 낼 수 있는 거라고."

"그 말을 믿으시는 겁니까? 전 그자를 신뢰할 수가 없습니다."

"네 신뢰는 아무래도 상관없다. 내가 그를 믿으면 되는 거 아닌가?"

"그건 그렇지요. 제가 주제넘게 나서서 죄송합니다."

"아니, 됐다."

마하딘도 처음에는 헤론을 믿지 못했다. 하지만 헤론은 마하딘이 요구한 것 이상의 것을 만들어 냈고, 이 전쟁을 말릴 생각도 하지 않았다. 그는 마치 인간들 전부를 싫어하는 것처럼 보였기 때문에, 어느 사이엔가 마하딘은 혜론에게 마음을 열게 되었다.

혜론을 곁에 두면 앞으로 쓸모 있는 것들을 계속 만들어 줄 것이고, 그것들은 마하딘을 점점 더 강하게 해 줄 것이다. 마하딘은 혜론을 자신의 오른팔로 삼고 싶었다.

"이히히히히. 기다려 줘서 고마워."

늦게 온 주제에 혜론은 미적미적 걸어왔다.

"그 검, 멋진데?"

마하딘의 뒤쪽에 멍하니 서 있던 파울로가 혜론의 등장에 정신을 차리고는, 비아냥거리듯 말했다. 혜론도 지지 않고 빈정거렸다.

"멋지겠지, 당연히. 멋있어 보이라고 만든 검이니까."

그가 허리에 차고 있는 검은, 햇빛 아래에서 거의 붉게 빛나는 보석이 박힌 은빛 검이었다. 어딘가에서 본 적이 있는 것 같다고, 마하딘은 생각했다.

"하오덴 평원을 거쳐서 가는 거지?"

"그래. 잘 아는군."

"대륙 지도는 꿰고 있거든. 이히히히. 머리가 좋아서 말이야."

마하딘은 자꾸 혜론의 검에 눈이 갔다. 아름답긴 하지만 대단할 건 없는 검이었다. 왕실을 장식한 보검들도 그에 못지않게 아름다운데, 어째서 시선이 가는 건지 알 수 없었다.

마하딘의 눈길을 느낀 듯, 혜론이 검 위에 손을 얹었다.

"히히히히. 이 검이 갖고 싶어?"

"눈이 가는군. 어디서 본 적이 있는 것 같다는 생각이 들어."

"뭐, 전쟁이 끝나면 줄 수도 있고."

"그런 말을 하다니, 의외군. 네가 먼저 뭔가를 준다고 할 줄은 몰랐는데."

"잊었어?"

헤론이 길고 가느다란 손가락으로 아혈귀 군대를 가리켰다.

"저걸 준 것도 나야. 이히히히. 이런 걸 두고 아낌없이 베푼다고 하지."

헤론에게 마음을 열기는 했지만, 그의 괴상한 웃음소리는 역시 거슬렸다. 마하딘은 더 대화하는 것을 관두고 군사들을 향해 돌아섰다.

"가자. 우리의 속도라면 이틀 후엔 라토우 왕국 초입에 당도할 거다."

"이런, 이런, 마하딘."

테로스는 커다란 나무 꼭대기의 굵은 나뭇가지에 다리를 쭉 펴고 앉아 있었다. 기척을 완벽하게 감추고 있은 지 한참이 지났지만, 그는 힘든 기색이 조금도 없었다.

"그러면 안 되지. 안 되고말고."

테로스의 미간에 깊은 주름이 생겼다.

"정혈귀에게 인간의 심장을 먹게 하다니, 그건 정말 안 되는 짓이지. 큰일이야, 마하딘. 그건 정말 큰일이라고."

마하딘이 가장 먼저 출발했고, 그 뒤를 아혈귀 군대가 따랐다. 그들은 순식간에 지평선 너머로 사라졌다. 그들은 무척 빨라서 쿵쿵거리는 울림과 뿌옇게 흩어진 흙먼지만이, 많은 수의 무언가가 움직임이고 있음을 알려줬다.

"아이고야. 진짜 큰일이네. 잠깐 다른 델 다녀온 틈에 그런 짓을 하다니, 마하딘. 나는 널 참 아꼈지만, 그런 짓을 해서야 내가 감싸 줄 수가 없잖아. 아버지가 진짜로 화낼 거야."

군대가 일으킨 흙먼지조차 사라지자, 테로스는 고개를 절레절레 저으며 나무 아래로 뛰어내렸다. 그는 진녹색 머리칼을 쓸어 넘기며, 군대가 간 곳과 반대쪽으로 몸을 돌렸다.

"구경 좀 하려고 했는데, 이래서야 안 되겠어. 불똥이 튀기 전에 멀리 가 있어야지."

온다.

레드는 감고 있던 눈을 번쩍 떴다.

체술을 사용해 예민해진 청각이 멀리서 들려오는 웅장한 발소리를 포착했다.

'몇 명이지? 이건 거의 수천에 가까운 발소리인데.'

온몸의 털이 곤두섰다.

아혈귀 군대는 타니하르가 상대한다. 정혈귀는 레드 일행이 처리한다. 하지만 도저히 이길 수 없다고 판단될 시, 레드 일행은 갈 길을 간다.

그런 계획이었지만, 막상 싸움을 눈앞에 두자 과연 갈 길을 갈 수 있을지 의문이 생겼다. 발을 빼려면 지금 빼야 하는 게 아닐까?

'하지만 상대해 보지도 않고 도망칠 순 없어. 게다가 체술이라는 게 어느 정도로 효과가 있는지도 확인해 봐야 하고.'

레드는 등에 메고 있던 활을 잡았다.

옆을 보자 다른 일행도 제각각 무기를 꺼내고 있었다. 라울은 파울로에게 잡혔을 때 총을 잃었기 때문에, 타니하르가 급하게 마련해 준 장총을 가지고 있었다.

"이걸로 될까 싶네요. 헤론이 만들어 준 게 좋긴 했는데."

"거기에 아모른의 권능을 실어볼 순 없나?"

"저번에 해봤는데 총이 부서지더라고요. 이게 세 번째로 바꾼 총입니다."

"델리, 넌 이번에도 주먹이냐?"

레드의 질문에 델리가 상기된 얼굴로 고개를 끄덕거렸다.

"네, 여자는 역시 주먹이죠."

뭐가 역시라는 건지 모르겠지만, 자신만만해 보이니 믿기로 했다.

"유키, 아란. 준비 됐냐?"

유키와 아란이 가볍게 고개를 끄덕거렸다.

"일단은 지치지 않을 정도로만 아모른의 권능을 사용해서 아혈귀 군대를 묶어 두고, 빠져나오는 정혈귀를 상대해야 돼. 탄이 놈들에게 성수를 뿌리는 순간, 우리도 권능을 사용한다."

"응."

"하지만 주의해. 절대 과하게 사용하면 안 돼. 정혈귀를 상대할 힘은 남겨 둬."

"그래."

말을 마친 레드는 뒤를 돌아봤다.

"클레어."

어딘가에 있던 클레어가 스윽 나타났다. 그녀는 차가운 눈으로 먼 곳을 노려보고 있었다. 그녀의 손이 레드의 어깨에 닿았다.

"지금……."

그녀의 손에 힘이 들어갔다.

"지금 도망쳐야 하겠구나."

"뭐?"

이번 계획에 대해, 클레어에게 이미 설명해 뒀다. 클레어는 아무 반박 없이 레드의 계획을 수락했다. 그런데 싸움을 코앞에 둔 상황에서 갑자기 이런 말을 하는 그녀를, 일행은 이해할 수가 없었다.

"위험한 순간, 내가 너희를 도울 수 없겠다."

레드의 계획 중 하나는, 정혈귀를 상대하다가 도저히 발을 뺄 수 없는 순간이 올 때, 클레어가 그들을 구해 달아나는 것이었다.

"무슨 소리야? 정혈귀가 생각보다 많아?"

"아니, 정혈귀의 수는 생각보다 적지만, 놈들이 인간의 심장을 먹었다."

"뭐?"

"인간의 심장을 먹은 놈들을, 내가 상대할 수 있을지 모르겠구나."

"이런……!"

정혈귀가 인간의 심장을 먹는다는 게 어떤 의미인지는 클레어에게 들었다. 그들은 강해지지만 인간과 조금도 비슷하지 않은 괴물이 되고, 루시드의 금기에서 벗어나게 된다. 클레어를 죽일 수 있게 된다는 말이다.

클레어가 강하기는 해도 정혈귀 몇 명을 동시에 상대할 수 있을 정도로 강한 건 아니었다. 게다가 인간의 심장을 먹어서 강해진 놈들이라면, 한 명을 상대하기도 벅찰 것이다.

이번 계획은 정혈귀가 클레어를 죽일 수 없다는 전제하에 세워진 계획이기에, 그들은 당황했다.

하지만 계획을 바꿀 시간이 없었다.

마하딘의 군대가 이미 도착해 버렸기 때문이다.

가장 앞에서 달리던 마하딘은 군사들을 멈추게 했다. 쉬지 않고 라토우 왕국까지 갈 예정이었는데, 하오덴 평원에 가로로 쭉 늘어서 있는 인간들이 보였기 때문이었다.

"뭐야, 저건?"

이제껏 아무 말 없이 따라오던 파울로가 인상을 찌푸렸다. 마하딘은 파울로가 자주 멍해지는 것 같다는 생각을 하며 답했다.

"인간들이군. 복장을 봐선 용병들 같은데."

"라토우 놈들이 벌써 여기까지 와서 기다리는 건가?"

"글쎄. 자기들 구역에서 전쟁을 일으키고 싶지 않으니, 서둘러 여기까지 왔는지도 모르지. 하지만…… 저 남자는…….."

마하딘은 가까이 다가오는 큰 덩치의 남자를 보며 미간을 좁혔다. 아는 얼굴이다.

"타니하르군."

"어둠의 거리 주인? 흐웅, 저렇게 생긴 얼굴이었네. 궁금했는데. 우리 계획을 눈치챈 건가?"

"왕실에 저놈이 보낸 첩자들이 몇 명 있었거든. 우리에 대해 알고 있었나 보군. 재미있는데?"

"그러게. 개미들이 살고 싶어서 발버둥 치는 꼴을 보는 건 즐겁지."

"그럼 조금 더 발버둥 칠 시간을 줄까?"

급할 건 없었다. 용병의 수는 아혈귀 군대의 반의반도 되지 않았다. 마음만 먹으면 몇 분 안에도 전멸시킬 수 있다. 마하딘은 느릿하게 앞으로 걸어 나갔는데, 아혈귀에게 매달려서 온 혜론이 그의 뒤를 따라 나갔다.

"혜론!"

타니하르는 의외로 마하딘이 아닌 혜론의 이름을 불렀다. 마하딘은 인상을 찌푸리고 혜론을 돌아봤다.

"아혈귀에게 매달려서 오는 꼴을 보니 우습구먼! 머리가 엉망이 됐어! 으하하하하!"

"이히히히히. 죽은 줄 알았는데 살아 있었잖아. 게다가 남자 몸으로 돌아왔고. 축하해, 타니하르."

"하하핫! 아주 거지같은 기분이었지. 딱 죽는 줄 알았거든!"

"그런데 살아 있네. 나한테 고마워 죽겠지?"

"그래, 고마워서 네놈을 죽여 버리고 싶다, 헤론! 아주 대단한 것을 만들어 냈구만. 아주 대단한 걸 만들어 냈어!"

"말했잖아. 여기가 좋다고."

헤론이 검지로 관자놀이를 톡톡 두드렸다. 친한 친구를 만난 듯 담소를 나누는 헤론을 보다 못한 마하딘이, 한 팔을 들어 헤론을 뒤로 물렸다.

"타니하르."

"어이쿠야, 폐하. 제 미천한 이름을 알고 계실 줄이야. 이거 참 기분 빌어먹게 더럽네!"

"……네 무례에 대해선 따지지 않겠다. 어째서 라토우 왕국을 치러 가는 길을 막는 거지? 라토우 왕에게 약속받은 거라도 있나?"

"약속? 하하하하하! 왕의 약속처럼 신뢰할 수 없는 것도 없지, 마하딘. 난 왕보다는 숨어서 사는 자들의 약속을 더 믿는 편이야."

헤른족이 근처에 매복하고 있다는 것을, 타니하르는 느끼고 있었다. 그들은 위험한 순간에 도와주겠다고 약속했고, 지금이 그 순간이었다. 타니하르는 그 약속에 큰 기대를 걸지 않았는데, 헤른족은 진짜로 약속을 지키기 위해 찾아왔다. 블랙엘프의 피를 타고 난 그들은 거의 기척을 지우고 있었다.

불멸의 군대를 앞에 둔 상황에서, 타니하르는 조금 든든한 기분이었다.

상대할 대상이 '왕'이라는 것이 알려진 순간부터, 뒤에 선 용병들 사이에 술렁거림이 일고 있었다. 그들 중 몇몇 용병단은 이미 풀숲 사이로 몸을 숨긴 터였다.

하지만 헤른족은 꼼짝도 하지 않고 무언가 벌어지기를 기다리고 있었다.

"내 왕국의 국민들을 학살하고 싶지 않다. 비키면 살려 주마."

마하딘의 말에, 또 몇 개의 용병단이 자리를 떠났다. 등 뒤의 움직임에, 타니하르는 쓴웃음을 짓고 싶은 것을 참았다.

"나는."

조용히 마하딘을 노려보던 타니하르가 입을 열자, 묵직한 음성이 흘러나왔다. 바다를 호령하던, 강한 울림을 지닌 음성이었다.

그 목소리에 타니하르의 부하들이 움직였다. 그들은 성수를 채운 커다란 통의 뚜껑을 열고, 거기에 호스를 집어넣었다. 분무기처럼 물을 내뿜을 수 있는 호스였다.

"시작된 싸움에 등을 돌리지 않아."

그 말을 시작으로 성수가 뿌려지기 시작했다. 분무한 성수가 햇빛을 받아 무지개를 만들어 냈다. 아름다운 광경이었지만 아래의 상황은 그리 아름답지 못했다. 성수는 마하딘과 그 뒤의 아혈귀를 적셨지만, 그 어떤 반응도 이끌어내지 못했다.

이성의 마력석을 박아 넣은 그들에게, 성수는 그저 평범한 물일뿐이었다.

혹시나 했던 방법이 통하지 않은 거라, 타니하르는 절망하지 않았다. 계획 중 하나였던 레드 일행의 권능이 아직 발휘되지 않았지만, 머뭇거릴 새가 없었다. 타니하르는 검을 뽑았고, 남아 있는 용병들과 부하들이 함성을 내질렀다.

"우와아아아아아!"

마하딘은 재미있다는 표정으로 달려드는 타니하르의 초라한 군대를 지켜봤다. 타니하르의 검이 마하딘의 목을 노렸지만, 근처에 가기도 전에 알프레드가 그것을 막았다.

"무엄하군, 해적."

"해적의 칭호는 버린 지 오래 됐어, 알프레드. 그나저나 정혈 귀인 주제에 웬 검이야? 이제 기사도 아니면서. 정혈귀 따위에게도 기사의 긍지라는 게 남아 있나? 아니, 그럴 리 없겠지."

타니하르의 말이 신경을 건드린 듯, 알프레드가 이를 악물더니 검을 치켜 올렸다.

그때, 헤론은 마하딘에게서 떨어져 풀숲 사이에 몸을 감추고 있었다. 그는 가방 속에서 검은색 돌을 끄집어냈다. 주먹만 한 크기의 마력석이었다.

헤론은 조금 쓸쓸한 눈으로 마력석을 내려다보다가 그것을 꽉 움켜쥐었다. 그리고 작은 목소리로 속삭였다.

"이제 끝나라. 제발."

타니하르의 군대와 마하딘의 군대가 부딪치기 전, 알프레드의
검이 타니하르의 목을 찌르기 전, 그 일이 벌어졌다.

뒤늦게 정신을 차리고 몸을 피하려던 레드 일행은, 눈앞에서
벌어진 믿을 수 없는 광경에 굳어버리고 말았다. 그들은 질 나쁜
마력에 걸린 사람들처럼, 눈도 깜빡이지 못하고 그 광경을 직시
했다.

끄아아아아아아!

꺄아아아아아아아!

소름 끼치는 비명이 평원에 휘몰아쳤지만, 귀를 막을 생각조
차 하지 못했다. 단지 클레어만이 그 광경은 아무래도 좋다는
듯, 정신없이 평원의 풀숲을 둘러보고 있었다.

"대체…… 저게…… 대체…… 아…… 저게……."

라울이 눈을 부릅뜬 채 중얼거렸다.

눈을 부릅뜨고 굳어 버린 것은 레드 일행뿐이 아니었다. 타니
하르의 군대도, 타니하르도, 그리고 매복해 있던 헤른족들도 모
두 이 꿈과 같은 장면에서 헤어 나오지 못했다.

아혈귀들이, 그리고 정혈귀들도 괴로워하고 있다. 마치 몸 안
에서 아모른의 권능에 공격받은 것처럼. 그들은 끔찍한 비명을
지르며 온몸을 비틀었고, 결국 그 몸이 타들어 가기 시작했다.
가슴에서부터 시작된 균열이 온몸으로 퍼져 나갔다.

"으아아아아아아악!"

심지어 이성의 마력석과 다른 붉은 마력석을 박아 넣은 마하딘조차도, 가슴을 움켜쥐고 소리를 질렀다.

파아아아앗!

그리고 아혈귀들이 폭발해 검은 먼지가 되어 흩날렸다. 수천의 아혈귀가 동시에 폭발하자, 하늘이 검게 뒤덮였다. 하지만 그것도 잠시, 그 먼지조차 사라졌다.

혈귀로 가득 찼던 평원에 남은 것은 가슴을 부여잡고 괴로워하는 정혈귀들 뿐이었다.

그중 가장 괴로워하는 것은 마하딘이었다. 마하딘은 풀썩 주저앉았지만, 다른 정혈귀들은 곧 고통을 이겨냈다. 아니, 더는 고통을 느끼지 못하는 몸이 되어 버렸다.

이성의 마력석이 막아 주고 있던 변화가 시작되었다. 피부가 갈라지며 갈색으로 변색되었다. 안구가 부풀다가 툭 튀어나오고, 모든 치아가 송곳니처럼 날카롭게 변해 턱 아래까지 길어졌다. 손톱이 여러 겹 생겨났고, 어깨와 팔이 종기가 난 것처럼 울룩불룩해졌다.

"뭐야, 대체……."

조금 전까지만 해도 괴로워하던 알프레드의 변화에, 타니하르가 뒷걸음질을 쳤다. 바다를 누비며 무수히 많은 것들을 보아 온 타니하르조차도, 그들이 내뿜은 역겨운 냄새와 징그러운 외모를 견디기 힘들었다.

비명으로 가득 찼던 평원이 이번에는 놈들이 내는 냄새로 채워졌다. 고인 피가 썩은 것 같은 역한 냄새에, 타니하르의 부하들은 코를 움켜쥐었다. 냄새만으로도 질식해서 죽을 것 같았고, 너무 강렬해서 피부가 썩어버릴 것 같았다.

"제기랄. 대체 이게……!"

타니하르는 휙 돌아섰다. 싸움 상태를 앞에 두고 등을 보이지 않아왔지만, 변화한 알프레드는 상대할 수 있는 대상이 아니었다. 덤벼봐야 개죽음일 뿐이다.

하지만 알프레드의 속도를, 타니하르는 이길 수 없었다. 알프레드의 기척이 느껴졌다고 생각하는 순간.

챙!

검이 부딪치듯 날카로운 소리가 울렸다.

"멀리."

낮고 허스키한 음성.

"도망쳐라."

이를 악물고 내는 듯 힘겨운 음성.

"클레어?"

"어서!"

클레어가 양손의 손톱으로 알프레드를 막은 채 외쳤다. 구해준 것이 클레어라는 것을 깨닫는 순간, 타니하르는 도망치지 않고 돌아섰다. 여인에게 보호를 받는 취미는 없다. 개죽음이더라도 싸워야 한다.

돌아서자마자 보인 것은, 그 뒤쪽에 있는 '괴물'들이었다. 그들은 몇 겹의 뾰족한 이빨을 드러내고 클레어를 덮쳐 왔다.

루시드의 금기는, 정혈귀에게 샬롯을 향한 질투심을 싹트게 했다.

샬롯은 너희를 죽여도 되지만, 너희는 절대로 샬롯을 죽여선 안 된다.

그 금기가 깨지는 순간, 간신히 억누르던 질투심이 폭발했다. 그래서 괴물들은 주위의 다른 인간들을 덮치는 대신, 질투의 대상에게 몰려든 것이었다.

빠른 속도였다. 레드 일행은 정혈귀가 괴물로 변화하는 순간부터 체술을 사용하고 있었지만, 괴물들은 그 시야에 잡히지 않을 정도로 빨랐다. 그래서 대응이 늦을 수밖에 없었다.

레드의 불과 유키의 물이 오른쪽과 왼쪽으로 나뉘어 괴물들에게 쏟아졌다. 괴물들은 움찔했을 뿐, 속도를 줄이지 않았다. 소용돌이와도 같은 아란의 바람이 휘몰아쳤지만, 괴물은 날려가지 않았다. 라울이 날카롭게 만든 치유의 권능을 쏘았지만, 피부를 뚫지도 못했다. 델리의 식물이 괴물들의 발목을 묶어, 아주 잠깐 움직이지 못하게 만들었다. 하지만 말 그대로 찰나와도 같은 순간일 뿐, 괴물들은 그것을 떼어 냈다.

모든 방해로부터 자유로워진 괴물들은, 알프레드를 막기에도 벅찬 클레어를 향해 손톱을 내질렀다. 날카로운 손톱이 클레어의 팔다리와 목을 베어 냈다.

"안 돼요."

니완스가 앞으로 나서려는 제니를 막았다.

"하지만 도와주기로 했잖아요. 지금이 위험한 순간인 것 같은데."

"저들은 더 이상 혈귀가 아니에요, 제니. 저들은…… 저 악귀들은 우리가 상대할 수 없어요."

"그래도 저 여자…… 아, 죽었네요. 저거 봐요, 여왕님. 저 여자 팔다리가 사라졌는데도 어깨로 저놈의 손톱을 막아 내고 있어요."

"타니하르가 소중한가 보죠. 일단 우린……."

거기까지 말한 니완스는 눈을 질끈 감았다가 떴다. 이대로 아무 도움도 주지 않고 도망칠 수는 없었다. 약속을 파기하면 잔인한 인간들과 다를 게 뭐란 말인가.

하지만 괴물로 변한 혈귀들은 상대할 엄두도 낼 수 없었다. 전력을 쏟아 부어도 일방적인 학살이 될 것이다.

니완스는 어쩔 수 없다는 듯 엄지와 중지를 튕겼다. 그러자 그들 뒤에 있던 무언가가 휙 달려 나갔다. 케나칼이었다.

이번 전쟁에, 니완스는 케나칼 수십 마리를 데리고 왔다. 케나칼은 투명해질 수 있었고, 모습을 감춘 몬스터라면 혈귀들도 볼 수 없을 거라 생각했기 때문이다.

"케나칼을, 인간을 구하는 데 쓸 줄 몰랐네요."

투명한 케나칼이 인간들을 들쳐 업는 걸 확인한 후, 니완스는 돌아섰다.

"타니하르의 부하를 몇 명이라도 구해 주면, 완전한 약속 파기는 아니겠죠. 이제 우리도 도망쳐요. 저 여자의 어깨까지 부서져서, 놈들을 막을 수 있는 게 아무것도 없어지기 전에."

"안 돼!"

라는 비명은 레드 일행이 있는 곳과 헤론이 있는 곳. 양쪽에서 울려 퍼졌다. 하지만 레드 일행은 헤론이 지른 비명을 신경 쓸 상태가 아니었다. 괴물들은 클레어를 죽일 수 있다. 정혈귀를 상대할 때와는 달랐다.

레드가 클레어를 향해 달려갔다. 그는 정혈귀보다 더 빠르게 움직였지만, 괴물들을 이길 수 없었다. 괴물들의 손톱이 사정없이 클레어의 남은 몸뚱이를 베어내고 있었다. 저 손톱이 심장을 가르는 순간, 클레어는 사라질 것이다. 다른 정혈귀와 아혈귀들처럼 먼지로 흩어져서.

그때였다.

검은 그림자가 괴물들의 사이로 움직였다. 사실 레드 일행은 검은 그림자의 움직임조차 깨닫지 못했다. 그만큼 빠르고, 그만큼 정확했기 때문이다.

그들이 아닌 누군가가 있다는 것을 알게 된 것은, 그림자가 움직임을 멈췄을 때였다.

흰 피부와 새까만 머리카락, 숨이 막힐 만큼 아름다운 얼굴과 단정한 자세.

그가 멈춘 후에야 괴물들이 산산조각이 났다.

파사사아아아—

괴물들은 언제 존재했냐는 듯 파괴되어, 먼지로 흩어졌다.

남자의 존재가 드러나는 순간, 레드 일행은 결박 마력에 걸릴 것처럼 우뚝 멈춰 섰다. 남자의 거대하고도 웅장한 존재감이, 그 주위의 인간들을 꼼짝 못 하게 만들었다. 그들은 숨을 쉬는 것도 잊었다. 남자는 옅은 미소를 짓고 있었지만, 조금도 온기가 느껴지지 않았다.

'움직여야 돼.'

레드의 본능이 그의 정체를 알려 주었다.

'클레어를, 클레어를 만지게 하면 안 돼.'

그러나 움직일 수 없었다. 온 힘을 써도 가위에 눌린 것처럼, 손끝 하나 움직여지지 않았다. 다른 일행과 타니하르도 마찬가지 상황이었다.

그는 그런 반응을 예상했다는 듯, 혹은 예상을 깨고 그들이 움직여도 상관없다는 듯 느리게 움직였다. 그가 향한 곳은 여태 주저앉아 있는 마하딘의 앞이었다.

그의 손이 뻗어 나가, 마하딘의 머리를 잡았다. 그는 손아귀 힘만으로 마하딘을 들어 올렸다.

"기누스."

그가 마하딘의 오래전 이름을 불렀다. 기누스는 왕에 대한 공포 때문에 고통을 잊고, 눈을 크게 떴다. 기누스의 머리를 잡은 남자의 손에 힘이 들어갔다.

"내가 하지 말라고 했을 텐데."

"와, 왕이여."

기누스의 입술이 파르르 떨렸다. 왕이라 불린 루시드는 미소조차 짓지 않고 손에 힘을 가했다. 루시드의 손톱이 기누스의 머리를 파고들어갔다.

"으으으……."

손톱이 뇌를 헤집었다. 기누스가 고통스러운 신음을 흘렸지만, 루시드는 눈썹 하나 움직이지 않았다. 루시드는 기누스를 들어 올린 채, 다른 손을 움직였다. 그의 손이 빠르게 기누스의 가슴 안에 들어갔다가 나왔다. 밖으로 끄집어낸 붉은 심장 가장자리에는 작은 마력석이 붙어 있었다.

"이런 걸 집어넣다니."

"왕이여, 제발……."

기누스가 애원하려 했지만, 루시드는 망설이지 않고 심장을 부수었다. 레드 일행이 죽음까지 각오하게 만들었던 기누스는, 루시드의 손길 한 번에 산산이 부서져 사라졌다.

"자아."

청소라도 끝낸 듯한 표정으로, 루시드가 손을 탁탁 털며 돌아섰다. 그는 느리게 회복하고 있는 클레어를 향해 걸어갔다. 클레어의 머리는 재생되었지만, 팔과 다리는 아직이었다.

"샬롯."

그가 클레어의 옛 이름을 부르더니, 그리운 듯 살짝 눈을 감았다.

"아, 그래. 샬롯. 나의 샬롯."

다시 눈을 뜬 그는, 한쪽 무릎을 굽히고 클레어의 옆에 앉았다. 그의 팔이 클레어의 등 아래로 들어가, 그녀를 안아 일으키는 순간.

"그 손 치워, 이 개자식아!"

레드가 비명처럼 외쳤다. 그 어떤 일에도 놀라지 않을 것 같았던 루시드가 눈을 크게 떴다가, 곧 미소를 지었다.

"소리를 낼 수 있다니. 강하군. 오르데안 공작을 보는 것 같은데."

"닥쳐, 이 자식아! 그 손 치우지 못해? 클레어를 만지지 마!"

"클레어. 샬롯의 새 이름인가?"

"그 손 치우라고!"

"하지만 나의 샬롯을 이대로 죽게 만들 순 없잖나. 샬롯의 심장에 작은 상처가 났다. 네 묽은 피 따위로는 쉽게 회복시킬 수 없지."

"닥치라고! 내 피를 다 빼내서라도 회복시킬 거니까! 네, 그 빌어먹을 피 따위는……!"

루시드는 악을 쓰는 레드를 무시하고, 손바닥에 깊은 상처를 냈다. 피가 배어 나왔고, 루시드는 그 피를 바로 클레어의 입가에 대주는 대신 자신의 입안에 머금었다. 루시드의 입술이 피로 붉게 물드는 것을 본 레드는, 그가 무슨 짓을 하려는지 깨닫고 절규했다.

"하지 마아아아아아아아!"

하지만 루시드에게 있어서 레드의 외침은 바닥을 기는 지렁이의 외침과 다를 게 없었다. 루시드는 고개를 숙여, 클레어의 벌어진 입술에 입을 맞췄다.

그의 피가 클레어의 몸 안으로 들어가자마자, 클레어의 육체가 순식간에 재생되었다. 레드는 눈을 부릅뜨고 그 광경을 지켜봤다.

사랑하는 여자가 가장 증오하는 남자와 눈앞에서 입을 맞췄다는 절망감은 없었다. 그저 또다시 루시드의 피를 마신 걸 알게 되면, 클레어가 얼마나 괴로워할지 상상이 돼서 견딜 수가 없었다. 심장이 뜯겨나가는 것 같다.

번쩍.

클레어가 눈을 떴다.

자신을 안고 있는 루시드의 얼굴을 확인하자마자, 클레어는 손톱을 뽑아낸 채 그의 목을 움켜쥐었다. 루시드는 피할 생각도 하지 않고 그녀를 내려다보며 미소 지었다.

"샬롯. 네가 그리웠다."

루시드의 손이 클레어의 검붉은 머리카락을 소중하다는 듯 쓰다듬었다.

"루시드."

"그래, 나다. 영광이군. 아직도 내 이름을 기억해 주다니."

"나를 봐라."

"원하는 대로."

루시드가 손을 떼자마자 클레어는 일어났다. 귀족의 영애처럼 기품 있는 자태로 돌아간 클레어는, 조용히 루시드를 응시했다. 루시드는 그녀가 전투태세를 풀었다는 것이 놀라운 듯 눈을 가늘게 떴다.

"날 죽일 생각이 사라진 건가?"

"부질없는 공격으로 널 즐거이 해 줄 생각은 없다, 루시드."

"하하하하. 그 무엇도 날 죽이지 못하리라는 걸, 이제야 깨달은 건가? 아니면……."

루시드의 날카로운 시선이 레드 일행 한 명, 한 명에게 꽂혔다. 레드 일행은 그의 시선을 받은 것만으로도 칼에 꿰뚫린 것 같은 통증을 느끼며 부르르 떨었다.

"저 약해 빠진 놈들을 믿고 있는 건가? 네 가족들보다 더 약한 저놈들을?"

"내가 누구를 믿든, 그것은 네가 상관할 바가 아니다. 내 얼굴이 그리워 온 거라면, 실컷 구경하고 돌아가거라."

"내가 저들을 죽인다면?"

"나는 또다시 부질없는 시도를 하게 되겠지."

"걱정 마라, 샬롯."

루시드가 희미한 미소를 입가에 머금고 클레어의 뺨을 쓰다듬었다. 클레어는 꼼짝도 하지 않고 그를 노려봤다.

"네가 원하는 것을 하고 싶은 만큼 하게 해 줄 테니까. 나는 무엇보다 그대의 행복을 바라거든."

"지랄 마!"

대답은 레드가 했다.

"행복을 바란다는 놈이 클레어를 외톨이로 만들어? 행복을 바란다면서 클레어를 고통 속에서 살게 해? 그게 무슨 미친 개소리야? 너는……."

레드는 말을 끝맺지 못했다. 어느새 레드의 옆으로 간 루시드의 손톱이 레드의 윗입술과 아랫입술을 꿰뚫었기 때문이었다.

"레오나드. 나는 샬롯을 혼자 둘 생각이 없었다. 그녀가 원했기에 보내준 거지. 그녀의 행복을 바라니까."

"으……."

"나는 두 번 다시 미천한 인간 따위에게, 내 사랑을 지적받고 싶지 않군. 파리가 붙은 것 같은 기분이 들어서 불쾌하거든. 앞으로는 입조심을 하는 게 좋을 거다, 레오나드. 대답은?"

"……."

"아아, 내가 입술을 묶어뒀었군."

사악―

레드의 입술을 뚫었던 손톱이 빠져나갔다. 뚫린 구멍으로 피가 줄줄 흘러, 레드의 날카로운 턱을 타고 떨어져 내렸다. 그 피는 바닥에 떨어지기 전, 루시드에게 흡수당했다.

뚫린 입술의 통증을, 레드는 겉으로 드러내지 않았다.

"내 이름을 어떻게 알지?"

레드가 대답하는 대신 질문을 했다. 루시드의 한쪽 입꼬리가 우아한 선을 그리며 올라갔다.

"고작 궁금한 게 그건가? 다른 것들이 있을 텐데. 내가 죽는 방법이라든가, 왜 이런 저주가 시작되었는지 라든가."

"대답하기 무서우면 할 필요 없고."

라울과 유키, 아란, 델리, 그리고 타니하르는 할 수만 있다면 비명을 지르고 싶었다. 루시드에게 잘 보여서 이 위기를 모면해도 부족할 상황에, 그를 도발하는 레드의 행동을 도무지 이해할 수가 없었다.

루시드는 콧등에 살짝 주름을 잡았다가 다시 미소를 머금은 얼굴로 돌아왔다.

"정혈귀가 죽을 때마다 그들의 기억이 내게 흘러들어오지."

"아아, 그래?"

레드가 씩 웃었다. 혈귀의 왕을 앞에 둔 것 같지 않은 유쾌한 미소였다.

"잘 됐군. 앞으로 내가 한 놈, 한 놈 정혈귀를 죽일 때마다, 네 놈의 끝이 한 발, 한 발 다가온다는 공포를 고스란히 느끼게 될 테니까."

'레드으으으으으!'

레드 일행은 한마음이 되어, 속으로 외쳤다.

'그 입 좀 다물어! 제발!'

심지어 클레어조차 레드의 입을 틀어막고 싶은 충동을 힘겹게 다스려야 했다. 대체 레드는 왜 루시드를 도발하는 걸까? 대체 왜? 뭘 얻기 위해서?

"안전한 곳에 앉아서 벌벌 떨어봐, 루시드. 곧 네 심장을 가지러 갈 테니까."

루시드의 눈을 마주한 레드는, 다른 일행이 모르는 것을 알고 있었다.

이 남자는 사랑이라는 감정보다 정복욕이 더 크다.

루시드는 그 어떤 일이 있어도, 여기서 레드를 죽이지 않을 것이다. 루시드가 레드를 죽이는 것은 조금 더 나중의 일. 클레어가 레드에게 완전히 마음을 열었다는 걸 확신하는, 그날의 일이리라.

그래야 클레어가 더 깊은 절망에 빠질 테고, 그 절망이 깊으면 깊을수록 그녀의 손을 잡아줄 수 있는 사람이 본인밖에 없을 거라고. 아마도 이 정복욕과 자기애가 강한 사내는 생각하고 있을 터였다.

루시드가 죽은 정혈귀의 기억을 흡수하는 거라면, 클레어가 레드에게 사랑을 고백했단 것을 모른다. 지금 레드의 죽음이 클레어를 얼마나 깊은 절망에 빠뜨리게 될지 모르는 루시드는, 절대 레드를 죽이지 않을 것이다.

레드의 예상은 맞아떨어졌다.

"재미있는 놈이군."

루시드는 레드를 놔두고 클레어를 향해 돌아섰다. 클레어는 동요를 드러내지 않고 루시드의 시선을 받아들였다.

사실 그녀는 지금 루시드보다 더 신경 쓰이는 것이 있었다. 어떻게든 루시드를 이 자리에서 떠나게 하고 싶어, 마음이 초조했다.

그것은 영원한 어둠 속에서 발견한 빛, 끝없는 사막을 걷다가 발견한 오아시스. 사막에서 가장 저주스러운 것은 내리쬐는 태양이지만, 오아시스를 발견하는 순간 태양을 향한 저주가 사라진다. 그처럼 클레어는 지금 당장 죽일 수도 없는 루시드의 존재가 그리 중요하지 않았다.

끝없이 걷다가 만난 오아시스를, 클레어는 찾아야만 했다.

"샬롯."

다행히 루시드는 클레어의 초조함을 간파하지 못했다.

"정혈귀는 오래 살수록 내 지배에서 벗어나고 싶어 하지. 인간이 신을 잊어버리듯이."

"재미있는 소리를 하는구나. 네가 신이라도 된단 말이냐?"

"정혈귀들의 신이지."

루시드는 두 손으로 클레어의 양쪽 뺨을 감쌌다. 그의 검고 깊은 눈동자는 무척이나 어두워서, 클레어의 모습이 반사되지도 않았다.

"몸을 사려라, 샬롯. 내 피를 마셨으니 한동안은 강할 테지만, 무한히 강한 것은 아니다. 금기를 깬 이들이 널 노릴 때마다 내가 지켜 줄 수 있는 게 아니니, 몸을 사려야 해."

"그런 것은 내가 알아서 할 일이다."

"그래, 그렇겠지. 샬롯 데 오르데안."

"……."

루시드는 매혹적인 미소를 지으며 클레어의 콧등에 입을 맞췄다. 레드의 얼굴이 일그러졌지만, 클레어는 꼼짝도 하지 않았다.

"조만간 내 곁으로 돌아오기를 기다리고 있겠다, 나의 샬롯."

클레어는 대답하지 않았고, 루시드는 예상했다는 듯 돌아섰다. 그는 등장했을 때처럼 순식간에 그들 앞에서 사라졌다.

그가 사라지자 레드 일행을 묶어 두고 있던 결박이 사라졌다. 그것은 실제를 가진 것이 아니었다. 오로지 루시드의 존재감이 만들어 낸, 실체 없는 밧줄이었다.

몸이 풀려나자마자 레드가 클레어를 향해 달려왔다. 레드는 한 팔로 클레어를 끌어안았다.

"괜찮아?"

"그래, 아이야. 나는 괜찮다."

"그놈이 네게 피를 먹였어. 나는 그걸 말릴 수가 없었고."

"괜찮다, 아이야."

클레어가 미소를 지으며 레드의 등에 팔을 둘렀다.

"이제 그런 것은 나를 절망케 하지 못한단다. 내게는 네가 있지 않느냐."

"아⋯⋯."

"그러니 괜찮다. 그가 내게 무슨 짓을 해도, 네가 내 옆에 있는 이상 나는 견딜 수 있단다."

"미안하다."

클레어가 다정하게 말해 줄수록 레드의 얼굴은 괴롭게 일그러졌다. 가장 증오하는 대상 앞에서, 레드는 꼼짝도 할 수 없었다. 그런 자신이 한심하고 경멸스러웠다.

가장 중요한 순간, 사랑하는 이를 보호하지 못하는 남자라니.

"아이야. 포옹은 조금 나중에 했으면 좋겠구나. 나는 찾아야 할 사람이 있단다."

그제야 레드가 클레어에게서 떨어졌다.

"찾아야 할 사람?"

"그래. 나는⋯⋯ 찾아야만 한다. 반드시."

그렇게 말하며 클레어는 풀숲을 둘러봤다. 레드 일행은 평소와 달리 서두르는 클레어에게 말을 걸지 못했다.

타니하르는 비틀거리며 남은 부하들을 챙기러 돌아갔고, 레드 일행은 클레어를 둘러싼 채 그녀가 행동하기를 기다렸다. 몇 번의 서늘한 바람이 그들을 스쳐 지나가고 나서야 클레어가 움직였다.

황급히 걸음을 옮기는 그녀의 뒤를, 레드 일행이 따라갔다. 그녀는 계속 걸었고, 나중에는 거의 뛰다시피 했다. 정혈귀의 속도를 내지 않고 달리는 그녀는, 연인을 만나러 가는 인간 처녀처럼 보였다.

그리고 클레어가 우뚝 멈춰 섰다.

"이히히히히. 찾아냈군요, 클레어 님."

기괴한 웃음소리와 함께 풀숲 사이에서 불쑥 헤론이 몸을 일으켰다. 헤론은 일그러진 미소를 지은 채 클레어를 내려다봤다. 그들 사이에는 2미터가량의 거리가 있었다. 클레어는 더 다가가고 싶은 듯했지만, 차마 움직이지 못했다. 조금 더 움직이면 꿈에서 깰지도 모른다는 두려움 때문에. 마치 신기루처럼 흩어질지도 모른다는 걱정 때문에.

레드 일행은 헤론을 만나자마자 죽일 거라는 각오를 하고 있었지만, 그를 앞에 둔 클레어를 보니 섣불리 움직일 수가 없었다. 그래서 그저 두 사람을 지켜보기만 했다.

침묵이 흘렀다.

쇄아아아아—

바람이 풀숲을 스치는 소리만 가득했다. 풀의 움직임에 따라 헤론의 긴 백발도 흩날렸다. 헤론은 귀찮은 듯 머리를 뒤로 넘기며 입을 열었다.

"히히히히. 그 마력석이 궁금하십니까? 그놈들 몸에 넣은 마력석은 말입니다. 사실 이걸로 조종할 수 있게 마력을 새겼거든요."

헤론이 검은색 마력석을 들어 올렸다.

"여기에 내 입김이 닿는 순간, 그 안의 마력석이 깨지면서 응축된 성수가 흘러나오는 거지요. 농도가 아주아주 짙은 성수. 겉으로 햇빛과 성수에 당하지 않은 건 말입니다. 그저 실드 마력을 걸어놨거든요. 몸 주위에 배리어가 생긴 거죠. 하지만 몸 안은 어쩌겠습니까? 보호받지 못하니…….”

“그만. 그만. 그런 건 궁금하지 않아.”

클레어가 고개를 저었다. 어린아이처럼 투정을 부리는 듯한 그녀의 모습에, 레드 일행의 눈이 휘둥그레졌다.

클레어는 이미 레드 일행의 존재를 잊은 것 같았다. 그녀는 용기를 내어 한 발 앞으로 다가갔다.

“그렇다면…….”

헤론은 말을 멈추고 가방 속에서 상자를 하나 꺼냈다. 사람 얼굴 크기의 정사각형 상자였다. 건네는 상자를, 클레어는 순순히 받아 들었다. 그리고 고통스러운 표정으로 상자에 달린 붉은 버튼을 눌렀다.

촤라라라라—

가지각색의 빛이 음악처럼 뿌려졌다. 오색의 빛은 아모른의 축복을 볼 때와 비슷한 구석이 있었다. 하늘로 터지듯 올라갔다가 떨어지는 빛이 클레어를 아름답게 물들였다. 거기에 감탄하기 전, 빈 줄 알았던 상자에서 토끼 한 마리가 튀어나와 클레어에게 안겼다.

클레어는 토끼와 상자를 옆에 내려놨다. 헤론은 난처한 듯 미소를 지으며 자신이 차고 있던 검을 뽑았다. 은빛 검이 빛나는 모습에, 아란과 레드가 반사적으로 무기를 잡았다. 하지만 헤론은 그것으로 클레어를 공격하는 대신, 두 손으로 양 끝을 받들어 클레어에게 내밀었다.

"그렇다면 이것은……."

클레어는 헤론의 말이 끝나기도 전에 검을 잡아 옆으로 던져버렸다. 그 검은 과거 오르데안 가를 상징하는 보검이었다.

검을 내밀며 허리를 굽히고 있던 헤론이 어쩔 수 없다는 표정으로 몸을 쭉 펴고는 고개를 옆으로 기울였다.

헤론을 정신없이 바라보던 클레어가 결국 두 눈을 질끈 감았다.

뻥 뚫린 가슴이었다. 텅 빈 가슴이었다.

멈춰 있는 심장만 들어 있는 차가운 가슴을, 한 움큼 레드가 채웠다. 또 한 움큼 레드 일행이 채웠고, 마지막 남은 한 움큼 저 백발의 남자가 채워버렸다.

그래서 가득 찬 가슴은, 비록 클레어의 착각일 뿐이지만, 세차게 뛰기 시작했다.

클레어는 두 손으로 얼굴을 가리고 신음과도 같은 탄성을 흘렸다.

"아아아아…… 아아아아!"

레드 일행은 무슨 일이 벌어진 건지 알 수 없었다. 클레어가 왜 저러는 걸까? 도대체 저 남자가 무엇이기에.

"아……!"

라울이 헤론의 정체를 깨달은 듯 낮게 외쳤을 때. 클레어가 두 손을 내렸다.

그녀의 커다란 눈에서 흐른 눈물이, 그녀의 작은 얼굴 전부를 적시고 있었다. 클레어는 천여 년 만에 흐르는 그 눈물을 깨달을 새도 없이, 헤론을 향한 남은 한 걸음을 옮겼다.

벌어진 두 팔이, 헤론이 도망칠 틈도 주지 않고 그의 목을 끌어안았다. 훤칠한 키의 헤론은 클레어에게 안기는 바람에 구부정한 자세가 되었다. 백발이 흘러내려 그의 얼굴을 가렸지만, 떨어지는 눈물마저 감춰주진 못했다. 뜨거운 눈물이 클레어의 차가운 목덜미로 흘러내렸다.

"아아아, 아아아아."

클레어의 팔에 힘이 들어갔다.

"아아아아아아!"

클레어는 새된 비명을 내지르며, 헤론이 천 년 이상 잊고 있었던 이름을 입에 담았다.

"카인."

금기를 깬 정혈귀의 기억은 사라지지만, 마하딘의 기억은 루시드에게 흘러들어왔다. 별생각 없이 걸어가던 루시드는, 기억 속에 있는 인물을 발견하고는 피식 웃음을 흘렸다.

"아아, 그거였군. 오르데안 공작. 그 마지막 부탁. 내게 한 것이 아니라 카인을 향한 것이었군."

마하딘의 곁에 있던 연금술사 헤론. 천 년 전과 달리 백발에 광기 어린 눈빛, 그리고 외눈이었지만 카인이 분명했다.

"하지만 공작. 당신은 잘못 생각했어. 당신은 샬롯에게 소중한 것을, 그리고 희망을 하나 더 안겨 줬을 뿐이야. 천 년이 걸려 만난 희망을 꺼뜨리는 순간, 그녀가 얼마나 고통스러울지는 생각 안 해봤나 보지?"

루시드는 모히틀과 헤어졌던 장소에 도착해서 그를 찾아 고개를 돌렸다. 이곳으로 오는 도중, 금기를 깬 정혈귀들을 느끼고 혹시나 싶어 정체를 드러내고 말았다.

"도망쳤나, 모히틀? 이렇게 겁쟁이였는지는 몰랐네. 황제한테 어떻게 변명해야 할까?"

연인처럼 부둥켜안은 채, 클레어와 헤론, 아니 카인은 떨어질 생각을 하지 않았다. 그렇게 안고 있는데도 그들에게선 연인의 농밀한 감정보다는, 뭐라 표현하기 힘든 고된 아픔과 슬픔이 흘러나왔다.

"카인……이었다니……."

라울이 한 손으로 입을 가렸다. 눈시울이 붉어지며 눈물이 차올랐다. 차오른 눈물이 녹색 눈동자를 부풀렸다가 무게를 이기지 못하고 낙하했다.

"이럴 수가……."

그의 목소리가 신음하듯 흘러나왔다.

"진짜로 그 약속을 지켰다니…… 이럴 수가……."

라울은 흐느낌을 참을 수가 없었다. 고개를 푹 숙이고, 라울은 울었다. 눈물이 뚝뚝 떨어져 내려 대지를 적셨다.

"아아, 카인. 이럴 수가……!"

이럴 수가. 그 말 외에 지금의 심정을 표현할 수 있는 말이 없었다. 라울은 그 말을 반복해 내뱉다가 결국 허물어졌다.

"아아, 이럴 수가."

천 년 전의 일을, 라울은 알고 있다. 그 마지막 순간, 라펠이 카인에게 얼마나 무거운 짐을 지워줬는지, 라울은 알고 있었다. 하지만 너무나 허무맹랑한 약속이었기에, 잊고 있었다. 지켜질 리 없다고, 지켜질 수 없다고, 라울은 그렇게 생각했다.

*　　*　　*

라펠이 죽기 며칠 전. 그는 오르데안 공작을 찾아갔다. 전세는 악화되어, 권능을 받은 이의 대부분이 죽었고, 성기사들 역시 전멸했을 때였다.

"샬롯을……."

오르데안 공작은 그답지 않게 고개를 숙이고 앉아 있었다. 비통한 음성이 흘러나왔다.

"샬롯을 두고 가야만 하겠지."

"아버지……."

"너도, 나도 죽을 것이다, 라페인."

"네, 아버지."

"그러면 내 사랑하는 딸이 혼자가 되겠지."

라펠은 울음을 참기 위해, 아랫입술을 세게 깨물었다. 카르제나가 죽었고, 라시안이 죽었다. 어머니도, 텔스도, 카할도 죽었다. 모두 죽고 오르데안 공작과 라펠만이 살아 있었다. 강하기에 살아남은 것이 아니라, 루시드가 아직 공격하지 않았을 뿐이라는 것을, 둘 다 화가 날 정도로 잘 알고 있었다.

"내 딸을 혼자 두고 가야 하는 것이 원통하고 분해서, 나는 견딜 수가 없구나. 라페인."

"저도…… 그렇습니다, 아버지."

죽음이 두렵진 않았다. 혈귀와 싸우는 가문에 태어난 순간부터, 항상 죽음을 각오하고 살아왔다.

하지만 지금의 경우는 다르다.

두 사람이 죽는 순간, 샬롯이 혼자 남게 된다. 그녀는 저주에 걸린 채, 의지할 가족도 없이 영원히 살아가게 될 것이다.

"마음 같아서는 말이다. 나는 정혈귀라도 되어 내 딸의 곁에 있어주고 싶구나. 아아, 이런 생각이 아모른 님께 벌을 받을 생각이라는 것은 알지만, 절대 해서는 안 될 생각이라는 것을 알지만, 내 아들아. 나는 샬롯을 두고 갈 수가 없구나."

"아버지……."

라펠도 그와 같은 생각이었다. 정혈귀라도 되어 샬롯과 함께해 주고 싶다.

"그러나 그 남자는, 루시드, 그 잔혹한 남자는 우리를 정혈귀로 만들지 않겠지."

"네, 그는 우릴 아혈귀로 만들지언정, 결코 정혈귀로 만들진 않을 겁니다."

"그러니 그조차 기대할 수 없구나. 아아, 내 딸을 어떻게 두고 간단 말이냐."

오르데안 공작의 어깨가 가늘게 떨리고 있었다. 라펠로서는 처음 보는 아버지의 약한 모습에, 그의 눈시울이 붉어졌다. 한숨을 반복해 내쉬며 울음을 참던 라펠의 머리에, 한 남자가 떠올랐다.

"카인, 카인이 있습니다, 아버지."

그 말에 오르데안 공작이 번쩍 고개를 치켜들었다.

"카인……."

"그 녀석이라면 무슨 짓을 해서든 살아남을 수 있을 겁니다. 어떻게든 살아남아 샬롯을 지켜줄 수 있을 겁니다. 어쩌면 이 모든 것을 끝낼 방법을 찾아낼지도 모르고요."

"아아, 그래……."

카인은 대마력사였다. 대륙에 하나밖에 없는, 타고난 대마력사. 마력을 원하는 대로 변형시킬 수 있는, 단 한 명뿐인 마력사. 그가 마력과 물질을 결합해 만드는 수많은 약품들은, 상상도 못한 효과를 보여 주기도 했었다.

"그에게도 괴로운 길이겠지만, 그 녀석이라면 샬롯을 위해 해줄 겁니다. 어떻게든. 루시드도 그 녀석을 굳이 찾아내서 죽일 생각은 없는 듯하니…… 우리에게 남은 희망은 카인뿐입니다."

그래서 라펠은 카인을 찾아갔다. 카인은 어두운 연구실에 초조하게 앉아, 붉은 머리카락을 쥐어뜯고 있었다.

"카인."

"아아, 라페인 님."

카인이 벌떡 일어났다.

"제가, 제가 대체 뭘 어떻게 해야 합니까? 제가 할 수 있는 일은 아무것도 없는 겁니까? 샬롯 님을 위해, 제가 무엇을 할 수 있습니까?"

카인이 달려들 듯 물었다. 라펠은 카인의 마른 어깨를 잡고 말했다.

"카인. 우리는 죽게 될 거다."

카인의 눈이 커졌다.

"루시드가 뭘 계획하고 우릴 살려 뒀는지 모르겠지만, 나와 아버지는 조만간 죽게 될 거다."

"그럼, 샬롯 님은……."

"네가 지켜 줘."

"제……가요?"

"그래, 카인. 샬롯은 아마도 영원히 살게 될 거다. 내 동생이니 절대 인간의 피를 마시지 않겠지. 그게 정혈귀란 족속에게 어떠한 고통을 주는지는 모르겠지만, 아마 죽지는 않을 거다."

"……."

"그러니까 카인. 네가……."

라펠은 결국 참지 못하고 울음을 터뜨렸다. 고개를 숙이고 흐느끼는 라펠을, 카인은 침잠한 눈으로 지켜봤다.

"아아, 카인."

라펠이 다시 고개를 들었다. 늘 굳건했던 라펠의 젖은 눈동자가, 카인의 심장을 옥죄었다.

"네가 지켜 줘."

라펠의 음성은 간절하고, 또 간절해서 카인의 눈에서도 눈물이 흐르기 시작했다.

"부탁이야. 이런 부탁을 해서 정말 미안한데…… 이제 너밖에 없어. 내 동생을, 우리 샬롯을, 어떤 방법을 써서든 구해 줘. 그 애의 저주가 끝나기를…… 카인."

라펠의 손에 힘이 들어갔다.

"그 어떤 방법을 써서든, 제발……."

"라페인 님."

카인은 눈물을 멈추고 입가에 미소를 지었다. 그는 라페인의 손을 꽉 붙잡고 라페인과 눈을 맞췄다.

"제 능력 아시잖아요."

카인의 눈동자는 더 이상 흔들리지 않았다.

"반드시 살아남아서 샬롯 님 곁에 있겠습니다. 그 밤의 저주가 끝날 때까지, 샬롯 님을 지켜드리겠습니다. 그러니까 라페인, 내가장 좋은 친구이자 나의 주인님."

카인은 한쪽 무릎을 꿇고 앉아 라펠의 손등에 입을 맞췄다. 그의 붉고 부드러운 머리카락이 라펠의 손을 감쌌다.

"안심하고 아모른 님의 곁으로 돌아가십시오. 흐르는 시간은 제가 어떻게든 지키겠습니다."

*　　*　　*

그 약속이 지켜지리라고, 누가 생각했을까?

카인은 정혈귀가 되지 않았다. 그러나 그는 지금 이곳에 있다. 그가 어떤 방법을 사용했는지는 모르겠지만, 그것은 아마도 괴롭고 고통스러운 방법이었을 것이다. 그 증거로 아름다웠던 붉은 머리가 하얗게 세고, 한쪽 눈이 사라졌으니까.

카인은 약속을 지켰다.

"아……."

부탁하던 라펠의 마음과 약속하던 카인의 눈빛을 알기에, 라울은 숨을 쉬기 괴로울 정도로 가슴이 아팠다. 그는 천 년을 뛰어넘어 샬롯의 곁에 섰다. 그가 말한 대로, 그는 흐르는 시간을 타고 이곳에 당도했다.

그 누가 그런 것을 해낼 수 있단 말인가.

"라울. 저자가…… 정말 카인인가?"

아란이 옆에 털썩 앉아 라울을 돌아봤다.

"네, 당신은 본 적 없습니까?"

"이름만 들었지. 한 번도 내 환각에 나온 적은 없다."

"그렇군요…… 저자가 카인입니다. 많이 변하기는 했지만……."

"이럴 수가."

아란도 라울과 같은 감탄사를 내뱉었다.

"천 년이 넘는 시간을 거슬러 오다니, 정말…… 하아. 이럴 수가……."

클레어와 카인은 시간의 흐름을 잊은 것 같았다. 지켜보던 레드 일행은 둘의 주위를 둘러싸고 바닥에 앉았다. 부하들을 정리하고 차후의 일을 지시한 타니하르도 그들에게 합류했다.

유키는 레드가 질투하지 않을까 싶어 그의 표정을 살폈다. 유키의 예상과 달리, 레드는 부드러운 미소를 짓고 있었다.

"기분 좋아 보여, 레드."

유키가 작은 목소리로 속삭이자, 레드가 싱긋 웃었다.

"응. 카인이 누군지는 모르겠지만, 클레어가 만나고 싶어 하던 사람을 만난 거잖아."

"되게, 음…… 사랑에 빠진 레드는 되게 이상하다."

유키가 중얼거리며 다시 클레어 쪽으로 시선을 돌렸다.

밝았던 하늘에 어둠이 찾아오고 있었다. 해는 서쪽으로 기울고 연주홍색 노을이 하늘을 물들였다. 그제야 클레어는 카인에게서 떨어졌다.

"카인."

클레어의 손이 카인의 얼굴을 더듬었다. 카인은 쓸쓸한 미소를 지은 채로 그녀의 손길을 받아들였다.

"아아, 카인. 정말로 여기 있구나. 이렇게 만져도 사라지지 않는구나."

"네, 제가 여기 있습니다, 샬롯 님."

"아아, 카인. 라볼르에서 널 봤을 때, 기억을 잃은 상태였었어. 그래서 몰라봤어. 기억을 되찾고 나서야, 그 연금술사가 너라는 걸 알았어. 하지만…… 어쩌면 아닐 수도 있으니까, 내가 착각한 것일 수도 있으니까…… 그게 무서워서 달려가지 못하고 이날이 오기만을 기다렸어."

"샬롯 님……."

"카인. 왜……."

샬롯이 눈물을 글썽거리며 카인의 양쪽 볼을 감쌌다.

"왜 얼굴이 이렇게 된 거야? 그렇게 예뻤는데……."

카인이 작게 웃었다.

"샬롯 님은 여전히 아름다우시네요."

"변하지 않는 몸뚱이가 증오스러웠는데, 다행이야. 변하지 않아서, 네가 날 알아볼 수 있었던 거잖아."

그 말에 카인이 조심스레 샬롯의 머리카락 끝을 잡았다가 놓았다.

"샬롯 님. 아무리 변해도, 전 샬롯 님을 알아봤을 겁니다. 시간의 흐름이 그 육체에 스며들어도, 샬롯 님은 대륙에서 가장 아름다운 여인이실 테니까요."

카인에게 애잔한 눈빛을 보내던 클레어가, 뒤늦게 일행의 존재를 깨닫고는 돌아섰다. 둘을 둘러싸고 앉아 있는 일행의 모습에, 클레어는 놀란 듯 눈을 크게 떴다가 곧 미소를 지었다.

그녀의 작은 얼굴을 채운 미소는 '클레어의 미소'가 아니었다. '샬롯의 미소'였다. 인간이었던 시절, 사랑하는 이들을 곁에 두었을 때 지었던, 슬픔 없는 해사한 미소. 오랜 시간 얼어붙어 있던 루시드의 심장조차 녹인, 아름다운 미소.

그녀의 미소는 대륙을 밝히는 아모른의 축복 같아서, 일행은 잠시 모든 것을 잊고 빠져 들어갔다. 전쟁을 앞두었던 긴장감과 비로소 마주한 루시드를 향한 공포가 순식간에 사라졌다.

"내가……."

그녀의 도톰한 입술이 미소를 머금은 채 움직였다.

"잠시 과거에 빠져 있었구나."

카인을 대할 때와는 딴판인 태도가 레드 일행을 황당하게 했다. 그래도 클레어와 카인 사이의 분위기 때문에 다들 지적하지 않으려고 했지만, 레드는 달랐다.

"그 말투, 별로다."

레드가 콕 집어 말했다. 클레어는 두 손을 앞으로 모아 쥐고 고개를 옆으로 살짝 기울였다.

"아니, 그런 귀여운 표정을 지어도 소용없어. 그 말투, 이제 싫어."

"허나, 아이야."

"그놈이랑 나랑 다를 게 뭔데? 왜 나한테는 거리감 느껴지는 말투를 사용하는 거야?"

"다르지. 이히히히. 고작 몇 달 샬롯 님의 곁에 있었던 네놈과 나는 의미가 다르단 말이야, 의미가."

클레어와 대화하는 동안 사라졌던 광기가, 다시 카인을 채웠다. 클레어가 그런 카인을 가리키며 말했다.

"보아라. 카인도 내 앞에서만 멀쩡하고 너희들 앞에서는 미치지 않느냐."

"아니, 샬롯 님. 아무리 그래도 미쳤다는 말은 좀……."

카인이 불퉁거렸지만, 클레어는 바꿀 생각이 없는 듯 가만히 레드의 말을 기다렸다. 레드는 어쩔 수 없다는 듯 일어나 클레어에게 다가갔다. 그의 손이 조심스레 그녀의 팔뚝을 붙잡고, 그녀의 이마에 살며시 입을 맞췄다. 다시 똑바로 선 레드는 푸른 눈동자로 그녀를 응시하며 말했다.

"여기까지 오면서 많은 것을 잃었겠지만, 클레어. 네가 나를 잃는 일은 없을 거야."

그 순간, 클레어는 그의 눈동자가 바다보다는 하늘과 닮았다고 생각했다. 끊임없이 물결치는 바다가 아닌, 고요한 푸른 하늘. 때때로 먹구름에 가려지고, 어둠에 잠기기는 하지만, 결국은 원래의 상태로 돌아가는 하늘.

"그래."

대륙은 천 년 전과 많이 달라졌지만, 하늘만큼은 늘 똑같았다. 아마 레드의 새파란 눈동자에 담긴 약속 역시 변하지 않을 것이다.

이 땅을 떠나는 그 순간, 아마도 저 푸른 눈동자를 마지막으로 보게 되겠지. 저 푸른 눈동자가 그보다 먼저 어둠에 잠기는 일은 벌어지지 않겠지.

"그렇구나."

클레어는 레드의 단단한 가슴에 이마를 대고 중얼거렸다.

"내가 너를 잃는 일은 없겠구나."

"그래. 약속할게."

"나는 네 약속을 믿으니 행동으로 보여야겠지."

클레어는 부드럽게 미소를 짓고는 휙 돌아서서 카인에게 말했다.

"카인, 소개할게. 지금 나와 함께하는 내 친구들이야. 그리고……."

그다음에 클레어는 카인의 옆으로 가서 레드 일행을 돌아봤다.

"소개할게. 레드, 유키, 아란, 라울, 델리, 탄. 이 사람은……."

클레어의 손이 카인의 팔에 닿았다.

"내 마력사야. 대륙에 유일하게 존재하는, 대마력사 카인."

'대륙 유일의 대마력사'란 호칭은 이상했다. 책상다리를 하고 앉아 있던 타니하르가 한 손을 올렸다.

"할 말이 있는데, 클레어 공."

"할 말?"

"일단…… 그 원래의 말투라는 건 참 귀엽고 사랑스럽고 클레어 공이랑 잘 어울리는 것 같아. 하하하하."

"고마워. 아직은 좀…… 어색……하구나."

약 천 년을 사용해 왔던 말투를 한 번에 버리기란 쉽지 않았다. 카인이 상대일 때는, 옛 생각에 자연스럽게 원래 말투가 나왔지만, 레드 일행과 대화를 할 때는 한 번쯤 생각을 하고 말해야 했다.

'하지만…….'

이라고 생각하며, 클레어는 흘끗 레드를 쳐다봤다. 끊임없이 불어오는 바람이 머리를 헝크는 게 귀찮다는 듯, 잔뜩 찌푸린 레드는 한 손으로 앞머리를 누르고 있었다. 그 바보 같은 모습마저 사랑스러웠다.

'레드가 원하니까.'

레드를 잃는 일은 없을 것이다. 하지만 언젠가 레드는 클레어를 잃게 될 것이다. 그날이 오기 전에 레드가 원하는 것을 무엇이든 들어주고 싶었다. 연인들끼리 하는 입맞춤조차 해 줄 수 없는 클레어는, 잊고 지냈던 옛말투를 사용하는 것쯤은 원하는 만큼 해 주고 싶었다.

이런 마음이 드는 이유는, 아마도 카인을 만났기 때문일 것이다. 레드 일행을 만나고도 남아 있던 뻥 뚫린 공간을 카인의 존재가 채워줬다. 그리하여 클레어는 희미했던 샬롯의 마음을 오롯이 되찾게 되었다.

"두 번째로 말하고 싶은 건, 대륙에 이미 대마력사의 칭호를 받은 자들이 몇 명은 존재한다는 거야. 헤론, 아니, 카인? 에잇! 이름이 뭐든, 그 미친놈이 유일한 대마력사는 아니라는 거지."

타니하르의 말에 클레어가 빙긋 웃었다. 그녀는 조심성 없이 바닥에 탈싹 앉았다.

"이 시대에 대마력사의 칭호가 무엇을 의미하는지는 모르겠지만, 내 시대에 대마력사는…… 마력 변환이 가능한 자에게만 붙는 칭호였어."

"마력 변환이라니?"

마력을 다루는 타니하르도 들어 본 적 없는 단어였다.

"마력으로 물질을 바꾸는 능력."

"물질을 바꾼다고?"

"그래. 예를 들자면 돌을 금으로 바꾼다거나, 그런 거."

"그건 마력사들도 할 수 있는 건데. 봐봐."

타니하르는 옆에 굴러다니던 작은 돌을 손바닥에 얹고 중얼거렸다.

"금."

그러자 돌이 황금으로 바뀌었다. 돈 좋아하는 레드는 눈을 반짝반짝 빛내다가, 곧 그것이 마력으로 만든 금이라는 걸 깨닫고는 고개를 저었다. 클레어는 타니하르가 건넨 금덩어리를 집어 들었다.

"하지만 이것은 사실 돌이잖아. 이렇게 잘 만져보면 느껴져. 진짜 감촉."

"그래, 맞아. 돌이지만 금처럼 보이는 거지. 그렇게 보이니까 감촉을 착각하기도 하는 거고."

"마력은 물질의 성질을 진짜로 바꾸진 못해. 마력이 만들어 내는 불도, 물도, 바람도, 결국은 자연에 퍼져 있는 것들을 끌어와서 증폭시키는 것뿐이야."

"마력에 대해 잘 아는군, 클레어 공."

"우리 가문을 돕는 마력사들이 많이 있었지. 카인의 힘은 마력사들이 사용하는 것과 달라. 카인은 이걸 진짜 금으로 만들 수 있어."

그 말에 레드가 주먹으로 자신의 무릎을 탁 두드렸다.

"좋은데? 그럼 그 녀석을 돈줄로 삼으면 되겠네!"

"그게 가능한가?"

의심 없이 좋아하는 레드와 달리, 아란이 미간을 좁혔다. 마력에 대해서라면 아란도 조금은 알고 있었다.

라볼르에 연금술사가 있다는 말을 들었을 때 미심쩍어했던 이유는, '물질의 변환'이라는 것이 실제로는 불가능한 일이었기 때문이다. 10성급의 마력사도 돌을 진짜 황금으로 바꿀 수는 없었다.

"이히히히. 가능하지. 내 마력은 변환의 마력이거든. 내 육체 안에만 존재하는 마력."

잠자코 있던 카인이 끼어들었다.

"몸이 이 지경이 된 후엔 옛날처럼 잘 사용할 수 없지만……."

그는 땅에 손바닥을 가져다가 대고 집중한 듯 미간을 좁혔다. 그러자 주위에 있던 풀들이 바람에도 움직이지 않는 강철로 변하기 시작했다.

"이런 식이지. 예전엔 이 정도쯤은 아무것도 아니었는데."

카인이 지친 듯 숨을 몰아쉬었다.

레드 일행은 놀라워하며, 그들 주위를 둘러싼 강철 풀을 만져 보았다. 보이는 모습만 달라지게 하는 마력과 달리, 진짜 강철로 변해 있었다.

"이건 정말…… 믿을 수가 없군."

타니하르가 고개를 저었다. 자신이 몇 달 동안 함께 지냈던 자가 존재할 리 없는 힘을 가진 자였다니. 그걸 미처 알아보지 못한 자신의 무능력함에 한숨이 나왔다.

'그러고 보니, 저놈이 날 진짜 여자로 만들었었지. 마력이었으면 여자처럼 보이게 할 뿐인데. 그때 알아봤어야 하는 거였어. 하지만 저놈이 워낙 미친 짓들을 해대서 거기에 정신이 팔려 있을 수밖에 없었다고!'

타니하르는 속으로 알아보지 못한 것에 대한 당위성을 부여했다. 그때, 지금껏 조용히 카인의 얼굴을 살펴보기만 하던 라울이 입을 열었다.

"카인. 궁금한 게 있습니다."

"이히히히. 뭐든 물어봐. 넌 예의가 바르니까 뭐든 대답해 주지."

라울은 앞뒤로 상체를 천천히 흔드는 카인을 보며 물었다.

"어떻게 지금 이곳에 존재할 수 있게 된 거죠?"

오르데안 공작의 죽음을 확인하자마자, 카인은 저택 지하에 있는 비밀 통로로 들어갔다. 통로를 따라 쭉 걸어가다 보면 비밀 연구실이 나왔다. 루시드도 모르는 연구실이었다.

그곳에 들어가자마자 방어벽을 펼쳤다. 밖의 소리도, 안의 소리도 서로 통할 수 없도록. 루시드가 심장 소리로 카인을 찾아내는 일은 없으리라는 것을 확인한 후, 카인은 어떻게 해야 샬롯을 도울 수 있을지 고민하기 시작했다.

"현재 상태에서 샬롯 님을 도울 수는 없다고 생각했지. 이히히히. 그렇잖아? 권능을 가진 오르데안의 혈통이 하지 못한 일을, 일개 마력사 따위가 해낼 수 있을 리가 없지."

카인이 가장 먼저 생각한 것은 '불사의 몸'이 되는 것이었다. 죽지 않으면 쭉 샬롯의 곁에 있을 수 있다. 언젠가 루시드를 죽일 수 있는 자가 나타날 때까지, 혹은 그만한 힘을 기를 때까지 샬롯과 함께할 수 있다.

그래서 불사를 위한 연구를 하며, 틈틈이 혈귀의 진실을 기록했다. 누군가가 오르데안 가문의 조용한 싸움을, 그리고 오르데안 가문을 배신한 무리들을 알게 되도록.

"어쩐지 누군가가 직접 보고 쓴 것 같더군."

진짜 역사서의 일부를 읽은 타니하르가 중얼거렸다.

"그건 내가 쓴 게 아니야. 내가 써놓은 걸 누군가 찾아내서 다시 기록했겠지. 아무튼 그걸 다 쓸 때까지, 난 불사의 방법을 찾아낼 수가 없었어. 영원히 사는 것은, 혈귀에게나 가능했던 일인 거야."

불사의 생각은 버렸다. 루시드를 죽일 수 있는 방법도 알아낼 수 없었다. 그래서 카인은 육체만이라도 시간을 이길 수 있도록 만들어 보자고 생각했다.

"잠들 생각이었지. 썩지 않는 육체를 가진 채로 잠들어 있다가, 한참 후에 깨어날 생각이었어. 만약 그 전에 샬롯 님이 죽음의 축복을 받는다면 다행이겠지. 하지만 내가 깨어났을 때에도 샬롯 님이 살아 계시다면…… 그동안 외로웠을 샬롯 님과 함께 다시 이 땅에 내려진 아모른의 권능을 찾아야겠다고 생각했어."

카인은, 오르데안 혈통이 완전히 사라진 대륙에 권능을 가진 자들이 다시 나타나기까지는 상당히 오랜 시간이 걸릴지도 모른다고 예상했다. 만약 깨어나기 전에 권능이 나타나서 샬롯을 도와 루시드를 죽인다면, 그래서 깨어났을 때 샬롯이 없다면, 그때는 그냥 그렇게 살다가 죽어 버리면 되는 일이었다.

그 약을 만들어 내는 데 1년이라는 시간이 걸렸다.

"그게 성공한 건가?"

타니하르가 성급하게 물었다. 카인은 쓴웃음을 지었다.

"성공……이라고 해야 하나? 이히히히히히. 성공의 기준이 뭔지 모르겠지만, 내가 샬롯 님을 다시 만날 수 있게 되는 것이 성공이라면, 난 성공한 거겠지."

그의 말에서 기이함을 느꼈다. 라울이 저도 모르게 손을 뻗어 카인의 마른 손목을 붙잡았다. 라울이 '라페인의 기억'을 보고 왔다는 걸 모르는 카인은, 놀란 표정으로 라울을 쳐다봤다.

"왜 이래? 난 남자는 별로……."

"그 약을 먹고, 당신에게 무슨 일이 일어난 겁니까?"

라울은 카인의 과거 모습을 기억했다. 그는 훤칠한 키에 당당한 자태, 그리고 아름다운 적색 머리카락을 가진 남자였다. 그의 눈은 총기 있게 빛났고, 웃음소리도 지금과 달랐다.

그 때문에 이다지도 변한 그의 모습을 보는 것이, 라울은 괴로웠다.

"상관없잖아. 어쨌든 난 여기에 있고, 이제 네놈들이랑 샬롯 님을 도울 수 있게 됐어. 완벽해, 아주. 조금만 더 일찍 태어나거나 더 늦었어도, 난 실패했을 거야."

"대체…… 무슨 일이 일어난 겁니까?"

카인은 대답하지 않으려 했지만, 라울이 고집스럽게 물었다.

"라울 님?"

일행 중 가장 냉소적인 태도를 고수하는 라울의 열띤 행동에, 델리가 당황한 듯 그의 이름을 불렀다. 하지만 라울은 이곳에 카인만이 존재한다는 듯 시선을 그에게 고정시키고 있었다.

"예의가 바른 놈인 줄 알았는데…… 이히히히히. 호기심 많고 집요한 놈이구만. 뭐, 좋아. 난 호기심 많고 집요한 놈을 싫어하지 않지."

이번에도 카인은 말을 돌리려고 했다. 하지만 라울은 그를 놔주지 않았다.

"무슨 일이 벌어진 겁니까, 카인."

또다시 나온 질문에, 카인은 곤란한 듯 인상을 찌푸렸다. 그는 옆에 앉아 있는 클레어를 흘끗 쳐다보고는 깊은 한숨을 내쉬었다.

"호기심 많고 집요한 놈이 싫어지려고 하네."

"나도 궁금해, 카인. 왜 이렇게 된 거야? 그 오른쪽 눈은 어떻게 된 거고?"

클레어까지 나서자 카인은 어쩔 수 없다는 듯 흘러내린 머리를 쓸어 넘겼다.

"나는 약이 완성되자마자 라볼르로 향했어. 그 당시에 라볼르는 아무도 살지 않는 버려진 섬이었거든. 인간이 없는 곳에 혈귀가 있을 리 없으니까, 거기서 잠드는 게 가장 좋다고 생각했지. 내 힘을 이용해서 산속에 그 동굴을 만들고, 그 안에 들어가 약을 마셨어."

"그리고요?"

"눈이 감겼고 온몸이 무거워졌지. 나는 쓰러졌고, 그 상태로 천 년을 보내다가 깨어났어. 그다음은 너희들이 알다시피 미친 연금술사라는 소리를 듣다가 마하딘 눈에 띄어서 왕실로 들어오게 된 거야. 이히히히히. 이제 내 이야기는 끝."

"그게 전부가 아니잖습니까?"

라울의 손에 힘이 들어갔다. 적당히 넘기려던 카인은 어깨가 들썩거릴 정도로 한숨을 뱉어 내고는 말했다.

"육체는 잠이 들었는데 말이야. 뭐가 잘못된 건지, 여기가 잠이 안 들더라고."

카인이 검지로 관자놀이를 톡톡 두드렸다.

"깨어 있었어, 천 년 동안."

깨어 있었다. 잠든 것처럼 눈이 감긴 상태, 가위에 눌린 것처럼 꼼짝도 할 수 없는 상태. 그 상태로 천 년을 깨어 있었다.

'실패했다!'는 것을 카인은 깨달았다. 정신이 잠이 들어야 하는데 너무도 멀쩡했다. 하지만 아무리 노력해도 잘 수 없고, 아무리 노력해도 움직일 수 없었다.

처음 몇 년은 견딜 수 있었다.

혈귀들이 무엇을 하고 있을까.

샬롯님은 어디에 있을까.

루시드는 무슨 짓을 하고 싶은 걸까.

왜 그런 존재가 이 땅에 생겨난 걸까.

어떻게 해야 그들을 이길 수 있을까.

저주받을 배신자 놈들은 무얼 하고 있을까.

아모른의 뜻은 대체 뭘까.

권능을 가진 자들은 언제 다시 나타날까.

그런 생각들로 십수 년을 보내자, 더는 생각할 것이 사라졌다.

그래서 카인은 마력에 대한 수많은 공식과 더 잘 이용할 수 있는 방법들을 생각했다. '이성의 마력석'도 그때 생각한 방법이었다.

하지만 그것도 몇 년 만에 끝났다.

생각할 것들이 사라지자, 카인은 서서히 미쳐가기 시작했다. 정신이 받은 고통이 육체에도 나타났다. 오른쪽 눈이 썩어서 흘러내린다는 것을 느꼈다. 아마 그때쯤에 머리도 희게 셌을 것이다.

마침내 움직일 수 있게 되었을 때, 카인은 지금보다 더 심하게 정신이 나간 상태였다. 라페인의 마지막 부탁, 그 음성을 매일 떠올리지 않았더라면 목적 잃은 미치광이로 살아가게 되었을 것이다.

"움직이지 않는 육체 속에 정신이 갇힌 채 천 년을 살아온 거군요."

라울의 눈시울이 붉어지는 것을, 카인은 이해할 수가 없었다.

'이 녀석, 예의 바르고 호기심 많고 집요하고 눈물까지 많은 놈인 건가? 이상한 놈이네.'

누구보다도 매몰찬 라울의 성격을 모르는 카인으로서는, 그렇게 판단할 수밖에 없었다. 라울이 한동안 라페인으로 살았다는 것을, 그래서 그 마지막 부탁을 기억한다는 것을, 카인은 꿈에도 모르고 있었기 때문이었다.

"요약하자면 그렇지. 이히히히. 하지만 결과적으로 샬롯 님을 만나게 됐잖아."

"하지만…… 하지만 카인."

클레어가 카인의 목을 끌어안았다.

"고통스러웠잖아. 눈이 썩을 만큼, 머리가 하얗게 셀 만큼 고통스러웠잖아. 대체 어떻게 천 년을…… 어떻게 그 시간을……."

천 년을 살아온 클레어조차도, 움직일 수 없는 육체에 갇힌 천 년을 상상할 수가 없었다. 괴로운 듯 몸을 떠는 클레어의 등을 어루만지며, 카인이 말했다.

"제 목적의 성공과 실패는, 샬롯 님을 만날 수 있는지, 없는지에 달려 있었습니다. 이렇게 만나게 되었고, 저는 성공했습니다, 샬롯 님. 슬퍼하실 일이 아닙니다."

"그래도, 그래도, 카인……."

클레어는 더 이상 눈물을 흘리지 못했지만, 온몸이 슬픔을 표현했다. 그녀의 떨림이 멈추질 않자, 카인이 이것 보라는 듯 라울을 향해 눈을 부라렸다. '이게 다 네놈이 집요하게 질문해 댄 탓이야!'라는 듯한 눈빛이었다.

조용히 이야기를 듣던 레드가 클레어의 옆으로 다가갔다. 그의 뜨거운 손이 클레어의 어깨에 닿자, 그녀는 고개를 들어 레드를 올려다봤다. 레드는 고개를 살짝 옆으로 기울였다가 쓸쓸한 미소를 지으며 말했다.

"그렇게 슬퍼하는 것보다 다른 할 말이 있잖아, 클레어."

"다른 할 말……?"

"그래. 널 위해 천 년을 고생한 너의 대마력사에게 할 말."

"아아. 그래, 맞아. 레드. 고마워."

"별말씀을."

클레어는 슬픔을 거두고 일어나 카인의 앞에 섰다. 늘 그렇듯 기품 있는 자세로 선 클레어가 손을 내밀자, 카인이 얼른 한쪽 무릎을 꿇고 그녀의 손을 잡았다. 고개를 숙인 카인에게, 클레어가 말했다.

"고개를 들어, 카인."

거부할 수 없는 음성이 흘러나왔다. 고개를 든 카인과 눈을 맞춘 클레어는, 더없이 행복한 미소를 지으며 말했다.

"수고했어, 카인. 나를 위해 그대가 해 준 일은, 그 어떤 가신도 해 줄 수 없는 일이었어. 나는 평생 그것을 기억할 거야. 오르데안 가문을 대표하여, 그대에게 감사를 표할게."

그녀의 말이 끝나자, 카인은 그녀의 차가운 손등에 입을 맞추고 말했다.

"언제나, 어디서나, 그 어떤 일이든지, 해내겠습니다. 제 가장 좋은 친구이자, 주인이신 샬롯 님을 위해."

*　　*　　*

아모펠츠 교국에서는 여러 개의 기사단이 있었다. 그중 가장 강하다고 평가를 받는 것이 〈빛의 기사단〉이었다. 빛의 기사단 단장인 데라이드는 검고 긴 머리카락을 가진 아름다운 남자로, 유쾌한 성격 덕분에 성기사들 사이에서 인기가 많았다. 그는 성기사답지 않게 음악과 시를 좋아하고, 노는 것을 즐기며, 애주가

였다.

은빛의 둥근 달이 빛나는 밤, 그는 늘 그렇듯 창가에 앉아 간간이 술잔을 기울이며 하프를 연주했다. 그가 연주하는 아름다운 음률이 회청 빛 밤하늘을 물들이다가, 어느 순간 뚝 끊겼다.

"올 줄 알았어."

데라이드는 하프를 옆에 내려놓고 창틀에서 내려왔다. 아무도 없었던 그의 방에는, 언제 들어온 건지 은빛 머리카락을 가진 신비로운 남자가 서 있었다. 은빛 호수의 주인이자 실버 드래곤인 켈트로디언이었다.

"어제 그 일이 있자마자 올 줄 알았는데, 생각보다 늦었네. 결심을 하느라 늦은 거야?"

데라이드가 자신이 마시던 술잔을 켈트로디언에게 건넸다. 켈트로디언은 그것을 받아 들고, 찰랑거리는 호박색 액체를 물끄러미 내려다봤다. 그의 진회색 눈동자가 신중하게 빛났다.

"데라이드."

이윽고 켈트로디언이 입을 열었다.

"나는 그 아이가 안쓰러워서 견딜 수가 없어."

데라이드가 빙그레 웃었다.

"그래, 나도. 그 아이는 참으로 오랜만에 이 심장이 감정이라는 것을 담아내게 했어. 샬롯, 아니, 이제 클레어라고 불러야 하나?"

"이름이 무엇이 됐든, 그 아이는 긴 시간 고통을 받았어. 나는 그것을 쭉 지켜봤고."

"그래, 알아."

"그 아이를 보면 볼수록, 나는 주인의 심정을 이해할 수가 없어져. 주인은, 대체 왜 그 아이의 고통을 두고 보는 것일까? 왜 천 년이라는 시간이 지난 지금에야 권능을 이 땅에 보내 주신 걸까? 루시드, 그 아이가 대체 뭐라고."

"그러게 말이야. 루시드, 그놈이 대체 뭐라고 그놈 하나를 위해 이렇게 오랜 시간 대륙을 버려두신 건지……."

"주인은 아직도 아무 말씀이 없으신가?"

"응, 아무 말씀도."

"그렇다면 안쓰러운 그 아이가 아무리 발버둥을 쳐도, 저주를 끊어내지 못하겠군."

"그래. 우리가 개입하지 않는 이상, 샬롯, 아니, 클레어는 앞으로도 쭉 살아가게 될 거야. 또다시 소중한 이들을 잃고. 그때가 되면 변할지도 모르겠어. 더 이상 희망이 없다는 것을 깨닫고 나면, 클레어도 모든 것을 버리고 진짜 저주받은 악귀의 길에 들어서게 될지도."

데라이드는 감정 없는 눈으로 창밖을 내다보며 중얼거렸다. 켈트로디언은 아무 말도 하지 않았다.

"오르데안의 귀여운 아이들은 속수무책으로 당해버렸고, 내가 변환의 힘을 준 카인은 오르데안의 아이들을 돕지 못했어. 천 년을 넘어 클레어를 다시 만났지만, 과거와 같은 일이 반복될 거야. 이제 남은 방법은…… 로디언."

데라이드가 말을 멈추고 켈트로디언을 지그시 응시했다. 그의 검은 눈동자가 서늘하게 빛났다.

"루시드를 죽이는 방법을 클레어에게 알려주는 것뿐이야. 주인은 그래도 된다고 허락해 주지 않았지."

"그래, 사라진 것처럼 요 몇 년간 아무 말씀 없으시지. 이 땅에 권능을 내려주시지 않았다면, 나는 그분이 더 이상 존재하지 않게 되었다고 생각했을 거야."

드래곤에게 '요 몇 년'이란, 천 년의 시간을 의미했다.

"존재하지 않게 되었다니…… 그건 너무 무례한 말인데, 로디언."

데라이드가 싱긋 웃었다.

"각오를 하고 나니 주인도 눈에 안 보이는 거야?"

"그 아이를 만나 준 게 잘못이었어."

켈트로디언은 원래 마음이 약했다. 그래서 더욱 생물과 거리를 두고 홀로 살아갔다. 그러던 때에 루시드가 첫 번째 정혈귀를 만들어 냈다. 그런데 그 첫 번째 정혈귀가 몹시도 심지가 곧아서, 루시드조차 하지 못한 일을 해냈다.

인간의 피를 마시지 않는 것.

루시드의 시작을 지켜봤고, 그 저주의 강력함을 아는 드래곤으로서, 그녀가 인간의 피를 마시지 않는다는 게 얼마나 고통스럽고 불가능한 일인지, 누구보다도 잘 알고 있었다. 첫 번째 정혈귀라서? 아니, 인간의 피를 마시지 않는 건 혈귀의 왕인 루시드조차 해내지 못한 일이었다.

그래서 얼음의 땅까지 흘러들어온 샬롯을 만나 주고 말았다. 그 순간, 방관자의 입장에서 지켜보기만 했던 켈트로디언의 가슴속 깊이, 샬롯이 들어와 버렸다.

"웃겼어, 너. 원래 모습으로 어슬렁거렸던 것도, 클레어한테 네가 아직 잘 있다고 알려 주기 위해서였지?"

샬롯의 부탁을 받아 오르데안 가문의 비서를 감추고, 권능이 다시 나타나기를 기다리며 세월을 흘려보냈다. 금방 나타날 줄 알았던 권능은 시간이 지나도 나타나지 않았고, 켈트로디언은 불안해졌다. 혹시라도 샬롯이 포기하고 주저앉을까 봐. 권능의 탄생을 기다리지 못하고 저주의 길에 들어설까 봐.

그래서 켈트로디언은 인간들에게 모습을 드러냈다.

'난 잘 지내고 있다. 알겠느냐, 아이야. 내가 비서를 잘 가지고 있다는 것은, 언젠가 반드시 권능이 나타날 것을 믿기 때문이란다. 그러니 너도 믿거라, 사랑스러운 아이야.'

샬롯이 그 의미를 깨달았는지 깨닫지 못했는지는 모르겠지만, 어쨌든 그녀는 저주에 들어서지 않은 채 권능의 아이들을 만났다. 그녀가 권능의 아이들과 조우하는 순간, 켈트로디언은 대륙에 내려진 긴 저주도 종말을 맞이하리라고 예상했다.

"주인이 답을 주실 줄 알았다. 그런데 주인은 여전히 아무 말도 없군. 저 아이들이 긴긴 생을 살아가는 것도 아닌데."

켈트로디언이 무거운 목소리로 말했다.

"그래서? 주인을 배신하게?"

되묻는 데라이드의 얼굴엔 분노도, 걱정도 담겨 있지 않았다. 데라이드는 그저 답을 기다리는 듯 무표정하게 켈트로디언을 응시했다.

"배신……이라고 해야 하나?"

"주인은 때가 되면 알려 주겠다고 했어. 하지만 아직 아무 말씀 없으시지. 그런데 네가 행동을 취했다는 건…… 역시 배신 아니겠어?"

"아아, 그런가?"

켈트로디언은 괴로운 듯 두 손으로 얼굴을 가렸다.

"하지만 나는 더 이상 못 보겠다, 데라이드. 루시드는 주인을 실망시켰지. 하지만 샬롯은 아니야. 그 아이는 아무 죄도 없이 고통을 받아 온 거야. 그 아이에게 아직은 때가 아니라고, 천 년을 더 견뎌 보라고 어떻게 말할 수 있겠어?"

비통한 음성을 듣던 데라이드가 그에게 다가가 그의 손을 잡아 옆으로 내렸다. 데라이드는 눈썹을 늘어뜨리고 쓸쓸한 미소를 지었다.

"로디언. 네가 하고 싶은 대로 해."

"하지만……."

"각오하고 온 거잖아. 그러니까 나는 널 말리지 않을 거야."

"데라이드……."

"나는 내 힘의 일부를 넘겨받은 카인이 사랑스러웠어. 그 아이는 천 년이라는 시간 동안 움직이지 않는 육체에 갇혀서 지냈지. 그리고 샬롯, 클레어, 그 아이는 루시드조차 하지 못한 일을 해냈어. 어쩌면 말이야, 로디언. 나는 어느 누구도 해낼 수 없는 이 두 사람의 존재야말로, 주인의 허락이 아닐까, 라는 생각이 들기도 해."

"과연…… 그럴까?"

"내 좋을 대로 해석하고 있는 것일지도 모르지. 주인이 아무 말도 안 해 주는데, 누가 그 속을 알겠어?"

데라이드가 유쾌한 미소를 지었다.

"네가 오는 순간 나도 각오했어, 켈트로디언. 하지만 난 직접 개입하진 않을 거야. 여기서 기다릴게."

"……."

"나는 최근 여러 가지 생각을 해. 우리 드래곤은 왜 존재하는가. 주인은 왜 고작 그러한 일로 루시드에게 형벌을 내렸을까. 클레어는 아무 잘못도 없이, 왜 긴 시간 고통을 받는 걸까. 그리고 저주를 끝내는 것이, 왜 그런 방법일까."

데라이드는 몸을 휙 돌리더니 창가에 붙어 있는 나뭇잎사귀를 떼어왔다. 그는 아무 힘도 들이지 않고 그것을 작고 투명한 술잔으로 바꾸었다.

"하지만 결국은 그 답을 찾아낼 수가 없더라. 우린 가장 주인과 가까운 존재지만, 결국은 그의 피조물일 뿐이니까."

술잔에 술이 생겨났다. 켈트로디언이 쥐고 있는 술잔에 담긴 것과 같은 색의 술이었다.

"그래서 그냥 생각을 멈추고 살아가기로 했어. 나는 그저 이곳에 존재할 거야. 내가 가르치는 성기사 아이들이 죽게 되면 조금 쓸쓸해지겠지만, 또 다른 아이들이 그 자리를 채우겠지. 나는 저기 저 커다란 나무처럼 그냥 이곳에 존재하면서, 내 곁을 흘러가는 인간들을 지켜볼 거야. 개입하지도 않고, 그렇다고 눈을 돌리지도 않는 그런 상태로. 하지만 넌 개입하기로 결심한 거지?"

켈트로디언이 가볍게 고개를 끄덕였다.

"너도 알겠지만 인간의 일에 개입을 하게 되면, 우리는 약해져. 네가 클레어를 도우면 도울수록 넌 힘을 잃게 될 거고, 어쩌면 끝에 닿기 전 소멸하게 될지도 몰라."

"그건 너도 마찬가지야, 데라이드."

켈트로디언의 눈썹 끝이 아래로 늘어졌다. 데라이드가 웃었다.

"너나 나나 슬슬 소멸할 때가 되지 않았을까? 참 길고도 긴 세월을 살았잖아."

"그래, 그렇지."

"만약 네가 움직이게 된 이 상황이 우리의 소멸을 예고하는 거라면, 하프를 연주하며 때를 기다리는 것도 나쁘지 않겠지. 하지만 로디언. 이왕이면 소멸의 순간을 너와 함께 맞이하고 싶어."

"그래. 나도 이왕이면 그랬으면 좋겠어."

"그러니까 클레어를 돕더라도, 소멸하지 말고 이곳까지 와야 돼. 만약 루시드가 네 존재를 알게 된다면, 널 죽이려고 들지도 몰라. 그 아이에게 우리는 주인 다음으로 증오스러운 존재일 테니까."

"그렇겠지."

"그러니까 너무 잦은 개입으로 약해지지 마. 한 발 물러서서 지켜보는 입장을 취하지 않으면, 넌 여기에 오기 전에 루시드의 손에 죽게 될 거야."

"염두에 둘게. 그리고 반드시 이곳으로 돌아올게."

"그래, 난 널 믿어."

챙―

데라이드가 쥐고 있던 잔을 켈트로디언의 잔에 살짝 부딪쳤다. 잔에 담긴 금빛 술이 찰랑거렸다. 인간의 모습을 한 두 드래곤은 동시에 그것을 마셨다. 잔을 비운 데라이드가 켈트로디언의 어깨에 살며시 손을 얹고, 그와 눈을 맞췄다.

"다녀와, 로디언. 기다릴게."

"순간이동을 금지시키려고 하는군."

"당연하잖아. 정혈귀가 멋대로 교국에 들어오도록 할 수는 없으니까. 나는 마지막까지 내 임무를 다할 거야. 그러니까 너도…… 주인을 배신한 자로서 확실하게 행동해. 미지근하게 행동하다가는……."

데라이드의 검은 눈동자가 어둡게 가라앉았다.

"주인의 명령을 받은 드래곤들이 첫 번째 정혈귀를 죽이러 갈지도 몰라."

아는 사람만 아는 전쟁이 끝나고 한 달이 지났다.

통신용 마력석으로 싸움의 종료를 보고받자마자, 에녹은 왕실로 돌아왔다. 에녹이 비어 있는 왕좌를 차지했을 때, 타니하르가 흩어진 부하들을 모아 왕실에 진입했다. 마하딘이 정혈귀였다는 것을 모르는 사람들은 에녹이 반란을 일으킨 거라고 생각했다.

타니하르는 '에녹 파'가 될 것이라 선언했고, 에녹을 반대하는 자는 적으로 간주하겠다고 선언했다. 그러자 남몰래 타니하르를 존경하던 자들이 에녹을 지지했다. 테드는 상인연합을 매수해 에녹을 지원했고, 상인연합까지 에녹 파로 돌아서자, 반대를 하려던 귀족들은 입을 다물었다.

에녹은 왕실을 수습하는 한편, 라토우 왕국과의 화해와 친선을 위해 노력했다. 군사력이 약한 라토우로서는 환영할 일이었기에, 라토우 왕국과의 화해는 쉽게 이루어졌다.

왕이 누가 되든 입에 풀칠만 할 수 있으면 된다고 생각하는 평민들은 왕실에서 벌어진 일에 큰 관심을 두지 않았다.

"마하딘이 전쟁에 왕실의 정혈귀를 전부 데리고 나가 준 덕분에 일이 쉽게 풀렸어."

검은색에 금빛 독수리가 수놓아진 왕의 제복을 입으며, 에녹이 말했다. 잔느는 눈이 부신 듯 에녹을 바라보며 말했다.

"이제 선포하실 겁니까?"

"응. 라토우의 왕은 내 뜻을 지지해 줬어. 심약하지만 도덕적인 사람이더라. 데토 공작 쪽도 힘을 실어 주기로 했어. 타니하르도 있고, 테오도르도 있어."

"라셸 공작 가에서 힘을 빌려 주지 않는 것이 의외였습니다."

"아아…… 그래, 라셸 공작."

에녹은 레드와 몹시 닮은 외모를 가진 라셸 공작을 떠올렸다. 그는 온몸으로 레드를 향한 증오를 표현했고, 혈귀의 존재를 부정했다. 나중에 타니하르에게 들은 말로는, 라셸 공작과 레드의 사이가 틀어진 이유가 혈귀 때문이라고 했다. 레드의 어머니가 아혈귀가 되어 레드를 공격하려고 했고, 레드가 그런 어머니의 목을 베었다.

"어쩔 수 없지. 라셸 공작은 완고한 사람이야. 자신의 판단이 잘못되었다는 걸 받아들일 생각이 없을 거야. 어쨌든 내게는 레드 일행도 있으니까……."

에녹은 말을 멈추고, 어딘지 모를 먼 곳을 향해 아련한 시선을 보냈다.

"그래, 그들이 있으니까 언젠가 이 전쟁은 끝날 거야."

"그들이 해낼까요?"

"응, 해낼 거야. 고르돈 왕국을 살려준 것처럼."

아는 사람만 아는 전쟁이 끝나고 딱 한 달째 되는 날.

에녹은 고르돈 왕국에 혈귀의 존재를 알렸다.

클레어는 손등에 얼굴을 괴고 비스듬히 앉아 있었다. 흘러내린 머리카락이 그녀의 흰 목덜미를 부드럽게 장식했다. 잔느가 사줬던 연분홍색 드레스를 입고 나른한 미소를 짓는 그녀의 모습은, 세상에서 가장 칭송받는 화가가 그린 그림이라고 하기에도 부족함이 없었다.

"뭔 생각을 그렇게 해?"

레드가 클레어의 머리를 쓱쓱 쓰다듬었다. 그녀는 눈만 살짝 들고 레드를 향해 빙그레 미소를 지었다.

"아, 그렇게 웃지 좀 마. 심장 해체되겠다."

레드는 싫지 않은 표정으로 중얼거리며 클레어의 옆에 앉았다.

싸움이 끝나고 한 달이 조금 넘게 지났다. 그들은 남몰래 라토우 왕국의 영토에 들어왔고, 어느 작은 도시에서 재정비를 하는 중이었다.

"누가 우리를 졸졸 따라오고 있다는 거 알아?"

클레어의 말에 레드가 가볍게 고개를 끄덕였다.

"응. 감춘다고 감추고 따라오는 것 같긴 한데, 이 몸을 속일 수는 없지."

"잘난 척은."

"네 남자는 정말 잘난 거야."

레드가 씩 웃으며 클레어의 손목을 잡아당겼다. 그녀의 체온은 여전히 차가웠지만, 그녀의 미소와 눈빛이 그 서늘한 체온을 뜨겁게 만들었다. 레드는 이제야 그녀를 품에 안은 것 같다는 충족감을 느꼈다. 카인을 만나기 전의 클레어는, 훅 불면 흩어져 버릴 환상 같았다.

"나한테 걸린 걸 보면 정혈귀는 아닌 것 같고."

레드가 가볍게 클레어의 손등에 입을 맞췄다. 그녀와 키스를 할 수 없다는 사실을 깨달은 후, 손등이나 볼에 하는 입맞춤이 잦아진 레드였다.

"누굴까?"

"마력……이 느껴져."

"마력이? 그럼 마력사인가?"

"상당히 강한 것 같아. 타니하르보다 조금 더 강한 마력이야."

"타니하르보다 강하다고? 그 정도 되는 마력사가 아직도 남아 있나?"

"글쎄. 확인해 보면 되지 않을까?"

부드러운 명령조에, 레드는 눈을 가늘게 접었다가 웃으며 일어났다.

"분부대로."

레드가 나간 후, 클레어는 열린 창문너머의 거리를 내려다봤다. 얼마 전, 에녹이 혈귀의 존재를 선포한 후 세상이 뒤숭숭해졌다. 아직은 믿지 않는 인간들이 더 많았지만, 혹시나 하는 마음에 밤에 돌아다니는 사람들이 줄었다. 서로를 의심의 눈으로 살펴보는 일이 많아졌고, 일부에선 성수를 뿌리는 것으로 인사를 대신하는 문화도 생겼다.

그러나 아직까지 아무 일도 벌어지지 않는 걸로 보아, 정혈귀 쪽에서도 몸을 사리는 것 같았다. 오랫동안 준비한 마하딘의 계획이 처참하게 무너진 상황에서, 쉽게 움직일 수 없는 것이리라.

'아니, 그게 아냐. 루시드는 마음만 먹으면 얼마든지 대륙을 손에 넣을 수 있어.'

처음에는 교국의 존재 때문일 거라고 생각했다. 하지만 이제 와서 생각해 보면, 교국은 루시드에게 큰 문제가 되지 않았다. 교국의 성기사들이 정혈귀에게 걸림돌이 되기는 하지만, 루시드는 혈귀의 왕이었다. 성수로도, 성력으로도, 심지어 아모른의 권능으로도 죽일 수 없는 존재.

시간이 걸리기는 해도, 루시드라면 이런 귀찮을 짓을 하지 않고도 교국을 칠 수 있다.

'루시드. 넌 대체 뭘 하고 싶은 거지?'

천여 년 전 그에게 했던 질문을, 또다시 속으로 읊었다. 그때처럼 루시드의 대답은 돌아오지 않았다.

거리를 달려가는 레드의 모습이 눈에 들어왔다. 그의 불타는 듯 붉은 머리카락은 언제나 클레어의 시야에 잡혔다.

'아니. 레드의 머리카락이 평범한 갈색이었어도, 나는 어디에 있든 저 아이를 찾아낼 수 있었을 거야.'

마음이 깊어진다는 것을, 매일매일 깨닫는다.

하늘의 은빛 달이 변하지 않는 듯, 마음 또한 바뀌지 않으리라 생각했다. 카르제나 휘안스에게 줘버린 이 심장에, 다른 남자가 들어오는 일은 결코 없을 거라고 믿었다.

하지만 레드가 들어와 버렸다.

'내가 밉지, 젠?'

젠을 향한 사랑이 옅어진 것이 아니다. 다만 또 다른 사랑을 시작하게 되어 버린 것이다. 그래서 젠에게도, 레드에게도 미안했다. 두 남자를 가슴에 품은 자신이 경멸스럽다는 생각이 들기도 했다.

그러나 생각한다. 젠이라면 태양보다 밝은 미소를 지으며 "괜찮아, 샬롯. 네가 행복한 게 제일 중요해."라고 말해 주었으리라고. 진심이 담긴 눈으로 그녀의 등을 밀어줬으리라고.

죽음 후에 영혼이 어디로 가는지, 어떻게 되는지는 모른다. 하지만 만약 영혼이 이곳에서 흘러가는 일을 지켜볼 수 있다면, 행복해야 한다고 다짐했다. 저 어딘가에 있는 가족들과 젠에게 행복하게 웃는 모습을, 더는 괴로워하지 않는 모습을 보여 줘야 한다고 생각했다.

그래서 클레어는 점점 더 커지는, 레드를 향한 감정을 막지 않았다.

"샬롯 님."

생각에 잠겨 있을 때, 카인이 들어왔다. 그는 이곳에 온 후 잘

먹고 잘 자는데도 도통 살이 붙질 않았다.

"카인. 무기는 다 만들었어?"

"네. 라울에게는 총을, 델리에게는 클로를 만들어 줬습니다. 저번에 만들어 준 것보다 잘 만들어졌으니, 상당히 도움이 될 겁니다. 샬롯 님은 뭘 하고 계셨습니까?"

"나는, 음…… 젠을 생각하고 있었어."

"카르제나 님이요. 또 우울한 생각을 하고 계셨군요."

"미움 받을지도 모른다는 생각도 하고, 다른 남자를 사랑하게 된 내 자신이 참 가볍다는 생각도 하고."

"하지만 아시잖아요. 카르제나 님이라면……."

"응, 날 미워하지 않았겠지. 그래서 더 미안해. 차라리 젠이 나쁜 남자였더라면, 이보다 쉬웠을 텐데."

"레드는 나쁜 남자니, 버리려면 이쪽을 버리는 게 쉽지 않을까요?"

카인이 매몰찬 평가에 클레어가 작게 웃었다. 그녀는 고개를 옆으로 기울이고 창밖을 응시했다. 어디로 가버린 건지, 레드는 보이지 않았지만 클레어는 수많은 인간들의 심장 소리 중 그의 심장 소리를 찾아낼 수 있었다.

"글쎄. 다들 레드를 나쁘고 흉포한 남자라고 하지만, 나한테만큼은 정말 좋은 남자거든."

레드는 달렸다.

수상쩍은 기척은 잡힐 듯 잡히지 않았다. 거리를 달리는 레드를, 사람들이 이상하다는 듯 쳐다봤다. 안 그래도 혈귀 때문에 흉흉한 분위기인지라, 달리다가 멈추고 또 달리다가 멈추며 괴상한 행동을 하는 레드는 눈에 띌 수밖에 없었다. 겁 없는 한 청년이 레드를 향해 작은 병에 담긴 물을 뿌렸다. 성수였다.

레드는 인상을 찌푸리며 청년을 노려봤다.

"해체되고 싶냐?"

"아…… 아아, 혀, 혈귀인 줄 알고……."

레드의 부리부리한 눈을 마주한 청년은 하얗게 질린 얼굴로 뒷걸음질을 쳤다.

"혈귀를 이길 수도 없으면서 이따위 짓 좀 하지 마! 내가 진짜 혈귀였으면 너뿐 아니라, 여기 있는 다른 놈들도 다 죽었어!"

레드의 우렁찬 외침에 주위에서 구경하던 사람들의 얼굴에서도 핏기가 가셨다. 레드는 청년을 쏘아본 후, 다시 달리기 시작했다. 자신이 던진 말을 수습하는 책임감 따위, 레드에겐 없었다.

"서, 이름 모를 자식아! 왜 자꾸 따라다니는 거야! 넌 뭐가 이렇게 빠른 건데!"

버럭버럭 외치며 한참을 달리다보니 인적이 드문 골목길에 접어들었다. 레드는 발을 멈추고 긴장감 없이 주위를 둘러봤다.

"왜 따라다니는지는 모르겠지만 순순히 말할 때 모습을 드러내라. 내가 먼저 찾아내면 구워버릴 거다."

협박이 통한 걸까?

건물 그림자가 스륵 움직이는가 싶더니, 한 남자의 영상을 만들어 냈다. 레드는 눈을 가늘게 떴는데, 상대가 마치 그림자처럼 보였기 때문이었다. 사람의 모양을 한 검은 형태. 그것은 실체가 없는 것처럼 그림자와 그림자 사이를 움직였다.

그 빠르고도 기이한 움직임을 지켜보던 레드는 짜증스럽게 손을 들어 올렸다. 그림자 사이로 숨는다면, 이 골목에서 그림자를 없애버리면 되는 일이다.

그의 손에서 시작된 불꽃이 골목 안을 가득 채웠다.

"으아아아악! 뜨거…… 응? 뜨겁지가 않네?"

불에 휩싸였던 그림자가 낮고 허스키한 비명을 지르며 버둥거리다가, 아무 느낌 없는 것이 이상한 듯 움직임을 멈췄다. 그제야 레드는 그의 진짜 모습을 볼 수 있었다.

레드보다 덩치가 크고 어깨가 넓은 사내였다. 온통 검은색으로 둘러싸인 그는, 단단해 보이는 투구를 쓰고 있었다.

"너, 대체 뭐야?"

불을 거둔 레드가 물었다. 화상 입은 곳이 없나 살피던 그는, 그제야 정신을 차리고 허리를 쫙 폈다. 언제 허둥거렸냐는 듯 당당한 자태였다.

"난 모히틀."

바보 같은 꼴은 다 보여 놓고 폼을 잡는 그의 행동이 황당했지만, 레드는 꾹 참고 말했다.

"그러니까 네 이름 말고. 뭐 하는 놈이냐고?"

"어둠의 기사단 단장이다."

그의 말에 레드가 씩 웃었다.

"거짓말."

"아니, 진짜다."

"거짓말 마. 어둠의 기사단이라면 황제의 기사단 중 가장 강한 기사단을 말하는 거잖아. 그림자를 다룰 줄 아는 기사들. 아, 그러고 보니 단장 이름이 모히틀이었던 것 같기는 하네. 그런데 말이야. 그 대단한 기사단을 이끄는 놈이 너 같은 바보라고는 생각 안 하거든."

"바보라니. 그런 말은 처음 듣는군."

모히틀이 담담하게 응대했다. 레드는 조금 전과 사뭇 다른 그의 태도에 적응할 수가 없었다.

"너, 이거냐?"

레드가 관자놀이에서 검지를 빙글빙글 돌렸다. 모히틀은 가슴 앞에서 팔짱을 낀 자세로 꿈쩍도 하지 않았다.

"그래, 원래 미친놈들은 자기가 미친 줄 모르지. 카인만 빼고."

"넌 뭐지?"

모히틀은 레드의 비방을 조금도 듣지 못했다는 듯 뻔뻔하게 물었다.

"뭐가? 알고 따라다닌 거 아냐? 상당히 오랫동안 숨어서 지켜봤잖아."

"그래. 하지만 난 그림자 속에 사는 존재. 평범한 사람들은 내

미행을 눈치채지 못하지. 심지어 강철의 기사단 단장조차도 내 미행만큼은 파악 못 해."

"흐음."

"하지만 넌 날 찾아냈다. 그리고 그 힘. 아까의 그 불은 뭐지? 왜 하나도 뜨겁지 않았는지, 왜 마력의 기운이 느껴지지 않는 건지 이실직고해라."

"……미행한 주제에 너처럼 뻔뻔한 놈은 처음 본다. 너, 해체돼 본 적 있냐? 내가 잘 해체해 줄까?"

"네게 질 거라는 생각은 들지 않는군."

"흐음. 글쎄?"

모히틀은 레드가 고개를 까딱 움직이는 것을 봤다. 그리고 다음 순간, 레드는 눈앞에서 사라졌다. 순간이동인가 싶어서 레드가 있던 자리로 가려는데, 누군가 그의 등을 톡톡 두드렸다.

"이게 진짜 칼 들고 하는 싸움이었으면, 넌 죽었어."

레드의 목소리가 뒤에서 들려왔다.

모히틀은 소스라치게 놀라 휙 돌아섰고, 다리가 꼬였다. 버둥거리다가 쿵 넘어지는 모히틀을, 레드는 황당하다는 듯 쳐다봤다.

"너…… 정말 어둠의 기사단 단장 맞냐? 대륙 최강의 마검사 모히틀인 게 맞냐고?"

그 순간 모히틀은 자신이 아닌 척하고 싶어졌다. 이런 실수를 하다니. 창피하다.

"너, 진짜 이상한 놈이다?"

레드가 손을 뻗어, 모히틀이 반항할 새도 없이 그의 손목을 잡아 일으켰다.

"머리가 돈 놈인 건 확실한데, 의외로 모히틀 본인인 것 같기도 하단 말이야? 희미하게 마력도 느껴지는 것 같고."

레드는 예리했고, 모히틀은 그냥 자신이 실수 많은 남자 모히틀인 것을 인정하기로 했다.

"모히틀이다."

"그래, 좋아. 모히틀. 일단 믿는다고 치고…… 왜 우릴 미행한 거지?"

"너희들이 가진 그 힘이 궁금해서."

"그럼 그냥 물어보면 되지, 왜 음흉하게 숨어서 지켜보는 건데? 취미냐?"

"내가 물어봤다면, 너희가 순순히 가진 힘에 대해 말해 줬을까?"

"응."

레드의 가벼운 대답에 모히틀이 인상을 찌푸렸다.

"자기가 가진 힘에 대해 그렇게 쉽게 말을 해 준다고?"

"응."

"이런…… 괜한 시간 낭비를 했군."

모히틀이 비통한 표정으로 고개를 저었다. 레드는 혼자서 북치고 장구 치는 모히틀을 물끄러미 응시했다.

"그렇다면 묻지. 대체 그 힘은 뭐지?"

그의 질문에 레드가 기다렸다는 듯 씩 웃었다.

"맞춰봐."

놀리는 듯한 레드의 행동에, 모히틀은 기분이 상했다. 레드 앞에서 바보 같은 행동을 '조금' 하기는 했지만, 대륙에서 가장 강한 어둠의 기사단을 이끄는 몸이다. 기이한 힘을 가진 어중이떠중이들이 모인 집단에 속한 주제에, 건방을 떨 수 있는 상대가 아니란 말이었다.

모히틀은 실력을 좀 보여줘야겠단 생각에 검을 빼 들었다. 순식간에 골목이 어둠으로 덮였다. 모히틀은 레드가 어둠 속에서 가만히 서 있는 것을 확인하고, 그를 향해 몸을 날렸다.

살짝 겁만 줄 생각이었다.

"상황이 역전됐지?"

하지만 어느 순간 모히틀이 뒤로 쓰러졌고, 그의 단단한 가슴을 레드의 무릎이 꽉 찍어 눌러 고정시키고 있었다. 이 정도의 제압이라면 쉽게 이길 수 있을 텐데, 어째서인지 모히틀은 꼼짝도 할 수 없었다.

모히틀이 어둠을 없애지도 않은 상황에서, 골목의 어둠이 뒤로 물러났다. 레드가 만들어 낸 불꽃 때문이었다. 대여섯 개의 불꽃이 화살의 형상을 하고 위협적으로 모히틀의 주위를 빙글빙글 돌았다.

"완벽한 건 아니지만 내가 좀 강해졌거든, 모히틀. 그런데 너정말 모히틀 맞아? 아무리 생각해도 어둠의 기사단 단장 같지가 않은데 말이야."

"도대체…… 그 힘은 뭐냐? 넌 어떻게 그런 식으로 움직이는 거지? 그 속도는 마치, 혈귀 같지 않은가!"

모히틀의 말에 레드가 싱긋 웃었다. 이런 상황에서도 꽤나 상쾌한 미소였다.

"혈귀를 알고 있다면 얘기가 빠르겠군. 하지만 계속 공격해 대는 건 재미없어. 일어나, 내 동료들을 만나게 해 줄게."

동행하던 라탄이 갑자기 움직임을 멈추더니 어딘가를 노려봤다. 굳은 표정의 그를 본 모히틀은 경악을 금치 못했다. 단순히 기분 나쁜 남자의 느낌이 아니었다. 그의 몸 주위로 퍼지는 냉기는 드문드문 돋아 있던 잡초를 얼렸고, 공기조차 얼어붙게 만들 것만 같았다. 모히틀은 '너 대체 뭐냐'고 물어볼 생각조차 할 수 없었다.

다음 순간, 라탄이 사라졌다.

처음에는 마력을 사용한 줄 알았다. 마력사 중에서도 극히 일부만 사용할 수 있는 순간이동 마력. 그러나 아무리 살펴도 마력의 흔적은 없었다.

그래서 모히틀은 라탄의 그림자를 추적했다. 라탄을 신뢰할 수 없어서, 혹시나 싶은 마음에 그의 그림자에 약간의 표시를 해 둔 것이 다행이었다.

그렇게 따라간 곳에서 믿을 수 없는 광경을 보게 되었다.

"고르돈의 새로운 왕이 선포한 혈귀의 진실. 그게 사실인가?"

그날 있었던 일을 간단하게 설명한 모히틀은, 호기심 어린 눈으로 자신을 살펴보는 레드 일행에게 물었다. 호박색 눈동자를 반짝반짝 빛내던 유키가 그에게 한 걸음 다가갔다.

"진짜로 어둠의 기사단 단장이야?"

"그래."

"하지만 어둠의 기사단은 대륙에서 가장 강한 기사단이잖아."

"그래서?"

"근데 넌 레드한테 잡혀 왔잖아."

골목에서 레드는 그로선 무척이나 예의 바르게 "같이 가자."라고 제안을 했었다. 하지만 모히틀은 반항했고, 인내심이 그리 강하지 않은 레드는 폭발했다. 두 사람이 여관으로 돌아왔을 때, 모히틀은 반쯤 기절한 상태로 레드의 어깨에 얹어진 상태였다.

"강함이란 바람이 부는 것과도 같지."

모히틀은 전혀 관계없는, 뜻 모를 소리를 했다. 황당해하는 일행을 향해, 레드는 검지를 관자놀이에서 빙글빙글 돌려 보였다. 그제야 납득한 일행은 모히틀을 향해 안쓰럽다는 시선을 던졌다.

16장
루시드의 시작 I

"루시드가 제국 쪽에 있을지도 모른다는 생각은 했지만, 진짜로 거기 있다는 걸 알게 되니 당황스럽군요. 게다가 황제가 가장 아끼는 책사라니."

라울이 곤란하다는 듯 아랫입술을 잘근 깨물었다. 이래서야 루시드를 죽이는 것보다, 그에게 접근하는 것이 더 힘들어졌다.

모히틀이 입을 열었다.

"라탄, 그러니까 그 루시드를 죽이면 끝나는 건가?"

"아마도. 그놈이 시작이니까."

레드가 어깨를 으쓱하며 대꾸했다. 구석에 서서 지켜보던 클레어는 심장이 쿵 내려앉는 느낌을 받았다. '루시드를 죽이면 끝난다.' 레드는 그 말의 의미를 알고 있는 걸까? 그 끝이라는 것이,

세상에 존재하는 모든 혈귀의 끝이라는 것을, 첫 번째 정혈귀인 클레어 역시 거기에 포함된다는 것을, 레드는 알고 있는 걸까?

아랫입술을 깨물다가 아란과 눈이 마주쳤다. 아란의 깊은 눈동자는 묻고 있었다.

'언제쯤 되어야 일행에게 진실을 이야기할 거지?'

질책하는 듯한 눈빛에, 클레어는 시선을 옆으로 돌렸다. 말해야만 한다는 것을 알지만 도저히 말할 수가 없었다. 주인을 바라보는 강아지처럼, 순수하게 클레어를 응시하는 레드를 보면 입술이 움직이지 않았다.

"루시드가 황제 곁으로 돌아갔을까요? 모히틀 님에게 자기 정체가 들통 났다는 걸 알고 있을 텐데."

델리의 말에 레드가 쓴웃음을 지었다.

"모히틀에게 정체가 알려졌다는 게 루시드에게 큰 문제가 되겠냐? 권능을 가진 우리들까지 무시하는데."

"그러네요. 파리만도 못한 저라면 모르겠지만, 레드 님까지 그런 취급을 받으시다니…… 레드 님은 파리 따위가 아닌데……."

"아니, 그렇게까지 콕 집어서 파리 취급을 받은 적은 없거든?"

"귀찮은 파리, 레드 님을 귀찮은 날파리 정도로만 여긴다는 게 화가 나네요."

"난 너 때문에 화가 난다. 그냥 확 해체해 버리고 싶어."

"파리라니…… 아무리 그래도 파리는 너무하잖아요. 안 그래요, 아란 님?"

"그래. 파리에게 못할 짓이지."

팔짱을 끼고 서 있던 아란이 가볍게 고개를 끄덕거렸다. 레드가 아란을 쏘아봤지만 아란은 은빛 머리카락을 뒤로 넘기며 모른 체했다.

"권능이라는 게 뭐지?"

모히틀이 물었다.

"혈귀를 죽이는 힘."

레드가 성의 없이 대답하며 손을 앞으로 내밀었다. 손바닥 위에 불꽃이 맺혔다.

"혈귀는 불에 타지 않지만 내가 만든 이 불에는 타지. 성기사들이 사용하는 성력과 비슷하지만, 좀 더 공격력이 강하다고 해야 하나?"

"대체 왜 자신의 힘을 그렇게 쉽게 알려 주는 건가?"

"숨겨야 할 이유가 없잖아. 우리의 적은 이미 이 힘에 대해 알고 있고, 한 번 멸망시킨 적도 있어."

"자네들의 힘을 노리는, 또 다른 적이 생길 수도 있잖나."

레드가 피식 웃었다.

"그래 봐야 인간일 거고, 난 인간을 상대로 질 것 같은 기분이 안 들거든."

오만한 말이었지만 모히틀은 납득할 수밖에 없었다. 모히틀은 자신이 대륙 최강이라고 자부하고 있었다. 하지만 레드에겐 꼼짝도 없이 당했다. 제대로 대비를 하고 싸웠더라도 마찬가지였을 것이다.

"루시드의 다음 계획이 뭘까요, 클레어?"

라울의 질문에, 구석에 있던 클레어가 한 발 앞으로 내디뎠다. 모히틀은 그제야 클레어의 존재를 깨달았지만, 그녀가 정혈귀라는 것까지는 파악하지 못했다.

연분홍 드레스를 입은 그녀의 모습에, 모히틀은 조금 놀랐다. 대륙에는 없는 검붉은 머리카락과 눈동자. 햇빛을 받으면 핏빛으로 빛나는, 그것에 대해 어디선가 들은 기억이 있었다.

"배신당해 죽은 영웅이지. 인간들은 그 가문의 색을 피와
어둠을 부리는 자의 증거라고 불렀지만, 사실은 달라. 그건
피와 어둠으로부터 인간을 지키는 자의 증거였던 거야."

그래, 스승이 해 주었던 이야기다.

아무것도 모르는 어린 시절, 혈귀의 존재를 황당한 전설로만 알고 있을 때, 모히틀의 스승인 바람의 마력사가 그런 이야기를 한 적이 있다.

'대륙에서 사라진 색으로 알고 있는데.'

의아한 눈으로 살펴보는 모히틀의 시선을 느낀 클레어가, 그를 향해 부드럽게 미소 지었다. 반원을 그리며 올라가는 도톰한 입술과 가늘게 접히는 눈을 보자 모히틀은 심장이 내려앉는 기분을 느꼈다. 그녀는 놀라울 정도로 아름다웠고, 또한 당황스러

울 정도로 긴 세월의 흐름을 지니고 있었다.

자신보다 한참 어려 보이는 클레어가 그런 미소를 짓는다는 것이, 모히틀은 믿어지지 않았다.

"나도 잘은 모르겠구나. 처음에는 대륙을 지배하려는 목적만 있다고 생각했거든. 카인도 그렇게 말했고. 대륙을 지배하려면 가장 귀찮은 교국을 멸망시켜야 하는데, 교국의 대지는 아모른 님의 보호를 받고 있어. 정혈귀는 들어가지 못하는 곳이야."

"무슨 방법을 써도 절대 들어갈 수 없는 건가?"

아란의 질문에 클레어가 가볍게 고개를 끄덕였다.

"그래, 그래서 난 놈들이 인간들을 지배하고 인간의 군대로 교국을 짓밟는 계획을 가지고 있다고 생각했거든. 그런데…… 생각해 보면 이건 너무 번거로운 짓이야. 루시드는 혈귀지만, 혈귀가 아니거든."

"혈귀지만 혈귀가 아니다라……."

"루시드는 혈귀와 완전히 똑같진 않아. 혈귀에겐 약점이 있지만, 그에겐 약점이 없어."

"심장을 꺼내서 파괴해 봤습니까?"

라울이 물었다. 클레어가 쓰게 웃었다.

"뭔들 안 해 봤을까. 그 심장을 성수에 집어넣기도 했었어. 그자는 내가 무슨 짓을 해도 날 막지 않았지. 나는 수십, 수백 번을 시도했어."

"모두…… 실패했던 거군."

"그래, 아란. 그래서 난 그를 떠난 거야. 방법이 없다는 걸 깨달았거든. 아무튼 루시드는 굳이 인간의 힘을 빌려 교국을 칠 필요가 없다는 거지. 그렇다면…… 왜 루시드는 이런 번거로운 짓을 하고 있는 걸까? 난 그걸 모르겠어."

"클레어 님 말이 맞아요. 그날, 루시드는 인간의 심장을 먹고 변화된 정혈귀들을 무서운 속도로 없애버렸죠. 그 힘이라면 대륙을 멸망시키는 것도, 교국을 없애는 것도 가능할 텐데."

"그래. 인간들을 모조리 없애서 내가 그의 곁으로 돌아오게 만들 생각이라면, 혼자서도 할 수 있어. 내가 너희에게 마음을 준 후에, 천 년 전처럼 내 소중한 이를 빼앗으려고 하는 거라면, 지금 하면 되는 일이야. 그런데 그는 너희를 죽이지 않고 가버렸지. 무슨 생각을 하는 건지……."

모히틀은 대화를 따라잡을 수가 없었다. 혈귀의 왕이 있다는 건 알겠다. 이들이 혈귀를 상대하는 힘을 가지고 있다는 것도, 인간과 똑같은 혈귀가 존재한다는 것도 알겠다. 그런데 클레어의 정체를 알 수 없었다.

심장을 꺼내서 파괴했다니, 천 년 전이라니.

어리둥절한 표정으로 그들의 대화를 듣다가 뒤늦게 깨달음을 얻었다.

"혈귀였군!"

사악—

모히틀은 검을 뽑아 들었다. 그러나 멋지게 팔을 들어 올린 자세에서 더는 움직일 수가 없었다. 순식간에 자라난 덩쿨이 그의 온몸을 칭칭 옭아맸기 때문이었다. 고양이 같은 눈을 가진 소녀는, 미안하다는 듯 모히틀을 올려다봤다.

"죄송해요, 정신 나간 마검사 님. 제가 원래 이런 짓을 하는 여자가 아닌데, 쓸데없는 일로 시간 낭비를 할 때가 아니라서요. 잠깐만 이렇게 계셔 주세요. 죄송해요. 얘기가 끝나면 풀어드릴게요."

레드에게뿐 아니라, 힘이라고는 하나도 없을 것 같은 가녀린 여자에게까지 당하고 말았다. 모히틀은 깊은 모멸감을 느꼈지만, 일행은 모히틀의 상처받은 자존심에 큰 신경을 쓰지 않았다.

레드가 혀를 찼다.

"델리가 라울의 영향을 너무 많이 받고 있어."

"내가 또 뭘요?"

"넌 웃는 얼굴로 악담을 퍼붓고, 델리 저 자식은 미안하다는 얼굴로 악담을 퍼붓잖아. 너네 그렇게 살아도 괜찮은 거냐? 니들 악담에 상처 입을 사람들에 대한 죄책감도 없어?"

"델리 말 못 들었어, 레드? 쓸데없는 말로 시간 낭비를 할 때가 아니야."

유키가 어른스럽게 레드를 꾸짖었다. 레드는 유키의 머리를 한 대 쥐어박고는 말했다.

"그놈의 계획이 뭐든, 그놈을 죽이면 되는 일 아냐? 놈이 황실에 있다는 걸 알게 됐으니, 놈을 죽이는 건 시간문제야."

"한심하군, 레드. 우린 루시드를 앞에 두면 움직이지도 못하는 상황이다."

"난 한 달 전보다 더 강해졌어. 이젠 그놈을 앞에 둬도…….."

"이히히히히히. 강해져? 넌 참 재미있는 놈이야."

카인이 배를 잡고 웃었다.

"웃지 마, 이 미치광이야!"

"재미있는 소리를 들었는데 어떻게 안 웃어? 이봐, 레드. 네가 뭔가 오해하는 모양인데, 지금 네놈들의 힘은 형편없어. 내 주인들이 너보다 약해서 정혈귀에게 당한 줄 알아? 너는 이제 정혈귀 한 놈, 아니, 두 놈쯤은 상대할 수 있겠지. 하지만 내 주인들은 열 마리 이상을 혼자서 상대할 수 있었어."

"비교하지 마! 당연히 그들보다 약할 수밖에 없잖아. 태어나자마자 훈련을 받아 온 사람이랑 이 힘이 뭔지도 모르고 살아온 사람이랑 같겠냐?"

"그러니까 레드. 우린 지금 방법이 없다는 거야. 아무리 정혈귀에 대해 잘 모르고 있었다고 해도, 내 주인들은 강했어. 그런 사람들도 하지 못한 일을, 너희 정도의 힘으로 할 수 있을 리가 없잖아."

카인의 얼굴에서 미소가 사라졌다. 그의 쓸쓸한 목소리에 일행은 작게 한숨을 내쉬었다.

루시드에게 다가가면 다가갈수록, 권능이 강해지면 강해질수록, 앞이 캄캄하다는 것을 실감한다.

스미론도에 가서 오르데안 가문의 비서를 찾는다고 무엇이 달라질까. 레드의 말대로 오르데안 가문의 사람들은 혈귀를 상대하는 것이 삶이었다. 그런 그들조차도 하지 못한 것을, 과연 해낼 수 있을까?

"그래도 할 거야."

무거운 침묵을, 레드의 낮은 음성이 깨뜨렸다.

"놈의 눈에 우리가 불나방처럼 보이더라도, 난 해낼 거야. 몇 번이라도 되살아나서, 그놈을 죽일 거야. 나는……."

레드의 푸른 눈동자가 번뜩거렸다.

"클레어가 또다시 영원을 살아가게 놔두지 않을 거야."

"레드……."

레드는 클레어를 마주 보고서서, 그녀의 어깨를 꽉 잡았다.

"불안해하지 마, 클레어. 내가 어떻게든 해낼 테니까. 나는 절대로 널 혼자 배회하게 만들지 않을 거야."

"그 아이는 혼자인 적이 없었단다."

낯선 음성이 끼어들었다. 생각지도 못한 목소리에, 레드는 눈을 크게 뜨고 목소리가 들린 곳을 돌아봤다.

구석에는 한 남자가 조용히 서서 미소를 짓고 있었다. 은빛 머리카락과 진회색 눈동자를 가진, 아름다운 사내였다.

"당신은……?"

놀란 일행을 놔두고, 그는 차분하게 걸어와 클레어의 옆에 섰다. 클레어는 커다란 눈으로 그를 올려다봤다. 그가 미소를 지으며 클레어의 볼에 살며시 손을 얹었다.

"아이야. 참으로 오랜만에 보는구나."

클레어의 검붉은 눈동자가 흔들렸다. 그녀는 망설이다가 두 팔을 뻗어 그의 허리를 끌어안았다. 그는 조금 곤란한 듯 미간을 좁혔지만, 곧 미소를 지으며 클레어의 머리를 쓰다듬었다. 클레어는 그의 따뜻한 가슴에 얼굴을 묻고 그의 이름을 불렀다.

"켈트로디언."

드래곤이다! 드래곤이 나타났다!

켈트로디언이 드래곤이라는 것을 아는 레드 일행은 뻣뻣하게 굳었다. 클레어와의 재회를 끝낸 켈트로디언은 재미있다는 듯 일행을 둘러봤다.

"그래, 너로구나."

켈트로디언의 시선은 카인을 향해 있었다. 카인이 무슨 말이냐는 듯 손가락으로 자신을 가리켰다.

"저요?"

아무리 미치광이라도 드래곤에게 반말이 나오지는 않는지, 카인이 존댓말로 물었다.

"드래곤은 인간사에 개입해서는 안 된단다. 잦은 개입은 드래곤을 소멸시키지. 헌데, 내 친우 하나가 딱 한 번 인간사에 개입한 적이 있단다. 네 그 힘."

"제 힘이요?"

"그래, 너희는 그것이 마력이라고 생각하는 모양이지만 마력이 아니란다. 그것은 드래곤의 힘. 내 친우가 네게 나눠 준 힘이지."

"아……!"

카인은 놀란 표정으로 자신의 두 손바닥을 내려다봤다.

"그, 그럼 그분은 소멸했습니까?"

카인의 질문에 켈트로디언이 고개를 저었다.

"아주 적은 힘을 나눠 줬을 뿐이고, 그 정도로는 소멸하지 않으니 걱정 말거라."

켈트로디언이 돌아서서 모히틀에게 다가갔다. 모히틀은 여전히 두꺼운 덩굴에 꽁꽁 묶인 상태였다. 켈트로디언이 아무 행동도 하지 않았는데, 그를 감고 있던 덩굴이 사라졌다. 자유로워진 모히틀의 어깨에 켈트로디언이 손을 얹었다.

그러자 클레어와 레드 일행이 겪었던 수많은 기억이 모히틀에게로 흘러들어 갔다. 기억을 전해 받은 모히틀은 뒷걸음질을 쳤고, 작은 신음을 흘렸고, 고개를 젓다가 검을 도로 집어넣었다.

켈트로디언이 모히틀에게 무슨 짓을 했는지 모르는 레드 일행은, 순순히 검을 집어넣고 벽에 기대어 서는 모히틀의 모습에 놀랄 따름이었다.

켈트로디언은 한 가지 일을 해결했다는 듯 개운한 표정으로 레드 일행에게 말했다.

"이것으로 너희가 내 호수에 찾아오는 번거로운 일은 안 해도 되게 되었구나. 고맙지 않으냐?"

"고, 고맙긴 한데…… 여긴 어쩐 일로?"

레드가 물었다.

"손님 대접이 형편없구나. 먼 길을 왔는데 차라도 내주지 않으련?"

"아, 제, 제가 가지고 올게요!"

호기심 어린 눈으로 켈트로디언을 살펴보던 유키가 손을 번쩍 들었다. 켈트로디언이 고개를 저었다.

"아니, 자그마한 아이야. 너는 내 곁에 있거라. 거기 너, 네가 가지고 오렴."

켈트로디언은 유키를 끌어당겨 자신의 무릎에 앉히고, 아란을 가리켰다. 아란은 뚱한 표정으로 방에서 나갔다가, 곧 김이 모락모락 나는 차를 가지고 돌아왔다. 물론 자기 몫의 쿠키도 챙겨 왔다.

차를 한 모금 마신 켈트로디언은, 당황해서 서 있는 레드 일행에게 말했다.

"이제 이 길고도 긴 저주를 끊어보자꾸나."

저주를 끊는다.

그 말이 다른 누구도 아닌 드래곤의 입에서 나왔다. 그것은 무척 의미가 깊었다.

드래곤은 아모른의 사자, 신과 가장 근접한 존재. 어쩌면 그는 이 땅에 내려진 저주의 시작과 끝을 알고 있을지도 몰랐다.

"아는 거야……요?"

황급히 묻던 레드가 어색하게 존댓말을 사용하자, 켈트로디언이 희미한 미소를 지었다.

"평소처럼 하면 된단다, 아이야. 너는 첫 번째 정혈귀 아이에게도 그랬지 않느냐."

"하긴…… 클레어는 레드보다 천 년 넘게 오래 살았는데. 진짜 건방진 놈이었네, 레드."

"닥쳐, 유키! 네가 거기 안겨 있다고 해서 내가 못 때릴 것 같냐?"

성질 사납게 구는 레드를 지켜보던 켈트로디언이 클레어에게로 시선을 돌렸다. 클레어는 어쩔 수 없다는 듯 웃으며 레드를 보고 있었는데, 그런 클레어를 보는 드래곤의 눈에 애틋함이 묻어 나왔다.

"샬롯."

그의 부름에 클레어가 놀란 듯 눈을 크게 떴다.

"드디어 제 이름을 불러 주시는군요, 로디언."

"그래."

"그건…… 좋지 않은 것 같아요."

클레어의 눈썹 끝이 아래로 내려갔다.

정이 유독 많은 켈트로디언은 생물들과 거리를 두기 위해 모두를 '아이'라고 불렀다. 한 명, 한 명에게 특별함을 불어넣지 않으면, 이별 또한 덜 아프다면서. 은빛 호수에 머무는 몇 십 년 동안, 켈트로디언은 단 한 번도 클레어의 이름을 불러준 적이 없었다.

그런 그가 이름을 불렀다는 것은.

'나와 같구나.'

자신의 소멸을 예감하는 것이다. 어차피 나는 사라질 테니, 더는 이별을 두려워하지 않아도 된다, 그리 생각하는 것이리라.

"괜찮다, 샬롯. 아니, 클레어가 더 좋으냐?"

"네, 클레어, 클레어라고 불러 주세요."

"그래, 클레어. 너는 저 흉포한 아이를 사랑하게 되었구나."

농담 섞인 말에 클레어가 웃었다.

"네, 그렇게 되었네요."

"내 주인님은 눈이 낮은 건지, 높은 건지."

뒤에 서 있던 카인이 중얼거렸다.

"어이 그리 좋더냐?"

"처음 만난 날."

클레어는 그날을 떠올리듯 살포시 눈을 감았다. 모두가 숨을 멈추고 그녀의 입술이 열리기를 기다렸다. 다들 의문이었기 때문이다. 도대체 왜 빠지는 거 하나 없는 클레어가, 저런 흉포함밖에 없는 바보 같은 남자를 사랑하게 된 걸까?

"레드가 제 손을 잡아 줬어요."

다시 눈을 뜬 클레어가 말했다.

"두고 갈 수도 있었을 텐데, 레드는 제 손을 꼭 잡고 걸어 주었죠. 그 손이 어찌나 따뜻한지, 저는 화상을 입을 것 같은 느낌까지 들어서…… 그만 사랑하게 되고 말았어요."

달콤한 음성에 레드의 볼이 붉게 물들었다. 델리가 입술을 비쭉 내밀고 말했다.

"클레어 님은 정말 쉽게 사랑에 빠지시네요. 손이라면 저도 잡아드릴 수 있는데."

"천 년 만에 처음으로 잡은 인간의 체온 때문이 아닐까요? 그런 거 있잖습니까. 오리 새끼가 알에서 깨어나자마자 보인 사람을 자기 어미인 줄 알고 따라다니는 거."

"아아. 그럴 가능성이 농후하군. 사실 클레어가 했던 말 중에 아직도 의문이 풀리지 않는 말이 있었거든."

아란이 팔짱을 낀 채로 말했다.

"어떤 말입니까?"

"클레어가 레드를 다정한 아이라고 부르던 거."

"아아. 맞아! 나도 그 말 처음 들었을 때, 진짜 클레어한테는 미안한 말이지만…… 클레어가 정신이 나간 여자라는 걸 확신했었어!"

"이히히히히. 확신할 만한데?"

일행이 거의 짓밟다시피 레드를 깎아내렸지만, 레드는 아무래도 좋았다. 클레어가 모두의 앞에서 사랑한다 말해 주었고, 심지어 처음 만났던 그날부터 사랑에 빠졌다고 고백해 주었다. 다른 놈들이 죽일 놈이라고 하든, 빌어먹을 놈이라고 하든, 레드에게는 작은 타격조차 주지 못했다.

레드의 푸른 눈동자는 오로지 클레어만을 향하고 있었고, 그의 귀는 클레어의 음성에만 열려 있었다.

"클레어."

레드가 그녀를 향해 손을 뻗는데, 아란이 검집으로 그의 손등을 내려쳤다.

탁—

그제야 정신을 차린 레드가 버럭 소리를 질렀다.

"아프잖아!"

아란은 들은 체 만 체 켈트로디언에게 말했다.

"사랑 이야기를 하고 있을 때가 아닙니다, 드래곤 님. 우린 저주를 끊는 방법을 알아야만 합니다."

클레어와 분위기 좀 잡아보려고 할 때마다 방해를 받은 레드의 투덜거림은 깨끗이 무시당했다. 모두 켈트로디언을 주목했고, 심지어 모히틀조차 정자세로 서서 그를 바라보고 있었다. 클레어는 안 됐다는 듯 레드의 팔을 톡톡 두드려 주고는 켈트로디언의 앞으로 의자를 끌고 가 앉았다.

그녀는 여전히 공작 가 영애의 기품을 간직하고 있었기에, 드래곤인 켈트로디언과 함께 있어도 부족함이 전혀 없었다. 그녀의 검붉은 눈동자와 드래곤의 진회색 눈동자가 허공에서 부딪쳤다.

"이제 때가 된 건가요?"

전에는 때가 아니라 했었다. 켈트로디언은 그 질문에 대답하지 않았고, 그것이 그녀를 불안하게 만들었다.

혹시 켈트로디언은 주인을 배신하고 이곳으로 온 게 아닐까? 아직 때가 아님에도, 클레어를 위해 소멸을 예상하며 이곳에 찾아온 게 아닐까?

클레어의 불안한 마음을 읽어낸 켈트로디언이 미소를 지었다. 드래곤만이 지을 수 있는 너그럽고 온화한 미소였다.

"클레어. 나는 지금이 때라고 생각한단다."

클레어는 반박하려다가 아랫입술을 잘근 깨물었다. 켈트로디언이 이 일로 소멸되더라도, 나 역시 그만 끝내고 싶다고 생각하는 것은 이기적인 생각일까?

"나는 살 만큼 살았단다. 너는 상상도 할 수 없을 만큼 긴 시간을 이 땅에서 보냈지."

"제 마음을 읽지 마세요, 로디언. 저는, 저는 너무나 창피해서……."

"창피한 게 아니란다. 창피한 것은 자신을 위해 무언가 하고 싶다는, 기본적인 감정조차 잃게 되는 것이지."

"하지만 로디언."

"자, 이야기를 시작하마."

켈트로디언의 음성은 모두를 짓누를 만큼 묵직했다. 클레어조차 그 음성을 이기지 못하고 입을 다물었다.

"혈귀의 저주. 그것은 한 인간에 대한 주인의 분노로부터 시작되었단다. 2천 년일까, 3천 년일까. 기억나지도 않을 만큼 오래전에, 이 땅에는 신심이 가득하고 사랑스러운 인간이 있었단다."

*　　　*　　　*

루시드는 조용히 방문을 닫고 들어와 침대에 누웠다. 침대는 고급 오리털을 집어넣은 이불로 포근했지만, 잠은 오지 않았다. 이렇게 잠들지 못하는 육체로 얼마나 살아왔을까. 이제는 기억조차 나지 않는다.

모히틀은 예상대로 제국에 돌아오지 않았다. 어디로 내뺀 모양이지만, 큰 문제는 되지 않았다. 황제는 '라탄'이 무사히 돌아왔다는 것에만 신경을 썼고, 모히틀에 대해 적당히 보고한 것을 귓등으로 흘려들었다.

어둠의 기사단 기사들 몇 명이 찾아와 모히틀에 대해 물어봤다. 처음에는 잘 설명을 해 주었지만, 그들은 황제처럼 호락호락 넘어가지 않았다.

잘 훈련된 기사들은 '라탄'을 조금 의심하는 것 같았고, 루시드는 귀찮아져서 그들을 정혈귀로 만들어 버렸다. 그중 몇 명은 먹이로 삼고 시체를 조각내 수로에 뿌려버렸다. 며칠 뒤 조각난 시체가 발견되었다고 떠들썩해졌지만, 그 역시 루시드에게는 큰 문제가 아니었다.

'라탄'은 버리려면 언제든 버릴 수 있는 이름이다. 황실 역시 떠나려면 언제든 떠날 수 있는 곳이다.

'그렇다면 내가 있을 곳은 어디지?'

샬롯의 곁이라고 생각했다. 그리고 조만간 그렇게 될 것이라 믿었다.

레드를 만나기 전까지는.

그는 타오르듯 붉은 머리카락에 새파랗고 투명한 눈동자를 가지고 있었다. 눈썹은 진하고 눈은 깊었으며, 선이 강한 얼굴을 가지고 있었다. 곱게 생긴 카르제나와 닮은 구석은 조금도 없는 놈이었다.

'그런데 어째서!'

카르제나가 떠오르고 말았다. 루시드를 똑바로 노려보며, 자기가 죽이러 갈 때까지 기다리라는 그의 모습 위로, 카르제나가 겹쳐졌다. 죽기 직전, 카르제나도 그와 같은 눈으로 루시드를 노려봤었다.

'환생 따위는 없어.'

그걸 알면서도, 순간 '카르제나의 환생인가?'라는 생각을 하고 말았다. 하지만 환생이라는 건 존재하지 않는다. 환생이라는 것이 있었다면, 오르데안 공작도, 라페인도, 텔스민도, 카할도, 라시안도 다시 태어났어야 했다. 하지만 그 누구도 없잖은가.

"샬롯."

옆에 없는 그녀의 이름을 불러보았다.

카르제나의 저주가 생생하게 귓가에 울렸다.

"당신이 영원한 시간 샬롯에게 무엇을 해 주든, 샬롯의 마음이 당신에게 가는 일은 없을 거야."

카르제나의 말대로였다.

루시드는 샬롯을 위해 무엇이든 해 주었다. 그녀가 자신을 죽

이려고 하면 기쁜 마음으로 두 팔을 벌렸고, 그녀가 갖고 싶어
할 만한 온갖 드레스와 장식품을 사다가 바쳤다. 그러나 그녀의
마음은 루시드에게 향하지 않았다.

"그래, 카르제나 백작. 자네 말 대로였어. 그래서 방법을 바꿨지."

주어서 얻을 수 없다면, 뺏기로 했다. 그녀의 곁에 있는 모든
것들을. 그녀가 갖고 싶어 하는, 그녀가 희망하는 모든 것을 빼
앗아 없애기로 했다.

"곧 샬롯은 그 어떤 것도 갖지 못하게 될 거야. 그녀가 가질 수
있는 것은 나뿐이겠지. 그러면 나는 아주 너그럽게……."

"앞으로 내가 한 놈, 한 놈 정혈귀를 죽일 때마다, 네놈의
끝이 한 발, 한 발 다가온다는 공포를 고스란히 느끼게 될 테
니까."

그 순간 레드의 음성이 뇌를 휘저었다.

루시드는 그 이유를 이해할 수가 없었다. 레드는 손가락만 까
딱하면 죽일 수 있을 정도로 약했다. 그런데 어째서 그놈의 목소
리가 사라지지 않는 걸까.

그리고 어째서.

"공포를 느껴? 아니, 레오나드. 잘못 생각했군. 나는 공포를 느
끼지 못해. 내가 느끼는 것은……."

루시드는 눈을 감았다.

"하아. 정말 무료하군."

어째서 이리도 무료한 걸까.

*　　　*　　　*

"그 당시는 주인이 인간과 직접 소통을 할 때였지. 주인은 그 아이를 유독 아꼈고, 그래서 많은 재능을 안겨 주었단다. 그 아이 역시 자신에게 많은 재능을 준 주인을 기쁘게 하기 위해, 다방면으로 노력했지. 그 아이의 활동 덕에 대지는 윤택해지고, 아름다워졌단다."

그러나 신은 인간의 넘치는 욕망을 제대로 파악하지 못했다. 아니, 파악은 하고 있었으나 자신이 사랑하는 인간만큼은 다를 거라고 믿고 싶었는지도 모르겠다.

"그 아이는 욕망을 이겨 내지 못했어. 그 아이에게는 우리 드래곤과 맞먹는 재능이 주어졌단다. 드래곤 속의 나는 눈에 띄지 않지만, 인간들 속의 나는 눈에 띄겠지. 그처럼 보이지 않는 신보다 눈에 띄는 그 아이를 신처럼 추앙하는 인간들이 늘어가기 시작했단다."

그래도 신은 그를 믿었다. 인간들이 아무리 그를 신처럼 추앙해도, 받들어 모셔도, 신심만은 사라지지 않을 거라고 생각했다.

"내 주인은 의외로 순진한 구석이 있거든."

심장이 멎은 사람들도 구해낼 수 있는 약품을 만들게 되자, 그의 가슴속에는 한 가지 욕심이 자라나기 시작했다.

"그 아이는 죽은 사람을 살릴 수 있는 자신이라면, 인간을 만들어 낼 수도 있을 거라고 생각했단다. 주인만이 할 수 있는 일을, 자신도 할 수 있을 거라고 확신한 것이지."

"진짜 신이…… 되려고 한 거군."

아란의 말에 켈트로디언이 고개를 끄덕였다.

"그래, 그랬단다. 자신의 흘러넘치는 재능에 눈이 멀어, 끝도 없이 오만해진 것이야. 그 모든 재능을 준 것이 내 주인이라는 사실조차 잊었던 거지."

그리하여 그는 결국 인간을 만들어 냈다.

"성공을 했다고? 정말로?"

레드가 경악한 일행을 대신 해서 물었다. 켈트로디언은 쓴 미소를 지으며 고개를 저었다.

"성공이라고 해야 할까? 그 아이가 만든 인간은 분명 살아 움직였지만, 생각도 감정도 갖지 못했지. 그리고 일주일도 되지 않아 부서지고 말았단다. 그 아이는 거기서 포기하지 않고 다시 시도를 했고…… 그 두 번째 도전이야말로 내 주인을 진심으로 분노케 했어. 내 주인은 첫 번째 도전은 그냥 눈 감아 주려고 했었거든."

신은 그가 만들려는 인간을 부수고, 그에게 주었던 모든 재능을 거두어갔다.

"그리고 저주를 내렸지. 그렇게 새로운 생명을 창조하고 싶은 거라면, 그러한 힘을 주겠다고. 영원한 시간, 너와 똑같은 것들을 만들어 내며 살아가라고. 그것이 선물이 될지, 저주가 될지는 네 행동에 달렸다고. 그렇게 화가 난 주인은, 나도 처음이었단다."

그리하여, 루시드란 이름을 갖고 있던 그 인간은 죽지 못하는 몸이 되어 밤을 떠돌게 되었다.

"불쌍한 아이지."

켈트로디언의 한숨 섞인 말에 레드의 눈썹이 올라갔다.

"불쌍하다니. 그놈이 클레어를…… 클레어의 가족을!"

"그래, 그러한 행동을 하게 된 것조차 버거운 재능 때문 아니겠느냐. 그 아이는 어릴 때부터 재능이 넘치고 넘쳐서, 다른 인간들과 어울리지 못했단다. 자신이 너무나 뛰어나고 부족함이 없기에, 게다가 내 주인의 사랑을 오롯이 한 몸에 받았기에, 다른 이의 사랑을 갈구할 필요가 없었지."

"굳이 다른 사람과 소통하지 않아도, 그의 세계 안에 모든 게 존재했던 거군요."

라울이 말했다.

"그래. 사랑이라는 것은 서로의 부족한 부분들을 안쓰러이 여기고, 넘치는 부분들을 존경하며 맞춰가는 것인데…… 그 아이는 그것을 이해하지 못했단다."

만약 루시드가 실패를 경험해 보았다면, 그래서 그 실패를 다독여 주는 사람을 만나보았다면, 지금과는 상황이 달라졌을지도 모르겠다.

하지만 루시드는 그 어떤 부족함도 없었던 상태에서 죽지 않는 몸이 되어 버렸고, 그대로 몇 천 년을 살았다. 혈귀의 왕인 그는 누구보다도 강했기에, 인간일 때와 마찬가지로 오만한 자기애를 벗어나지 못했다.

"그런 상황에서, 클레어. 너를 만난 거란다."

대륙에서 가장 아름다운 여자. 전에도, 후에도 없을 완벽한 피조물을 처음 본 루시드가 느낀 감정이 사랑이었는지, 아니면 다른 것이었는지는 켈트로디언도 알 수 없었다. 그것이 무엇이든, 루시드는 샬롯을 갖고 싶다고 생각했다.

"그 아이는 항상 자신이 원하는 것을 손에 넣어왔지. 한 여인의 마음조차 자신의 마음대로 다룰 수 있을 거라 생각했을 거야."

그러나 샬롯에게는 이미 사랑하는 연인이 있었다. 그래도 루시드는 얼마든지 샬롯의 마음을 바꿀 수 있을 거라고, 마음먹고 움직이기만 하면 그녀의 영혼에 자신을 새길 수 있을 거라고 확신했다.

"그 아이는 몰랐던 거란다. 인간의 마음처럼 다루기 힘든 것이 없다는 것을. 그 모든 것을 할 수 있는 내 주인조차, 피조물의 마음만큼은 어찌하지 못한다는 것을. 게다가 사랑하는 방법 또한 몰랐기에, 손에 쥘 수 있는 것만이 사랑이라고 생각했기에, 그 아이가 너를 고통스럽게 만들었구나."

나직하게 흘러나오는 켈트로디언의 이야기를 들으며, 클레어는 아랫입술을 깨물었다. 그녀의 도톰한 입술은 하얀 이에 눌려 조금 찢어졌다. 그러나 피가 흐르지는 않았다.

레드만이 그것을 눈치채고 앞으로 나섰다. 하지만 그가 그녀의 어깨를 어루만지기 전, 클레어는 벌떡 일어났다.

"싫어요, 로디언."

격한 음성이었다.

"절대 싫어요, 로디언. 싫어요, 난 못 해요!"

그녀답지 않은 반응이었고, 또한 무엇이 싫다는 것인지 알 수 없었다. 레드 일행은 어리둥절한 표정으로 클레어를 쳐다봤다. 하지만 클레어는 그들에게 설명해 줄 정신도 없는 듯 고개를 가로로 저었다.

"아니요, 절대로요. 절대로 못 해요, 로디언. 전 못 해요. 그런 걸…… 그런 걸 어떻게 해요? 전…… 전 못 해요. 절 과대평가하지 말아요, 로디언."

레드 일행은, 켈트로디언이 아까 모히틀에게 그랬던 것처럼, 눈빛으로 무언가를 전했을지도 모르겠다고 생각했다. 그러나 아니었다.

클레어는 깨달은 것이다. 켈트로디언이 루시드의 과거를, 그리고 그의 부족함을 길게 설명하는 이유를.

"클레어. 나는 아직 아무 말도 하지 않았단다."

켈트로디언이 곤란한 듯 말했지만 클레어는 정신없이 고개를 저었다. 더는 듣고 싶지 않다는 태도였다.

"알아요. 하지만 할 거잖아요. 제게, 로디언. 제게 말할 거잖아요. 그러지 말아요, 로디언. 전 그렇게 마음이 넓지 못해요. 저는, 저는 로디언……."

클레어가 움직임을 멈추고 켈트로디언을 응시했다. 그녀의 동

작은 멈췄지만, 눈동자는 그렇지 못했다. 늘 고요하게 빛나던 검붉은 눈동자는, 태풍을 만난 듯 일렁이고 있었다.

"열아홉 살이었어요. 그때에 이런 몸이 되었고, 그대로 제 시간이 멈췄어요. 제 정신은 그 나이에서 조금도 자라지 않았어요."

"클레어……."

"그래요. 오빠들이라면 할 수 있을지도 모르죠. 아버지도, 카르제나도 할 수 있을지도 몰라요. 하지만 저는…… 그저 사랑받기만 하면서 철부지처럼 자란 저는, 그렇게 성숙하지 못해요, 로디언."

"……."

"저는……."

클레어가 두 손으로 얼굴을 가렸다.

"저는 루시드를 용서할 수 없어요."

하얀 손가락 사이로 흘러나온 음성은 낮고 허스키했지만, 레드의 귀에는 비명처럼 들렸다. 레드는 그제야 클레어의 가녀린 어깨를 감싸고, 켈트로디언을 노려봤다. 켈트로디언은 괴로운 표정으로 눈을 감고 있었다.

"클레어가 루시드를 용서해야 하는 거야?"

상대는 존재만으로도 숨 막히게 만드는 드래곤이었다. 정중해야 한다는 것을 알지만, 거친 음성이 튀어나왔다.

"이봐, 드래곤! 클레어가 루시드를 용서해야 이 빌어먹을 저주가 끝난다는 게 사실이냐고!"

클레어의 어깨를 감싼 레드의 손에 힘이 들어갔다. 그는 그녀를 끌어안고 켈트로디언을 노려봤다.

"그게 말이 된다고 생각해? 자기 가족을 죽이고, 자기 연인을 죽인 놈을 용서해야 한다고? 그게 가능해? 그 자식은 클레어를 천 년 동안 고통스럽게 만들었어. 그런데도 용서해야 이 빌어먹을 짓이 끝난다고? 그게 가능해? 누가 가능한데? 그래, 저 위에서 시시덕거리고 있을 아모른이라면 가능하겠지. 자기 기분 좀 상했다고 수많은 인간들이 죽어가도 모르는 척 고개를 돌리고 있는, 저 빌어먹을 신이라면 가능할지도 모르지. 그런데 보통은 말이야. 그게 어떻게 가능하냐고! 씹어 죽여도 모자랄 놈을 용서하는 게, 어떻게 가능하냔 말이야!"

"레드."

보다 못한 라울이 말렸지만 레드의 푸른 눈동자에 담긴 분노는 가시지 않았다. 품에 안긴 클레어가 아니었더라면, 레드는 켈트로디언에게 주먹을 날릴 기세였다.

"아주, 아주 빌어먹을 방법이야, 그거. 위대하고 현명한 드래곤은 가능할지 모르겠지만, 인간은 불가능해. 그 자식이 클레어에게서 빼앗은 게 뭔지 알잖아. 아버지 한 명 죽였어? 어머니 한 명 죽인 거야? 아니야. 모두 다 죽였어. 모조리 죽이고 클레어 혼자 천 년을 살게 만들었어. 그런데 용서하라고? 대체 그게 가능한 사람이 누가 있는데? 응?"

레드가 말을 멈추자, 어두운 침묵이 내려앉았다. 드래곤이 와 주었으니, 드디어 긴 저주를 끝낼 방법을 알아낼 수 있으리라 생각했던 그들이었다. 하지만 그 방법은 터무니없이 어려운, 아니, 불가능한 방법이었다.

레드의 말대로, 루시드가 클레어에게서 빼앗은 것은 하나가 아니었다. 클레어의 모든 것을 빼앗았다. 그녀의 사랑하는 가족들, 연인, 그리고 그녀의 인생마저도, 루시드가 앗아 갔다.

그런 자를 어떻게 용서할 수 있단 말인가.

말로만 하는 용서가 아닌, 진심이 담긴 용서를 해야 할 것이다. 하지만 그것은 불가능하다. 그것을 알기에 어느 누구도 입을 열 수가 없었다.

이윽고 켈트로디언이 눈을 떴다. 침잠한 잿빛 눈동자가 일행을, 그다음에는 레드를, 마지막으로 클레어를 담았다.

"역시 안 되겠느냐?"

클레어는 레드에게 안긴 채로 고개를 저었다. 그녀의 마른 어깨가 떨리고 있었기에, 레드는 팔에 힘을 줬다.

"그래, 그렇구나. 그러하겠지."

"아모른은 어떻게 된 거 아닙니까?"

죽었다가 살아난 후, 누구보다도 신을 믿게 되었던 라울이 무표정하게 중얼거렸다.

"이건 우릴 가지고 노는 거라고 생각할 수밖에 없군요. 혈귀의 왕을 죽일 방법이 그를 이해하고 용서하는 거라면, 대체 권능은 뭐 하러 준 겁니까? 이 권능으로 저주를 끝낼 수 없는 거라면, 우리의 존재 가치는 뭡니까? 그냥 잔챙이들이나 처리하라는 겁니까?"

"내 주인은 인간과 똑같은 마음을 가지고 있단다. 루시드에게 화가 났지만, 완전히 그를 버릴 수는 없었던 게지."

"그래서요? 그래서 화풀이로 루시드를 그렇게 만들어놓고, 인간들에게 그를 죽일 만한 힘은 주지 않았다는 겁니까? 자기가 예뻐하는 인간 한 놈 때문에, 다른 인간들이 다 죽어가도 무시하는 거라고요?"

"나는 내 주인의 뜻을 완전히 알 수는 없구나."

"우린 신의 변덕에 놀아나고 있는 거군."

아란이 믿을 수 없다는 어조로 중얼거렸다.

"저…… 멍청한 제가 이런 심오한 대화에 끼어들어서 죄송한데요."

델리가 조심스레 손을 올렸다. 켈트로디언이 그녀에게로 시선을 돌렸다.

"또 있는 거죠? 루시드를 죽일 방법."

그 말에 클레어가 레드의 품에서 벗어나 델리를 쳐다봤다. 델리는 얼굴을 붉히면서도 또박또박 말했다.

"켈트로디언 님은 드래곤이시잖아요. 인간을 쭉 지켜봤을 테니, 클레어 님이 루시드를 용서할 수 없으리라는 것을 알고 계셨을 거예요. 그런데도 이곳에 오셨다는 건…… 용서 말고, 다른 방법이 있기 때문이라는 생각이 드는데…… 아닌가요?"

일행의 시선이 켈트로디언의 입술로 향했다. 위대한 드래곤은 옅은 미소를 지으며 고개를 끄덕였다.

"그래, 사실은 클레어가 루시드를 용서하는 것이 가장 피해가 없는 방법이지만…… 하나 더 있기는 하다."

"어떤 방법이죠? 말해 주세요, 로디언."

클레어가 켈트로디언의 앞으로 가서 무릎을 꿇었다. 그에게 안겨 있던 유키는, 안절부절못하다가 바닥으로 내려왔다. 유키는 그녀의 옆에 함께 무릎을 꿇고 호박색 눈동자를 반짝이며 그를 올려다봤다.

"제발요. 나, 뭐든 할게요."

클레어가 할 말을, 유키가 대신했다. 켈트로디언은 난처한 듯 고개를 옆으로 기울이더니, 둘을 향해 손을 뻗었다. 그의 손이 닿지 않았는데도, 둘은 일어나 서게 되었다.

"그리하지 않아도 이야기할 생각이었단다. 다만 이것은 무척 어려운 길이라……."

"말해 줘요, 로디언."

클레어가 단호하게 말했다. 켈트로디언을 바라보는 그녀의 눈동자는, 드래곤조차 숨을 삼킬 정도의 결의로 빛나고 있었다.

"말해 줘요. 전 그것이 무엇이든, 해낼 거니까."

켈트로디언은 그녀의 눈을 똑바로 응시하기 힘들어, 잠시 눈을 감았다. 그리고 교국에서 조용히 그날을 기다릴 자신의 오랜 친구를 떠올렸다.

'데라이드.'

다시 눈을 뜬 켈트로디언은, 기대 어린 눈으로 자신을 바라보는 인간들을 마주했다. 더는 피할 수 없다. 이곳에 오는 순간, 아니, 그 은빛 호수를 버렸을 때에 각오했다.

"태양의 검이라는 것이 있단다."

"태양의…… 검?"

"태양의 검은 무딘 칼이란다. 그 어떤 것도 벨 수 없지. 그 검이 벨 수 있는 것은 이 세상에 단 하나."

"루시드……."

"그래, 그 아이 하나를 베기 위해 만들어진 검이란다. 그 검으로 루시드의 심장을 찌르면, 루시드는 사라질 게다."

"그런 편한 방법이 있는데, 왜 진작 말을 안 해 준 거야?"

레드의 말에 켈트로디언이 쓴웃음을 지었다.

"그 검을 얻는 방법이 어렵거든."

"왜? 아모른이 있는 곳까지 가야 하는 거야? 한 번 죽어야 돼?"

"아니. 그 검은 심장 속에 있단다."

"심장? 누구? 아모른?"

뒤이어 들려온 켈트로디언의 대답은 일행을 경악케 했다.

"교국을 지키는 드래곤의 심장."

"의논할 시간을 주마."

라고 말한 켈트로디언이 모습을 감춘 후, 한참 동안 일행은 움직이지 못했다. 가장 먼저 정신을 차린 아란은, 멍한 일행을 끌고 주방으로 향했다. 집 한 채를 빌린 터라, 주방을 마음껏 이용할 수 있었다.

한 명, 한 명 식탁에 둘러앉힌 후, 아란은 요리를 시작했다.

탁탁탁탁.

채소를 써는 소리가 상황과 어울리지 않게 경쾌한 소리를 냈다. 보기 좋은 모양으로 썬 채소를 커다란 냄비에 집어넣고, 저장고에 있던 고기를 꺼내와 통째로 넣었다. 물을 붓고 온갖 향신료를 집어넣은 후, 아란이 돌아섰다.

"레드, 불."

레드는 기계적으로 화덕에 불을 붙였다. 그제야 정신이 든 유키가 상체를 앞으로 기울여 식탁에 볼을 대고 엎드렸다.

"드래곤의 심장 안에서 검을 꺼내야 하다니…… 그걸 어떻게 해?"

"그러게 말입니다. 드래곤은 혈귀의 왕보다 더 강할 텐데."

라울이 흐트러진 유키의 머리카락을 넘겨줬다. 졸지에 일행에 끼게 된 모히틀은, 팔짱을 끼고 식탁을 노려보며 말했다.

"애초에 교국에 들어가는 것부터가 무리인 것 아닌가? 교국은 아무나 들어갈 수 없는 곳이야."

"그곳은 나도 못 들어간단다."

클레어가 말했다.

"아모른 님의 가호를 받은 땅이야. 난 그 땅을 밟을 수 없지."

"그렇군. 그럼 그게 우리의 존재 이유인가?"

레드가 말했다.

"우리의 존재 이유라니요?"

"생각해 봐, 델리. 아모른의 권능이 있어. 혈귀를 상대하는 힘이야. 그런데 막상 혈귀 대장 놈은 못 죽여. 그렇다면 무용지물이지."

"그, 그렇죠?"

"그런데 우리 힘으로 교국엔 들어갈 수 있지 않겠냐?"

"교국엘 어떻게……."

"성력도 혈귀를 상대할 수 있지만, 권능보다는 약해. 우리가 혈귀를 상대할 권능을 갖고 있다는 걸 알리면, 교국에선 우리를 받아 줄 거야. 그리고 놈들이 안심한 틈에 드래곤을 찾아내서, 심장을 확 꺼내버리는 거지."

레드는 이보다 더 쉬울 수 없다는 듯 말했다.

"교국에야 우리 권능을 사용해서 들어간다고 쳐도, 드래곤의 심장을 꺼내는 게 그렇게 쉽겠습니까? 켈트로디언이 우리 앞에서 힘을 감춰서 그렇지, 실제로는 루시드보다 훨씬 강할 겁니다. 우린 루시드 앞에서 움직이지도 못하는 상태고요."

라울의 지적에 레드가 어깨를 으쓱했다.

"그럼 우리 힘으로 어떻게든 클레어를 데리고 들어가면 돼. 클레어가 드래곤을 만날 수 있게."

"클레어라고 드래곤의 심장을 꺼낼 수 있는 게 아니잖습니까."

"할 수 있지, 클레어?"

레드가 옆에서 아무 말 하지 않고 있던 클레어를 돌아봤다.

"글쎄. 루시드도 드래곤을 이기지는 못할 거야. 그가 만든 존재인 나는 더하겠지. 하지만 나는 너희를 믿는다. 루시드도 못하는 일을, 내가 할 수 있게 해 주리라고."

클레어의 신뢰 어린 말에 일행은 가슴이 뭉클했다. 클레어의 가족들과는 비교할 수 없을 만큼 약한 자신들을, 그녀는 믿어 주었다.

"당연히 도와야지."

스튜가 끓기를 기다리던 아란이 말했다.

"반드시 그 검을 손에 넣게 될 거다. 그러니 레드, 다음 계획이나 말해 봐."

"나한테 명령하지 마, 아란."

"그럼 넌 저녁 없다."

"내가 먹을 것 따위에 굴복할 것 같냐? 난 네가 아냐, 아란."

하지만 완성된 스튜를 보니 레드의 입안에 침이 고였다. 아란은 커다란 개인 대접에 스튜를 담았고, 라울이 그것을 식탁으로 옮겼다.

김이 모락모락 나는 걸쭉한 스튜를, 그들은 말없이 먹었다. 느리게 먹는 클레어까지 그릇을 다 비운 후, 레드가 입을 열었다.

"카인. 무기는 잘 만들고 있어?"

"이히히히. 당연한 말씀을. 대량 생산도 가능할 거야."

이 도시에 들어온 순간부터, 카인은 고르돈에 보낼 무기를 만들기 시작했다. 성력을 담고 있는 무기였고, 변환이 가능한 카인이었기에 만들 수 있는 무기였다.

"그래, 좋아. 모히틀."

아쉬운 듯 빈 대접을 응시하던 모히틀이 깜짝 놀라 고개를 들었다.

"넌 우리 일행이 아니지만, 루시드 때문에 곤란에 처했으니 잠시만 손을 잡자."

"난 제국으로 돌아가야 돼. 폐하를 지켜야 한다. 내 기사들도 걱정이고."

"네가 가 봐야 늦었어. 루시드는 이미 제국에 돌아갔을 거고, 아마 네 기사들을 정혈귀로 만들었을 거다. 황제는 어떨지 모르겠지만……."

"하지만!"

"네 기사들이 있었어도 넌 루시드를 이기지 못해. 혼자 가서 뭘 어쩌려고? 네 동료들이, 다른 기사들이 인간일 거라고 확신해? 그중에 정혈귀가 하나도 없을 거라고 확신하는 거냐?"

확신할 수 없었기에 모히틀은 대답하지 못했다.

"모히틀. 우린 태양의 검을 손에 넣자마자 제국으로 갈 거다. 예상 기간은 3달."

이라고 말하며 손가락 세 개를 펼쳤는데, 카인이 다가와 그 손가락 중 하나를 접었다. 레드가 돌아보자 카인이 이히히 웃었다.

"이동 마차를 만들어 뒀거든."

"미친놈도 약에 쓸 데가 있다더니."

레드는 흡족해하며 말을 고쳤다.

"예상 기간은 2달. 고르돈에 가서 타니하르를 찾아. 탄에게 카인이 만든 무기를 전하고, 두 달 후에 제국으로 와 줘. 도움이 필요할지도 모르니까."

명령은 듣지 않는다. 그것도 고르돈 왕국 애송의 명령이라면 더더욱 따르고 싶지 않았다.

하지만 다른 방법이 없었다. 제국을, 아니, 대륙을 구할 수 있는 것은 이들밖에 없는 듯했다.

"그러지."

모히틀은 어렵게 대답했다. 레드는 고개를 까딱 움직이고는 일행에게로 시선을 돌렸다.

"우린 내일 오전, 바로 교국으로 출발한다."

지붕 위에 조용히 앉아 있는데, 인기척이 느껴졌다. 클레어는 돌아보지 않고도, 다가오는 인물이 레드라는 것을 알 수 있었다. 그의 체온을, 그의 심장박동 소리를 확실하게 익혔다. 이 몸이 재가 되어 사라져도 기억할 수 있을 것이다.

옆에 앉은 레드의 어깨에 머리를 기댔다.

"레오나드. 너는 나에게 아무것도 묻지 않는구나."

"뭘?"

"내가 인간이었을 때의 이야기들에 대해."

"묻고 싶어. 하지만 떠올리면 괴로울 테니까."

"넌 역시 다정해."

"그런 말 애들 앞에서는 하지 마라. 네가 그 말할 때마다 그놈들이 날 잡아먹으려고 해."

"응, 특히 라울이."

"맞아. 그놈은 실실 웃으면서 사람 마음을 갈기갈기 찢어놓은 재주가 있지."

"후후."

클레어가 작게 웃으며 고개를 살짝 올려 레드를 바라봤다.

"이제 괜찮아. 물어봐도 돼."

"정말? 난 다른 것보단 네 연인에 대해 묻고 싶은데?"

"그래, 그것도 좋겠지."

"그렇다면 전부 이야기해 줘."

"전부? 엄청 길어질 텐데."

"밤은 길잖아. 내일은 카인이 만든 마차를 타고 갈 테니, 그 안에서 자면 되고."

"그래. 그럼 사양치 않고 말해 볼게."

샬롯을 버렸었다. 그러나 카인의 존재가 샬롯을 다시 한 번 클레어의 품에 안겨 주었다. 인간 샬롯이 여전히 존재한다는 것을, 천 년을 거슬러온 카인이 알려 주었다.

그래서 레드에게 전부 말해 주고 싶었다. 사랑하는 연인이라면 으레 그렇듯, 클레어 또한 레드에게 자신에 대한 이야기를 전해 주고 싶었다.

레드는 클레어를 마주 보고 앉았다. 달빛 아래에서 빛나는 붉은 머리카락은, 마치 루비처럼 보였다. 클레어는 손을 뻗어 그의 머리를 살며시 쓸어 넘겼고, 레드는 기분 좋은 듯 눈을 감았다.

"귀족들은 원래 아들을 원하는 법인데, 우리 아버지는 이상하게도 딸을 갖고 싶어 했었대. 어머니를 꼭 닮은 딸. 그래서 오빠들이 태어날 때마다 큰 실망을 하다가, 네 번째로 내가 태어났던 거야. 아버지는 '여동생은 무조건 아껴야 한다. 여동생은 여신이다. 엘프다.' 이런 식의 교육 방침을 가지고 있었어. 그래서 아버지도, 오빠들도 참 팔불출이었지."

어릴 때에는 오빠들의 애정이 괴롭힘으로만 느껴졌지만, 나이가 들며 그들이 얼마나 자신을 아끼는지 깨닫게 되었다.

"오빠들은 짓궂었어. 첫째인 라페인은 신중한 성격이었지만, 둘째인 텔스민이랑 셋째인 카할라니는 어찌나 장난이 많은지…… 어릴 땐 정말 너무너무 미웠다니까."

클레어는 그때가 떠오르는 듯 눈을 감고, 노래를 하듯 이야기를 이어 나갔다. 딸바보인 아버지, 그 점에 대해 조금도 아쉬워하지 않는 동생바보인 오빠들. 여러 파티들과 막내 동생의 탄생.

레드는 그녀의 이야기에서 빠져 있는 인물을 발견했다.

"그 반지의 주인에 대해 이야기해도 돼, 클레어."

클레어의 손가락엔 여전히 카르제나와의 약혼반지가 끼워져 있었다.

"하지만 레드. 나는 네가 그를 질투하길 원치 않아."

"질투? 할 수도 있겠지. 하지만 네가 천 년 동안 잊지 못하는 남자였잖아. 그런 남자의 이야기라면 들어 두고 싶은데."

진심으로 말하는 레드를, 클레어는 조용히 응시했다.

역시 레드는 카르제나와 닮지 않았다. 카르제나였다면 두 귀를 틀어막고,

"아니, 아니, 샬롯. 네 과거의 남자 이야기는 듣고 싶지 않아. 현재가 중요한 거잖아. 내가 질투에 미치게 하지 말아 줘."

라고 말했을 것이다.

"카르제나는……."

클레어가 입을 열었다.

"어린애 같은 남자였어."

한 번 이야기가 시작되자, 클레어는 멈출 수가 없었다. 카르제나와의 추억은 조금도 흐려지지 않고 생생하게 남아 있었다. 그의 손짓, 발짓, 목소리, 심지어 숨결까지도, 클레어는 기억했다.

그래서 이야기하고 또 이야기를 하다 보니, 동이 트기 시작했다. 하늘이 주홍빛 축복에 감싸였을 때, 약혼식 이야기가 끝을 맺었다.

클레어는 자신이 잠시 바보처럼 주절댔다는 것을 깨닫고 레드의 표정을 살폈지만, 레드는 토라진 기색이 없었다. 오히려 은은한 미소를 지으며 그녀를 바라보고 있었는데, 그 모습이 어찌나 사랑스럽고 달콤한지.

'키스를 하고 싶어.'

해서는 안 된다는 것을 알면서도, 하마터면 그에게 입을 맞출 뻔했다.

사랑하는 이와 키스를 나눌 수 없다는 것은 무척이나 가혹한

일이었다. 조금 얇고 붉은 입술이 눈앞에 있는데, 가벼운 입맞춤조차 할 수 없다는 것은 몹시 안타까운 일이었다.

그래서 클레어는 아랫입술을 살짝 깨물었다가, 레드의 손을 잡아끌어 그의 손등에 입을 맞췄다. 레드가 놀란 듯 고개를 옆으로 기울였다.

"그냥."

클레어는 말했다.

"그냥 갑자기 하고 싶어져서."

"그거 영광인데."

"젠을 질투하지 않아?"

"응. 안 해. 네가 많이 사랑했던 사람이잖아. 널 행복하게 해 줬고, 네 천 년을 기억 속에서 함께 해 준 사람이니까. 오히려 고마울 지경이야."

레드가 씩 웃으며 클레어의 머리를 쓰다듬었다.

"멋진 사람들이랑 함께 살았었네. 그래서 이렇게 예쁘게 자랐나?"

참 행복한데, 클레어는 조금 울고 싶은 기분이 들었다.

'어떻게 이 아이를 두고 떠나지?'

기다리던 순간이 다가오는데, 이별에 대한 두려움이 생기고 말았다.

'어떻게 레드를 혼자 남겨 두고 떠나?'

클레어는 일그러지는 표정을 감추기 위해 벌떡 일어났다.

"이제 다들 일어나겠다. 우리도 떠날 준비 해야지."

"응, 그래."

레드는 의심 없이 일어섰다. 먼저 걸어가는 레드의 뒷모습을 보자 참을 수 없는 충동이 일었다. 그래서 달려가 그를 끌어안고, 그의 등에 얼굴을 묻었다.

"이런. 오늘따라 왜 이러실까. 덮치고 싶어지게."

"레오나드."

"응, 클레어."

"널 정말 사랑해. 알아?"

"응, 알아."

"만약 이 일이 끝나지 않아서 또 천 년을 살게 된다면, 나는 그 천 년 너를 품고 갈 거야."

"그런 일은 없을 거야, 클레어. 널 혼자 놔두지 않아."

"그래……."

클레어도 약속하고 싶었다. 널 혼자두지 않을 거라고. 하지만 지킬 수 없는 약속이기에, 클레어는 목구멍까지 나온 말을 삼켰다.

"그런데 클레어."

창문을 넘어 내려가며, 레드가 물었다.

"네 권능은 뭐였어?"

레드가 클레어를 돕기 위해 손을 내밀었다. 그 손을 잡으며, 그녀는 대답했다.

"권능 중에 가장 위험한 힘. 대지를 진동케 하는 힘. 대지의 권능이었어."

* * *

전투상태가 아닌데도 루시드는 검지의 손톱을 길게 만들어 테이블을 톡톡 두드렸다. 루시드를 만나러 온 정혈귀들이 이러쿵저러쿵 떠들어댔지만, 루시드는 샬롯의 탄생 순간을 떠올리고 있었다.

그 당시 루시드는 슬슬 지루하다는 생각을 하고 있었다. 풀어놓은 아혈귀를 오르데안 혈통이 죽였고, 거의 다 사라지고 나면 또 아혈귀를 만들어 내며 시간을 보냈다. 하지만 반복되는 싸움, 끝나지 않는 밤은 루시드를 지치게 만들었다.

그래서 루시드는 첫 번째 정혈귀를 만들어야겠다고 결심했다. 정혈귀 중 가장 강한 힘을 갖게 될 정혈귀. 누구에게도 허락하지 않았던 순수한 루시드의 피를 받게 될 정혈귀. 아무나 선택해 첫 번째로 삼을 수는 없었다. 이왕이면 똑똑한 녀석으로, 이왕이면 예쁘장한 녀석으로.

그렇게 생각하고 있을 때에 대지가 진동했다.

어딘가에서는 산사태가 나고, 또 어딘가에서는 해일이 일어날 법한 진동이었다. 땅을 걷던 아혈귀들이 재가 되어 사라졌고, 루시드조차 온몸에 따끔한 통증을 느꼈다. 평범한 지진이 아니었다.

처음에는 아모른의 분노가 드디어 땅에 내려진 거라고 생각했다. 하지만 진동은 멈췄고, 루시드의 밤은 끝나지 않았다. 그래서 루시드는 그것이 권능이 일으킨 지진이라는 것을 깨달았다.

대지의 권능이 세상에 등장한 것은 처음이었다. 루시드가 살아온 긴 시간 동안, 단 한 번도 대지의 권능을 가진 자는 태어나지 않았었다.

처음으로 등장한 대지의 권능은 확실히 강했고, 위험했다. 그래서 루시드는 아모른이 진짜로 루시드를 죽일 힘을 세상에 보냈다고 생각하며, 그 힘을 가진 자를 만나러 갔다.

성장한 사람들 중에는 대지의 권능을 가진 자가 없었다. 대신 그 지진이 일어났을 때, 오르데안 공작의 딸이 태어났다는 사실을 알게 되었다.

루시드는 과연 어떤 아이이기에 태어나는 순간 그런 힘을 낼 수 있었는지 궁금해졌다. 그래서 오르데안 공작 주위로 조금씩 스며들기 시작했다.

'샬롯이 성장하는 것을 쭉 지켜봤었지.'

처음에는 아무 감정 없었다. 이 아이가 자라나 언젠가 나를 죽이게 될까, 아니면 이 아이가 죽게 될까. 순수한 궁금증만 있었다. 하지만 오르데안 공작은 그녀의 힘을 싸움에 끌어들이지 않았다.

'확실히 위험한 힘이기는 했어. 샬롯이 태어났을 때, 바닷가 마을 하나가 통째로 사라졌었지. 지진이 불러일으킨 해일 때문에.'

갓난아기일 때부터 지켜본 것이 문제였을까?

점점 아름답게 자라나는 소녀를, 루시드는 사랑하게 되어 버렸다. 순수한 미소와 맑은 눈동자를 내 것으로 만들고 싶다는 욕심이 생겼다. 그것은 루시드가 처음으로 느끼는 감정이었다.

'어릴 때 보지 않았더라면 달랐을까? 그녀가 성장한 후에 만났더라면, 그녀를 원하는 일 또한 없었을까?'

늘 고민하지만 답을 낼 수는 없었다.

"왕이여."

잿빛 머리카락의 정혈귀가 루시드의 주의를 끌었다. 루시드는 상념에서 벗어나, 자신의 앞에 모인 정혈귀들을 쳐다봤다.

'아아, 그렇지. 이들이 와 있었지.'

과거의 기억이 이토록 뚜렷하게 떠오른 것은 참으로 오랜만에 있는 일이다.

"기누스의 계획이 실패했습니다. 다음 계획은 무엇입니까?"

"다음 계획이라……."

다음 계획 같은 것은 없었다.

애초에 마하딘의 계획도 루시드가 지시한 것이 아니었다.

천 년이 넘도록 샬롯이 돌아오지 않는데다가 권능이 다시 세상에 나타나기 시작한 것을 느꼈다. 루시드는 슬슬 샬롯을 불러들일 때가 되었다는 것을 깨달았고, 그러기 위해서는 그녀가 마음 붙일 곳을 없애야 한다고 생각했다. 그래서 정혈귀들에게 명령을 내렸을 뿐이다. 대륙을 손에 넣자고.

늘 자극을 원하는 테로스는 즐거워했고, 야심이 있는 마하딘(기누스)은 적극적으로 나섰다. 그리하여 마하딘의 계획이 루시드의 계획인양 실행되었던 것이다. 결국 실패하기는 했지만.

"애초에 고르돈 왕국에서부터 시작한 게 잘못이었어요. 차라리 왕께서 얼른 제국을 손에 넣어, 주변 국가를 통합하고 교국을 치는 게 낫지 않을까요?"

요염한 분위기의 여자 정혈귀가 제안했다.

"교국을 친다라……."

이들은 모를 것이다. 루시드 혼자의 힘으로도 교국을 멸하게 할 수 있다는 것을. 천여 년 전, 교국의 교황조차 루시드가 두려워 오르데안 공작을 배신했다는 것을.

"제국은 아직 건드릴 생각이 없다. 네가 공국 쪽에 있었던가?"

요염한 정혈귀에게 물었다.

"네."

"그럼 공국에서 다시 시작해 보는 것도 좋겠군. 방법은 너희가 알아서 세우고."

"하지만 또다시 오랜 시간이……."

"내 말에……!"

루시드의 눈동자가 어둡게 가라앉았다. 눈빛이 바뀐 것만으로도 정혈귀들은 숨이 턱 막혔다.

"죄, 죄송합니다."

요염한 정혈귀가 얼른 고개를 수그렸다. 루시드는 시선을 거두고 귀찮다는 듯 오른손을 휘저었다. 정혈귀들은 서로 눈짓을 한 후, 루시드의 방에서 빠져나왔다.

루시드는 그들 사이에 흐르는 불만을 눈치챘지만 모르는 척했다. 피곤을 느끼지 못하는 몸임에도, 루시드는 조금 지친 기분이 들었고 모든 것이 귀찮기만 했다. 자꾸만 따라다니는 레드의 푸른 눈동자로부터 벗어나고 싶었다.

*　　*　　*

"이제 뭘 하고 놀지?"

테로스는 후후단 왕국의 작은 도시를 거니는 중이었다. 마하딘의 계획이 실패했다는 것을 알고, 제국을 거쳐 후후단 왕국까지 왔다. 레드 일행이 스미론도에 갈 것이라고 예상했고, 그러려면 후후단 왕국을 지나가야 하기 때문이었다.

그들이 올 때까지 기다리며 인간들을 가지고 놀아 볼 생각인데, 적당한 생각이 떠오르질 않았다.

"너무 오래 살았나? 요샌 뭘 해도 재미가 없네. 정혈귀를 몇 명 만들어서 인간의 심장이나 먹여볼까?"

인간의 심장을 먹는 것은 금기지만, 테로스는 종종 자신이 만든 정혈귀에게 인간의 심장을 먹게 했다. 그렇게 강해지고 이성을 잃은 그들과 싸우는 것이, 테로스에게는 하나의 여흥이었다.

흥얼거리며 걸어가는데, 무언가 차가운 것이 팔에 뿌려졌다. 그것에 맞은 부위가 따끔거렸다.

테로스는 손등을 확인했다. 그것에 맞은 손등이 타들어 가다가 다시 회복되었다.

"혀, 혈귀닷!"

성수를 뿌린 인간이 외쳤다. 주위에 있던 인간들도 처음 확인한 정혈귀의 존재에 놀라 비명을 질러 댔다.

"진짜야! 진짜로 있었어!"

"팔이 타들어갔어!"

"방금 한 번에 원래대로 돌아온 거 봤어?"

"사, 사람 같이 생겼는데 잘못 본 거 아냐?"

"경비대, 경비대를 불러!"

"아니야, 지금 공격해! 우리가 훨씬 많아!"

테로스는 고개를 돌려 소리를 지르는 인간들을 응시했다. 테로스의 얼굴에서 미소가 사라졌다.

짜증이 치밀었다.

이 버러지 같은 존재들은 정말로 날 이길 수 있다고 생각하고 돌을 집어 드는 걸까? 저 돌멩이 따위에 내가 죽을 것 같아?

다른 때였다면 그저 웃고 넘어갔을 테로스였다. 그러나 루시드가 무료함을 느끼는 이때에, 왕의 영향을 받은 테로스의 기분도 상당히 가라앉아 있었다. 그래서 테로스는 손톱을 자라게 해, 인간들의 목을 단숨에 베어 버렸다. 뒤늦게 소동을 눈치채고 달려온 인간들도, 자기 몸에 무슨 일이 벌어졌는지도 모르는 채 목이, 혹은 허리가 잘려 죽어갔다.

테로스는 떨어진 시체를 한 손으로 집어 들어 피를 빨아 마시며 도시 안쪽으로 걸어갔다. 보이는 인간마다 테로스의 손톱에 두 쪽이 났고, 숨어 있는 인간들도 무사하지 못했다.

도시 안의 공기가 피를 머금고 붉게 물들었다. 혈향이 실린 바람을 맞으며, 테로스는 계속 걸어갔다. 테로스가 도시 끝에 이르렀을 때, 작지만 활기가 있던 도시엔 아무도 남지 않게 되었다.

테로스는 얼굴에 튄 피를 닦아 내며 인상을 찡그렸다. 콧등에 주름이 잡혔다.

"재미없어."

걸어온 길에 쌓인 인간들의 시체가 피의 강을 만들어 냈다. 질척거리는 피 웅덩이를 밟으며, 테로스는 왔던 길을 다시 되돌아갔다.

철벅. 철벅.

걸을 때마다 피가 튀어 테로스의 바지자락을 물들였다.

"정말로 재미없어. 어쩌지?"

테로스는 붉게 젖은 손으로 머리를 쓸어 넘겼다.

"아버지, 이제 안 되겠어요. 너무 심심해서 죽을 것 같거든요."

테로스의 붉은 눈동자가 광기를 싣고 번뜩였다.

"붉은 사자 놈들을 죽여 버려야겠어요."

*　　　*　　　*

카인이 만든 마차는 두 대였고 앞뒤로 연결되어 있었다. 레드와 클레어, 카인, 켈트로디언이 앞에, 라울, 아란, 델리와 유키가 뒤에 탔다. 마차는 말도 없이 마력석의 힘만으로 달렸다.

"이히히히. 마하딘이 사다 준 마력석들을 좀 챙겨 뒀었지."

카인은 그렇게 말했지만, '좀' 챙겨 둔 정도가 아니었다. 카인의 가방 안에는 순수 마력석이 넘치도록 들어 있었다. 다 팔면 테드를 능가하는 재력가가 될 수도 있을 정도였다.

출발하기 전 클레어에게 피를 준 레드는 조금 지쳐 있었다. 클레어에게 힘든 기색을 보이고 싶지 않아 어떻게든 참아보려 했지만, 감기는 눈꺼풀을 이길 수가 없었다. 눈치챈 켈트로디언이 레드의 이마에 손바닥을 가져다 댔다.

"좀 자 두어라, 아이야."

"됐어."

라는 대답을 했는지 안 했는지 모르겠다. 켈트로디언의 손은 무척 따뜻했고, 그 따스함이 전신으로 번져 그만 잠이 들고 말았다.

눈을 떴을 때, 레드는 빛 한가운데에 홀로 서 있었다. 땅인지, 하늘인지 알 수 없는 빛의 공간. 밝은 빛에 에워싸여 있는데도 눈이 시리지 않았다.

"여긴…… 어디지?"

내뱉은 목소리는 자신의 것 같지 않았다. 웅웅― 귀가 울리는 느낌이 들었다.

"꿈인가?"

"아니."

아무도 없는 줄 알았던 빛의 공간에서 대답이 들려왔다. 레드보다는 한 톤 높지만, 듣기 좋은 음색이었다.

레드는 목소리의 주인공을 찾아 주위를 둘러봤다. 옆에도, 뒤에도 아무도 없어서 다시 정면을 바라봤는데, 아무도 없었던 그곳에 한 남자가 서 있었다.

황금빛 머리카락이 눈부신 남자였다.

그의 약지에 끼워진 반지를 보지 않아도, 레드는 그가 카르제나라는 것을 알 수 있었다. 하얀 피부, 여자처럼 곱상한 얼굴, 전면에 퍼진 유쾌한 미소.

"카르제나."

이런 꿈을 꾸는 이유는 며칠 전 클레어에게 들었던 그녀의 과거 이야기 때문일 것이라고 생각했다. 클레어가 옛 연인에 대해 즐겁게 이야기했기에 이런 꿈을 꾸는 거라고.

"꿈이 아니야."

레드의 생각을 읽은 듯, 카르제나가 말했다.

"꿈이 아닐 리 없지. 넌 죽었으니까."

레드가 콕 집어 말했지만, 카르제나는 대답 없이 돌아섰다. 꿈이라도 좋았다. 클레어가 사랑했던 남자와 조금 더 대화를 나누고 싶었다. 그래서 그를 잡기 위해 달려갔지만, 그와의 사이가 좁혀지지 않았다.

"멈춰, 카르제나 휘안스!"

민망하게도, 카르제나는 순순히 걸음을 멈추더니 다시 레드를 돌아봤다. 그는 웃고 있었고, 그의 미소는 같은 남자인 레드의 가슴마저 설레게 만들 만큼 아름다웠다.

"할 말이라도 있어?"

그의 음성은 유쾌했다.

"너, 어디 가?"

바보 같은 질문을 하고 말았다. 카르제나는 재미있다는 표정을 지었다.

"어디 가냐니. 난 아무 곳에도 안 가."

"도망쳤잖아!"

"도망? 아니, 나는 산책을 했을 뿐이야."

"왜 내 꿈에 나타난 거지?"

"이건 꿈이 아닌데."

"그럼 뭔데!"

"네 생각."

"그게 꿈이 아니면 뭐야?"

"꿈은 아니야. 그냥 생각일 뿐이야. 네 머릿속의 생각들."

"내가 사내놈 생각을 할 리가 없잖아!"

"그렇다면 내 생각인가?"

카르제나는 아무래도 상관없다는 듯 고개를 갸우뚱했고, 레드는 조금 화가 났다.

"이상한 말은 관둬."

"그럼 무슨 말을 하고 싶은데?"

"넌…… 클레어가, 그러니까, 샬롯이 보고 싶지도 않아?"

"레오나드. 나는 영혼이 아니야. 보고 싶다, 보고 싶지 않다. 나는 그런 생각을 할 수 없어."

"그럼 왜 내 꿈에 나타난 건데!"

"네가 생각했으니까. 어쩌면 내가 생각했는지도 모르고."

"그러니까 그 빌어먹을 생각 타령은 관두라고! 클레어는 늘 너를 그리워해! 내 꿈에 찾아오지 말고 클레어한테나 찾아가."

"하지만 샬롯은 잠을 자지 않는걸."

"……."

"그리고 말했다시피 나는 영혼이 아니야, 레오나드. 가고 싶다고 갈 수 있는 게 아니라는 거지."

"그래? 그럼 내가 왜 널 보고 있는 거지?"

"그건 아마도 때가 되었기 때문이겠지."

"나는 멍청해서 빙글빙글 돌려 말하면 못 알아들어."

"내가 사라질 때가 된 거야."

"잠깐만. 넌 영혼이 아니라면서. 그런데 뭘 사라진다는 거야?"

카르제나는 대답 없이 빙그레 웃더니 사라졌다. 레드는 손을 뻗었다.

"가지 마."

하지만 이미 사라진 카르제나는 다시 나타나지 않았다. 그의 실종과 함께 둘러싸고 있던 빛 역시 수그러들었다.

뒤의 마차에서 깨어 있는 사람은 라울뿐이었다. 마주 보고 앉아 대화를 나누고 있었는데, 가장 먼저 아란이, 다음에 유키가, 마지막으로 델리가 예고도 없이 잠이 들었다.

처음에는 수면향이나 그 비슷한 류의 마력에 당한 줄 알았다. 하지만 라울은 멀쩡했고, 그 어떤 마력의 기운도 느낄 수 없었다.

"어쩌면……."

이라고 생각했고, 가장 먼저 깨어난 유키가 라울의 짐작이 맞았음을 알려 주었다. 잠든 지 몇 분도 지나지 않아 눈을 뜬 유키는 울고 있었다. 유키는 라울에게 무슨 말을 하려는 듯 그를 쳐다봤지만, 눈물을 멈추지 못하고 계속 훌쩍거렸다.

라울은 다 알겠다는 눈빛으로 소년을 응시하다가, 미소를 지으며 볼을 타고 흐르는 눈물을 닦아 주었다. 젖은 속눈썹이 무거운 듯 깜빡거리던 유키가 간신히 입을 열었다.

"카할라니, 나는 샬롯의 셋째 오빠 카할이었어."

"그래요."

"형은? 형은 누구였어?"

"라페인."

"아아, 첫째 형."

유키는 두 손에 얼굴을 묻고 다시 울었다. 유키의 어깨가 들썩거리는 것을, 라울은 말없이 지켜봤다. 조금 후에 눈을 뜬 아란과 델리가, 울고 있는 유키를 보며 작게 한숨을 내쉬었다. 그들은 이미 한 번 경험한 적이 있었기에, 이 현상을 조금은 담담하게 받아들일 수 있었다.

"그런데 왜 이렇게 갑자기 모든 게 보인 걸까요? 보통은 위급한 상황에서 보게 됐었는데……."

델리가 의아하다는 듯 중얼거렸다.

"아마도 드래곤과 가까이 있기 때문이 아닌가 싶은데."

아란의 말에 라울이 고개를 끄덕였다.

"확실히 그럴 가능성이 크네요. 아무래도 그는 그저 존재하는 것만으로도 기묘한 느낌을 주니까."

"만약 이 시대에 권능을 갖고 태어난 사람들이 전부 오르데안 혈통의 환생이라면, 레드는 누구의 환생이지? 설마 오르데안 공작?"

"아니, 그런데 한 가지 더 의문인 게…… 클레어가 그랬죠. 환생이란 존재하지 않는다고, 그 말을 한 사람이 바로 은빛 호수의 주인이라고. 드래곤이 확신을 가지고 한 말인데 틀릴 리는 없다고 생각합니다."

"그럼…… 우리가 본 건 뭐지?"

울음을 멈춘 유키가 대화에 끼어들었다. 호기심이 카할리니의 죽음에 대한 슬픔을 이긴 모양이었다.

"우리한테만 특별히 주어진 게 아닐까? 어쩌면 오르데안의 혈통들은 환생이라는 것이 가능한 건지도."

"하지만…… 만약 레드 님이 오르데안 공작의 환생이라면, 좀…… 그렇지 않나요? 아, 물론 레드 님의 사랑을 의심하는 건 아니에요. 다만…… 그렇잖아요. 오르데안 공작의 입장에선 클레어 님이 딸인데."

델리의 지적에 일행의 얼굴에서 핏기가 가셨다.

"카, 카르제나일지도 모르잖아. 카르제나의 환생."

유키가 황급히 반박했다.

"만약 환생이 오르데안 혈통에게만 주어진 거라고 한다면, 카르제나는 오르데안이 아니었습니다. 심지어 그는 권능을 가지고 있지도 않았고요."

라울이 침착하게 말했다.

"그, 그래도…… 그럼 샬롯을 향한 카르제나의 마음 씀씀이가 아름다워서 신이 감동을 받아……."

"아모른이 그런 신은 아닌 것 같은데요."

델리의 눈빛이 그녀답지 않게 차갑게 가라앉았다. 켈트로디언에게 루시드의 이야기를 들은 후, 일행은 아모른에 대한 분노를 품게되었다. 아무리 생각해도 신의 행동을 이해할 수가 없었던 것이다.

"나도 델리 생각에 동의합니다. 샬롯과 젠이 서로 사랑하기는 했지만, 그 정도로 사랑하는 연인들은 둘 말고도 많습니다. 아모른이 유독 둘만 어여삐 여겼다고 할 수는 없을 것 같군요."

"그럼 사촌 중에 누군가일까? 유독 자주 찾아오던 녀석들이 있었잖아."

"그럴지도 모르겠네요. 우리끼리는 답이 안 나오니 켈트로디언에게 물어보는 게 좋을 것 같습니다. 이따 마차를 세우면……."

덜컹—

그때, 앞서 가던 마차가 멈췄다. 뒤의 마차에 타고 있던 이들은 서로 시선을 나눴다. 아마 레드도 무언가를 본 모양이다.

"나와 봐."

아니나 다를까. 레드가 마차의 문을 쾅 두드렸다.

"왜 이렇게 거칠게 구는 겁니까?"

라울은 아무것도 모르는 사람처럼 마차 밖으로 나왔다. 밖에는 이미 켈트로디언과 클레어, 카인이 나와서 서 있었다. 클레어와 카인은 영문을 모르겠다는 표정이었고, 켈트로디언은 조금 난처한 표정이었다.

'아아, 역시 드래곤은 아는구나. 이 현상의 이유를.'

"얘기 좀 해야겠다."

레드가 심각한 표정으로 말했다. 그들은 산을 달리는 중이었기에, 근처에는 앉을 만한 곳이 없었다. 하지만 레드는 막무가내로 풀숲을 베어 버리고는 적당히 앉았다.

"이히히히. 붉은 사자는 원래 저렇게 느닷없이 대화하는 걸 좋아하나?"

"느닷없는 편이기는 하지만, 대화를 좋아하진 않는데."

아란이 레드의 맞은편에 앉으며 대답했다. 일행이 자리를 잡는 걸 확인한 후, 레드가 말했다.

"전부터 이상한 게 하나 있었거든."

레드의 꿰뚫는 듯한 시선이 아란과 라울을 한 번씩 노려보고 지나갔다.

"그래도 크게 중요한 일은 아닌 것 같아서 덮어 두려고 했는데, 더는 안 되겠다. 기분이 아주 미적지근한 게, 더는 안 되겠어."

"본론이나 말해."

아란이 채근했다. 레드는 짜증스럽게 붉은 머리카락을 뒤로 쓸어 넘겼다.

"아란, 너. 샬롯이란 이름은 어떻게 안 거냐? 그리고 라울, 넌 죽은 상태에서 뭘 봤기에 그렇게 강해진 거고."

더는 감출 이유가 없었다. 아란은 그 당시에 자신이 봤던 환영에 대해 설명했다. 아란의 이야기가 끝난 후, 라울의 이야기가 이어졌고, 그다음으로 델리와 유키도 자신의 경험을 말했다. 델리와 유키까지 그런 것을 봤을 줄은 몰랐는지, 레드는 조금 당황한 표정이었다.

가장 당황한 사람은 클레어와 카인이었다. 두 사람은, 자신들밖에 모르는 천여 년 전의 일을 세세하게 이야기하는 레드 일행 때문에 숨도 못 쉴 지경으로 놀란 상태였다.(물론 클레어는 숨을 쉬지 않지만.)

눈도 깜빡이지 않고 이야기를 들은 클레어는, 켈트로디언을 향해 묻는 듯한 시선을 던졌다. 켈트로디언은 희미한 미소를 짓고 있을 뿐, 이렇다 할 설명을 해 주지 않았다.

일행의 이야기가 상당히 길었기에, 산에는 이미 어둠이 내려앉았다. 어둠은 몬스터와 짐승을 깨우지만, 그들 근처는 유독 조용했다. 아마도 드래곤인 켈트로디언 때문일 것이다.

일행은 어두워졌다는 사실도 깨닫지 못한 채로 대화에 빠져
있었다.

"레드, 당신은 누구였습니까?"

라울이 궁금하던 것을 물었다. 당장 대답이 돌아올 줄 알았는
데, 레드는 당혹스러운 듯 미간을 좁혔다.

"누구……였냐니? 나는 그런 걸 본 적 없어."

"본 적 없다고?"

"그래, 아란. 과거네, 오르데안이네, 샬롯이네, 난 그런 거 못
봤어. 나는……."

레드의 대답은 일행을 놀라게 했다. 레드야말로 누군가의 환
생이어야만 했다. 왜냐하면, 아무것도 모르는 일행을 찾아내고
끌어들인 것이 바로 레드였기 때문이다. 그래서 일행은 레드가
가장 중요한 인물의 환생일 거라고 예상했고, 오르데안 공작의
환생일 가능성이 가장 크다고 생각했다.

그런데 아무것도 보지 못했다니.

"그럼 왜 갑자기 우릴 끌어낸 겁니까? 우린 당신도 뭔가를 본
줄 알았습니다."

"보긴 봤어. 뭔가 보긴 봤는데."

"그러니까 그게 뭐냐고요!"

"나는……."

레드의 시선이 옆에 앉아 있는 클레어에게 향했다. 클레어는
여전히 혼란스러운 눈빛으로 앉아 있었다. 레드가 자신을 쳐다

보는 것도 느끼지 못하는 것 같았다.

"나는 카르제나를 봤어."

그 이름이 클레어를 붙들었다. 클레어는 벌떡 일어나 레드를 내려다봤다. 달빛을 담은 그녀의 눈동자가 어지러이 흔들렸다.

"젠을 봤다고?"

"그래, 클레어. 난 카르제나를 봤어."

"꿈이라도 꾼 거 아닐까? 내가 젠 이야기를 해서……."

"아니야, 클레어. 나도 처음에는 꿈인 줄 알았지. 그런데 아니야. 그건 꿈이 아니었어. 여자처럼 곱상한 얼굴에 흰 피부, 갸름한 턱, 황금빛 머리카락과 회색에 가까운 녹색 눈동자. 웃을 때 조금 더 작아지는 왼쪽 눈."

말한 적 없는 상세한 설명이 이어지자, 클레어는 한 손으로 입을 가렸다. 레드는 그녀의 손을 잡으며 말했다.

"나는 분명 이 반지의 주인을 봤어."

"하지만……! 하지만 어째서 너에게……? 왜 내게 찾아오지 않고? 왜 너에게?"

클레어의 도톰한 입술이 바르르 떨렸다.

질투하지 않겠다고 다짐한 레드였다. 클레어의 가슴에 자리를 잡은 카르제나 휘안스. 천여 년 동안 클레어를 붙들어 준 그를 질투하지 않겠다고 다짐하고 또 다짐했다.

그러나 그의 이름에 흔들리는 그녀를 보자, 일렁이는 그녀의 눈동자를 보자, 가슴이 지끈 아파왔다. 그 무슨 짓을 해도 카르제나를 넘어설 수 없을 것 같아서, 그 이상으로 클레어의 마음에 들어갈 수 없을 것 같아서 괴로웠다.

그래도 티내지 않으려고 했는데, 저도 모르게 인상을 찌푸렸나 보다. 클레어가 그의 뺨에 손을 얹었다.

"미안하구나, 레드. 널 책망하면 안 되는 거였는데……."

"아니, 괜찮아, 클레어. 나도 카르제나한테 똑같은 걸 물어봤거든. 왜 너한테 찾아가지 않고 나한테 찾아온 거냐고."

"그랬더니 뭐래?"

카인이 물었다.

"찾아간 게 아니라고 했겠지."

대답한 사람은 켈트로디언이었다. 위대한 드래곤은 자신을 응시하는 레드 일행에게 낮은 목소리로 말했다.

"레드가 본 것은 카르제나의 영혼이 아니란다. 그리고 너희도 오르데안의 환생이 아니지."

〈다음 권에 계속〉